CRISTINA GARCÍA

Voces sin fronteras

Cristina García nació en La Habana y se crió en Nueva York. Su primera novela *Dreaming in Cuban (Soñar en cubano)* fue nominada para el National Book Award y ha sido traducida a varios idiomas. García ha sido recipiente de una beca Guggenheim y el Whiting Writers' Award. Reside en Napa con su hija y esposo.

Voces sin fronteras

Voces sin fronteras

ANTOLOGÍA VINTAGE ESPAÑOL DE LITERATURA
MEXICANA Y CHICANA CONTEMPORÁNEA

WITHDRAWN

Editada por y con una introducción de
CRISTINA GARCÍA

Con seis traducciones nuevas al español de
LILIANA VALENZUELA

VINTAGE ESPAÑOL
Vintage Books
Una división de Random House, Inc.

Para mis queridos padres

Un gran agradecimiento sincero a Rafael Pérez-Torres, Francisco Goldman, Javier Durán y Thomas Colchie por su generosidad y pericia.

ÍNDICE

✻ NUEVOS TALENTOS

INTRODUCCIÓN[1]

"La historia de México es la historia de un hombre en busca de su parentesco, sus orígenes..."
—Octavio Paz

La frontera que separa a México de los Estados Unidos es mucho más que una división geográfica. Es un cable con una carga que atrae y repele, una invitación, una amenaza, una imposición política, un animado diálogo en curso, una serie de perforaciones. En la frontera, los idiomas y las culturas chocan, se entremezclan, explotan, se redefinen a sí mismos. Brotan continuamente léxicos nuevos, se negocian identidades, se construyen realidades alternas. Tampoco falta la miseria o la explotación o los cables trampa de la incomprensión. No obstante, la frontera sigue siendo, como siempre, un lugar fértil para soñar.

No existe solamente una frontera sino muchas a ambos lados del Río Grande. Ser mexicano, méxicoamericano o chicano es formar parte de comunidades ampliamente diversas y complejas, con lealtades múltiples e identidades unidas con varios guiones.

---

[1] Cuando me ha sido posible, he usado el español original para las citas. En los pocos casos en que la editora citó un fragmento en inglés de una fuente que no contenía ninguna referencia al texto original en español, he hecho lo posible por recrear el español original—N. del T.

En los pueblos pequeños del sur y del medio de los Estados Unidos, por ejemplo, los barrios mexicanos en crecimiento están cambiando el rostro y los ritmos de vida en comunidades que estaban a punto de morir. Las hijas y los hijos de estos inmigrantes juegan en las ligas de béisbol infantiles, van al boliche, festejan sus quinceañeras. Por todas partes, en los lugares menos pensados, los Estados Unidos están adquiriendo un acento en español. Y en México, es raro encontrar a una familia que no tenga familiares del otro lado, cuyas historias de logros y dificultades —y sus regresos periódicos para la Navidad y los días de fiesta— alimentan sus propias imaginaciones y aspiraciones. Sin duda, ésta es una migración cultural en dos direcciones.

Ya no existe, si es que alguna vez existió, una identidad puramente mexicana o chicana. Hay un pasado histórico en común, por supuesto —las antiguas culturas de Mesoamérica, el hecho de la conquista, el catolicismo, el colonialismo, el idioma español y una gran cantidad de lenguas indígenas— pero estos son los cimientos sobre los cuales han sobrevivido y florecido culturas numerosas y divergentes. ¿Qué tiene en común un artista chicano de tercera generación que vive en Chicago con un inmigrante recién llegado a la zona centro sur de Los Ángeles? ¿Qué tienen que ver los rituales y el lenguaje de la cultura tejana mexicana con las preocupaciones de los profesionales de clase alta de la Ciudad de México? ¿Cómo se llaman a sí mismos y con quién están alineados?

Desde hace algún tiempo, los escritores mexicanos y chicanos de todos lados de estas multifacéticas fronteras han ido elaborando una crónica de sus realidades cambiantes y a menudo fracturadas dentro de una literatura que es tan rica y variada como cualquier otra en el mundo de las letras contemporáneas. Hay mucho cruce de ideas e híbridos. La política y el arte van de la mano en busca de la identidad y existe una resistencia muy fuerte dentro de la comunidad cultural hacia cualquiera o cualquier cosa que busque reducir la riqueza de esta experiencia. Como el activista y *performer* Guillermo Gómez-Peña ha escrito: "Los espejos siempre se están quebrando". Los escritores chicanos tradicionalmente buscan sus "raíces" en México, pero la mitad de las veces, terminan por sentirse aún más enajenados en su supuesta tierra. Los escritores mexicanos, por otra parte, ven a sus contrapartes del norte con una mezcla de sospecha, anhelo y miedo. Es posible que intenten renegar de sus colegas chicanos y acusarlos de no ser mexicanos "de verdad"; pero les resulta imposible, sin embargo, descartar lo poderoso y distintivo de su obra.

El propósito de *Voces* es simple: busca mostrar las preocupaciones y las sensibilidades de una amplia gama de escritores y escritoras mexicanos y chicanos bajo un mismo techo. Ha sido todo un desafío, dada la enormidad del corpus a considerar. Sin ser de ninguna manera una colección exhaustiva, esta antología pretende ser una introducción —como mucho, un rico surtido— de estas complejas tradiciones literarias. Mi opinión de cada una de las obras aquí reunidas es que por derecho propio son obras clásicas; clásicas en el sentido de que captan algo esencial sobre su cultura, pero también en el sentido de su belleza y calidad de expresión.

Mientras que la poesía, la narrativa y el ensayo constituyen el núcleo de esta colección, hay numerosas y excelentes obras de teatro, interpretaciones de *performance*, corridos y otras formas literarias y orales que hubieran cuadruplicado el volumen a mano. La obra de la generación más joven de escritores mexicanos y chicanos —un grupo muy dinámico y productivo— todavía no ha sido recopilada. Usted se preguntará en este momento (si es que no lo ha hecho ya), qué hace en primer lugar una escritora estadounidense de origen cubano como yo haciendo la selección de esta antología. Lo único que puedo decir es que me acerqué a estas obras motivada por una gran pasión y un profundo respeto y en el transcurso, yo misma crucé varias de mis propias fronteras. Albergo la esperanza de que así sea en pequeña medida, esta antología contribuya a divulgar una literatura extraordinaria.

El libro está organizado de conformidad con la idea de que las fronteras son maleables, de que es posible cruzar de un lado a otro por ellas, respetando no obstante las distintas tradiciones: la mexicana con sus raíces profundas en la historia prehispánica y colonial, lado a lado con la tradición chicana más reciente, que ha florecido durante los últimos cincuenta años. Para mí fue importante que las obras, compiladas en cinco grupos intuitivos, funcionaran bien individualmente así como en relación con las otras selecciones del libro. El epígrafe, que es un fragmento del ensayo de Samuel Ramos titulado "Cómo orientar nuestro pensamiento", inicia la colección, ya que él fue el primer escritor mexicano contemporáneo en hacer una reflexión seria acerca del tema de la identidad. Aunque dispareja, pero sumamente influyente y controvertida, la obra de Ramos hizo posible que escritores posteriores tales como Octavio Paz exploraran el tema con una mayor profundidad.

INFLUENCIAS TEMPRANAS

El primer grupo representa la obra de maestros consumados quienes, cada uno a su manera, dejaron una huella inconfundible en la literatura mexicana. Mientras que su legado es palpable para las generaciones subsiguientes de escritores mexicanos, su influencia a menudo también se ha extendido más allá de sus propias fronteras hasta llegar a la mayor parte del mundo de habla hispana. Octavio Paz, en una entrevista de 1975, habló del poeta, ensayista, crítico y narrador Alfonso Reyes —quien se hizo famoso por abandonar las imágenes barrocas de sus predecesores y contemporáneos— como alguien que había "logrado en ciertos momentos la transparencia del español". Prosiguió para recordar al novelista argentino Bioy Casares quien decía que "cuando él y Borges querían saber si un párrafo estaba bien escrito, decían: 'Leámoslo en el tono en que lo leería Alfonso Reyes'".

En el cuento "La mano del comandante Aranda", Alfonso Reyes demuestra haber practicado el realismo mágico una década antes de que éste se convirtiera en el sello distintivo del *boom* de la literatura latinoamericana de los años sesenta. La mano derecha cercenada de un militar (la perdió en una batalla mientras sujetaba aún una espada) pasa de tener una suerte callada en un joyero acolchado a lentamente cobrar vida propia. "Andaba con libertad de un lado a otro, monstruoso falderillo algo acangrejado. Después aprendió a correr, con un galope muy parecido al de los conejos. Y haciendo "sentadillas" sobre los dedos, comenzó a saltar que era un prodigio. Un día se la vio venir, desplegada, en la corriente del aire: había adquirido la facultad del vuelo". En tono, tema y su profunda irreverencia, Reyes explora astutamente las posibilidades y los costos de la subversión.

Esta antología también pudo haber comenzado con la obra de Ramón López Velarde, quien es considerado el primer poeta moderno de México. Anteriormente, se advertía en muchos poetas mexicanos una influencia muy marcada de otras tradiciones culturales. A raíz de la Revolución mexicana (1910-1920), la cual derrocó violentamente al duradero sistema feudal del país, López Velarde se sintió liberado para emplear imágenes específicas de la realidad mexicana y así crear poemas sumamente originales y personales. "Anhelo extirpar cada sílaba que no nazca de

INTRODUCCIÓN

la combustión de mis huesos", escribió López Velarde. De detalles cotidianos y en apariencia mundanos, logró, una y otra vez, construir frases asombrosamente luminosas.

Mi madrina invitaba a mi prima Agueda
a que pasara el día con nosotros,
y mi prima llegaba
con un contradictorio
prestigio de almidón y de temible
luto ceremonioso.

Cuando la novela *Pedro Páramo* se publicó por primera vez en 1955, de inmediato fue aclamada como una obra maestra y su autor, Juan Rulfo, quien ya tenía cuarenta y tantos años y era el autor de una sola colección de cuentos, se convirtió en todo un personaje del mundo literario de habla hispana. Rulfo nunca completó otra novela, pero *Pedro Páramo* sigue siendo, a juicio de muchos críticos, uno de los mejores libros del siglo XX. García Márquez afirma haber aprendido de memoria la novela después de leerla incontables veces y reconoce que cuando comenzó a escribir, esta obra, junto con *Metamorfosis* de Kafka, fueron sus mayores influencias. Oscilando de forma misteriosa entre el pasado y el presente, *Pedro Páramo* hace una crónica de la historia del pueblo ficticio de Comala. Rulfo describió una vez la estructura de la novela como "hecha de silencios, de hilos colgantes, de escenas interrumpidas, donde todo ocurre en un tiempo simultáneo que es la ausencia del tiempo".

El poeta y dramaturgo Xavier Villaurrutia es mejor conocido por tan sólo un puñado de poemas. Pero estos poemas, los mejores de los cuales fueron recopilados en *Nostalgia de la muerte,* han obsesionado y fascinado a generaciones de poetas mexicanos a partir de entonces. Como escribiera Octavio Paz: "Estos veintitantos poemas se encuentran entre los mejores de nuestra lengua y de su época". Abiertamente homosexual en una época en que pocos escritores de América Latina se atrevían a serlo, Villaurrutia investiga en su obra una rica dualidad entre el deseo y la muerte. En "Nocturno de los ángeles", escribe:

> *Si cada uno dijera en un momento dado,*
> *en una sola palabra, lo que piensa,*
> *las cinco letras del DESEO formarían una cicatriz luminosa,*
> *una constelación más antigua, más viva aún que las otras.*

VOCES CHICANAS # 1

El ensayo vanguardista de Gloria Anzaldúa, "Cómo domar una lengua salvaje", abre esta sección de la antología. Anzaldúa enfrenta el machismo de su cultura de manera convincente y arguye a favor de la legitimación del español chicano. Este lenguaje, escribió ella, surgió en forma natural de la necesidad que tenían los chicanos de contar con un espacio lingüístico propio. "Un idioma al cual conectar su identidad, uno capaz de comunicar las realidades y los valores consecuentes con ellos mismos: un idioma con términos que no son ni español ni inglés, sino una mezcla de ambos".

Por contraste, el ensayista y periodista Richard Rodríguez ha inspirado mucha controversia dentro de la comunidad chicana por su postura en contra de la educación bilingüe, así como por sus intricadas investigaciones acerca de la identidad cultural. La intensidad y el lirismo de su prosa y lo persuasivo de sus argumentos, cuyos giros y reveses asombran a sus lectores con su inesperada iluminación, hacen de él uno de los más agudos observadores que hay en Estados Unidos acerca del malinterpretado y con frecuencia mal empleado término 'multiculturalismo'.

En el ensayo "India", aquí incluido, Rodríguez explora las variadísimas implicaciones de lo que significa ser un indio.

El poeta Jimmy Santiago Baca sufrió muchas privaciones en los comienzos de su vida y sobrevivió para convertirse en un testigo apasionado de lo que el poeta Gary Soto ha llamado la "cultura de la pobreza". En sus dos poemas épicos interconectados, *Martin & Meditations on the South Valley* [*Martín y Meditaciones del Valle Sur*], Santiago Baca nos ha dado un relato de dimensiones épicas, empapado de los detalles del suroeste chicano, con toda la brutalidad y la ternura del amor mismo.

> *Eddy se voló los sesos*
> *jugando al gallito*
> *con su hermano. Para probar*
> *que era hombre,*
> *se voló los sesos.*

Rudolfo Anaya ha sido llamado el padrino de la literatura chicana, y con mucha razón. Durante numerosos y prolíficos años, Anaya ha producido varias novelas, entre ellas la novela clásica, *Bendíceme, Última,* así como obras de teatro, cuentos, ensayos y poemas. Su territorio es principalmente aquel de Nuevo México, y capta de forma exquisita el espíritu del lugar, así como los dilemas que se presentan al vivir entre culturas. "Somos gente de la frontera", ha dicho Anaya, "medio enamorados de México y medio sospechosos de éste, medio enamorados de los Estados Unidos y preguntándonos si realmente pertenecemos a este lugar". En el cuento "B. Traven está sano y salvo en Cuernavaca", Anaya describe de manera lúdica el regreso de un escritor a México, y la confusión y las aventuras que surgen a continuación.

VOCES MEXICANAS CONTEMPORÁNEAS

En la tercera sección de esta antología figuran escritores mexicanos quienes, aunque profundamente influenciados por sus predecesores, abordan el mundo moderno y el lugar que México ocupa en él. Escritores como Octavio Paz y Carlos Fuentes se convirtieron en algunos de los personajes principales de los círculos literarios de América Latina y sus obras jugaron un papel importante en la reestructuración del corpus de obras de la literatura mundial contemporánea. Las otras dos escritoras aquí incluidas, Elena Poniatowska y Rosario Castellanos, consideradas dos de los pilares de la literatura mexicana —y del feminismo— han escrito de manera brillante sobre los desposeídos, entre otros temas.

La muerte de Artemio Cruz, publicada por primera vez en 1962, colocó al joven escritor Carlos Fuentes a la vanguardia de la literatura mexicana. La novela reproduce, con un estilo virtuoso, la historia del México moderno vista a través de la vida de un hombre. Fuentes comienza la historia en el lecho de muerte de su protagonista, en medio de la mezcolanza de sus percepciones y sus pensamientos desorientados: "No quiero hablar. Tengo la boca llena de centavos viejos, de ese sabor. Pero abro los ojos un poco y entre las pestañas distingo a las dos mujeres, al médico que huele a cosas asépticas: de sus manos sudorosas, que ahora palpan debajo de la camisa mi pecho, asciende un pasmo de alcohol ventilado. Trato de retirar esa mano".

Aunque nació en París, Elena Poniatowska ha jugado un papel importante en los debates literarios mexicanos acerca de la política, la identidad y el lugar. Es quizá mejor conocida como la autora de *La noche de Tlatelolco*, un recuento extraordinario de la matanza de estudiantes en la Ciudad de México por el ejército nacional en 1968. Poniatowska teje ingeniosamente los hechos reales con la ficción, al estilo del nuevo periodismo de Tom

Wolfe, para lograr una narrativa poderosa y memorable. Queda aquí representada por un extracto de *Hasta no verte, Jesús mío*, acerca de la dura vida de Jesusa, una campesina mexicana.

Los numerosos volúmenes de poesía y obra crítica de Paz, formalmente brillante y a menudo experimental, han abordado una enorme variedad de temas y en 1990 se le otorgó el premio Nobel. Pero fue a la poesía que regresó una y otra vez para lograr obtener la visión más clara. "La poesía vuelve las cosas más transparentes y claras, y nos enseña a respetar a los hombres y la naturaleza", dijo una vez. En "Hablo de la ciudad", Paz intenta interpretar la simultaneidad de experiencias urbanas de lo que es la Ciudad de México:

> *...la ciudad que nos sueña a todos y que todos hacemos y deshacemos y*
> *rehacemos mientras soñamos,*
> *la ciudad que todos soñamos y que cambia sin cesar mientras la soñamos...*

Rosario Castellanos creció en el estado sureño mexicano de Chiapas, hija única de una familia aristócrata de hacendados. De niña fue testigo presencial de las vidas de los mayas pobres que eran sirvientes y esclavos de sus padres. Su vida y sus preocupaciones literarias (escribió novelas, ensayos, poemas y obras de teatro) principalmente han girado en torno a esas primeras experiencias traumáticas. Sus investigaciones feministas de la cultura mexicana representaron un desafío al statu quo y fueron los primeros textos de ese tipo en ser publicados en México. "Gracias a ella, aquellas de nosotras que lo intentamos ahora somos capaces de escribir", dijo Poniatowska. En su extraordinaria novela, *Oficio de tinieblas*, Castellanos se inspiró en una rebelión maya del siglo XIX que culminó con la crucifixión de un niño, y la traspuso al México de los años treinta.

VOCES CHICANAS #2

El siguiente grupo de voces de la tradición chicana comienza con la obra de Ana Castillo: poeta, novelista, cuentista, ensayista, activista y feminista. En sus numerosos libros y sobre todo en su colección de ensayos, *Massacre of the Dreamers* [*Masacre de los soñadores*], Castillo cuestiona y deshace las rígidas nociones de lo que significa ser una mujer inteligente, sexual y morena. Su poema aquí incluido, "Daddy con unos Chesterfields enrollados en la manga", aborda hábilmente los temas del machismo, el racismo, la opresión y las lealtades conflictivas hacia varios miembros de la familia.

> *Los hombres tratan de llamarme la atención. Hablo con ellos*
> *de política, religión, los fantasmas que he visto,*
> *El rey de los timbales, México y Chicago.*
> *Y se van.*
> *Pero las mujeres se quedan. Las mujeres gustan de los cuentos...*

Sandra Cisneros es quizá la escritora chicana mejor conocida de su generación. Sus cuentos de pocas palabras, finamente labrados, el humor y el desengaño de sus poemas, y el lirismo de su novela, *Caramelo*, le han ganado muchos admiradores. Cisneros es particularmente experta en captar la inocencia clarividente de aquellas muchachas jóvenes que luchan por encontrarse a sí mismas dentro de culturas que no valoran su contribución, salvo por maneras muy tradicionales y restringidas. En su cuento, "Nunca te cases con un mexicano", la protagonista racionaliza la postura que ha adoptado para evitar el matrimonio, y cuenta en detalle el curso de una obsesión romántica peligrosa. "Nunca te cases con un mexicano, dijo mi madre una vez y siempre. Lo decía por mi papá. Lo decía aunque ella también era mexicana. Pero ella nació aquí, en los Estados Unidos, y él nació allá y ya sabes que *no* es lo mismo".

Dagoberto Gilb escribe desde el otro lado de la línea divisoria del género. Sus cuentos, muchos de ellos acerca de hombres machos del suroeste de los Estados Unidos, poseedores de corazones que podrían ser ensartados fácilmente en una brocheta, captan los trastornos provocados por el desplazamiento cultural y los roles cambiantes del hombre y la mujer, a menudo con resultados comiquísimos y conmovedores. En "María de Covina", tomado de su colección de cuentos *Woodcuts of Women* [*Grabados de mujeres*], Gilb detalla la vida y los amores alimentados por fantasías de un joven chicano, empleado de un gran almacén en Los Ángeles.

El periodista Rubén Martínez mira con un ojo crítico los temas de la frontera y los peligros que se les presentan a los miles de mexicanos que cada año entran ilegalmente a los Estados Unidos. En su libro de reportaje excepcional, *Cruzando la frontera: La crónica implacable de una familia mexicana que emigra a Estados Unidos,* del cual se incluye aquí un pasaje, Martínez relata la vida de una de esas familias que se ve profundamente afectada por el éxodo de sus hijos. Con un lenguaje terso, expresivo y arrollador, y la compasión y la comprensión que siente por aquellos sobre quienes escribe, Martínez da vida insistente a esas noticias de primera plana que se han vuelto demasiado fáciles de ignorar.

NUEVOS TALENTOS

Hay una explosión sin precedentes en la producción literaria de México hoy en día. Novelistas, cuentistas, ensayistas, poetas, dramaturgos y escritores que escriben en una mezcla de géneros están siendo publicados en los periódicos y las revistas del país, en revistas literarias y en editoriales pequeñas o en las editoriales principales. Muchos otros escritores han cruzado la frontera y se publican en lengua extranjera, generando interés a nivel internacional. Los cuatro escritores aquí reunidos son una muestra escasa de las numerosas y excelentes voces nuevas de México.

Ninguno de los cuentos de la colección de Ignacio Padilla, *Las antípodas y el siglo*, toma lugar en México o tiene personajes mexicanos. En lugar de eso, sus mundos ficticios están poblados de una variedad de escenarios y nacionalidades: un ingeniero escocés en el Desierto del Gobi; un piloto travestí que asciende la cima del Everest; un monje desilusionado que se retira a una cueva remota de Libia para conjurar al diablo. (Su último cuento, "Hagiografía del apóstata", se incluye aquí). Padilla forma parte de un creciente número de escritores mexicanos a quienes les preocupa menos la política de la identidad y los temas de la cultura mexicana, que crear una obra que sea más personal, conceptual, existencial e internacionalista.

La primera novela de Ángeles Mastretta, *Arráncame la vida*, publicada en 1985, se convirtió en un éxito de venta por todo el mundo. En su colección de cuentos, *Mujeres de ojos grandes*, un éxito ante el público así como la crítica, Mastretta escribe acerca de sus tías de México, aquellas constantes bienamadas que hay en todas las familias. En cada cuento explora, a menudo en breves páginas, la pasión y la obsesión centrales de cada una de estas "tías" y en conjunto, nos ofrece una representación generosa y comprensiva de lo que es una mujer mexicana.

Uno de los escritores más prolíficos y respetados de su generación, Carlos Monsiváis se ha desempeñado como periodista, ensayista, crítico y traductor. Se le tiene en gran estima sobre todo por sus crónicas, una forma ensayística en la cual utiliza el español vernáculo para explorar las culturas dentro de México: la cultura alta, baja, pop y todos los puntos intermedios. En su ensayo "La hora de la identidad acumulativa: ¿Qué fotos tomaría usted en la ciudad interminable?", Monsiváis toma instantáneas verbales de la expansión urbana descontrolada y post-apocalíptica que es la Ciudad de México. Describe la ciudad como un lugar "donde casi todo es posible, a causa de 'el milagro': esa zona de encuentro entre el trabajo, la tecnología y el azar".

El último poema es "Peces de piel fugaz" de Coral Bracho, una poeta muy conocida. Con sus imágenes deslumbrantes y sus yuxtaposiciones diestras, Bracho habla de las fronteras y aquellos espacios difíciles de aprehender, esos lugares escurridizos de los cuales sólo nos podemos apropiar, de manera temporal, por medio de la imaginación.

Al margen hay un abismo de tonos, de nitidez, de formas. Habría que entrar levemente, oscuramente en ese instante de danza.

Y es aquí, en "ese instante de danza", en los intersticios entre la cultura y la identidad, junto con sus numerosas y alegres fronteras, que las voces y *voices* del pueblo mexicano y chicano pueden escucharse.

—Cristina García
marzo de 2006

He querido, desde hace tiempo, hacer comprender que el único punto de vista justo en México es pensar como mexicanos. Parecerá que ésta es una afirmación trivial y perogrullesca. Pero en nuestro país hay que hacerla, porque con frecuencia pensamos como si fuéramos extranjeros, desde un punto de vista que no es el sitio en que espiritual y materialmente estamos colocados. Todo pensamiento debe partir de la aceptación de que somos mexicanos y de que tenemos que ver el mundo bajo una perspectiva única, resultado de nuestra posición en él. Y, desde luego, es una consecuencia de lo anterior que el objeto u objetos de nuestro pensamiento deben ser los del inmediato contorno. Tendremos que buscar el conocimiento del mundo en general, a través del caso particular que es nuestro pequeño mundo mexicano. Se equivocaría el que interpretara estas ideas como mera expresión de un nacionalismo estrecho. Se trata más bien de ideas que poseen un fundamento filosófico. El pensamiento vital sólo es el de aquellos individuos capaces de ver el mundo que los rodea bajo una perspectiva propia.

—*Fragmento de* "Cómo orientar nuestro pensamiento" *de* Samuel Ramos

Influencias tempranas

La mano del comandante Aranda

El comandante Benjamín Aranda perdió una mano en acción de guerra, y fue la derecha, por su mal. Otros coleccionan manos de bronce, de marfil, cristal o madera, que a veces proceden de estatuas e imágenes religiosas o que son antiguas aldabas; y peores cosas guardan los cirujanos en bocales de alcohol. ¿Por qué no conservar esta mano disecada, testimonio de una hazaña gloriosa? ¿Estamos seguros de que la mano valga menos que el cerebro o el corazón?

Meditemos. No meditó Aranda, pero lo impulsaba un secreto instinto. El hombre teológico ha sido plasmado en la arcilla, como un muñeco, por la mano de Dios. El hombre biológico evoluciona merced al servicio de su mano, y su mano ha dotado al mundo de un nuevo reino natural, el reino de las industrias y las artes. Si los murallones de Tebas se iban alzando al eco de la lira de Anfión, era su hermano Zeto, el albañil, quien encaramaba las piedras con la mano. La gente manual, los herreros y metalistas, aparecen por eso, en las arcaicas mitologías, envueltos como en vapores mágicos: son los hacedores del portento. Son

Las manos entregando el fuego que ha pintado Orozco. En el mural de Diego Rivera (Bellas Artes), la mano empuña el globo cósmico que encierra los poderes de creación y de destrucción: y en Chapingo, las manos proletarias están prontas a reivindicar el patrimonio de la tierra. En el cuadro de Alfaro Siqueiros, el hombre se reduce a un par de enormes manos que solicitan la dádiva de la realidad, sin duda para recomponerla a su guisa. En el recién descubierto santuario de Tláloc (Tetitla), las manos divinas se ostentan, y sueltan el agua de la vida. Las manos en alto de Moisés sostienen la guerra contra los amalecitas. A Agamemnón, "que manda a lo lejos", corresponde nuestro Hueman, "el de las manos largas". La mano, metáfora viviente, multiplica y extiende así el ámbito del hombre.

Los demás sentidos se conforman con la pasividad; el sentido manual experimenta y añade, y con los despojos de la tierra, edifica un orden humano, hijo del hombre. El mismo estilo oral, el gran invento de la palabra, no logra todavía desprenderse del estilo que creó la mano —la acción oratoria de los antiguos retóricos—, en sus primeras exploraciones hacia el caos ambiente, hacia lo inédito y hacia la poética futura. La mano misma sabe hablar, aun prescindiendo del alfabeto mímico de los sordomudos. ¿Qué no dice la mano? Rembrandt —recuerda Focillon— nos la muestra en todas sus capacidades y condiciones, tipos y edades: mano atónita, mano alerta, sombría y destacada en la luz que baña la Resurrección de Lázaro, mano obrera, mano académica del profesor Tulp que desgaja un hacecillo de arterias, mano del pintor que se dibuja a sí misma, mano inspirada de san Mateo que escribe el Evangelio bajo el dictado del Ángel, manos trabadas que cuentan los florines. En el *Enterramiento* del Greco, las manos crean ondas propicias para la ascensión del alma del conde; y su *Caballero de la mano al pecho*, con sólo ese ademán, declara su adusta nobleza.

Este dios menor dividido en cinco personas —dios de andar

por casa, dios a nuestro alcance, dios "al alcance de la mano"—
ha acabado de hacer al hombre y le ha permitido construir el
mundo humano. Lo mismo modela el jarro que el planeta,
mueve la rueda del alfar y abre el canal de Suez.

Delicado y poderoso instrumento, posee los más afortuna-
dos recursos descubiertos por la vida física: bisagras, pinzas,
tenazas, ganchos, agujas de tacto, cadenillas óseas, aspas, remos,
nervios, ligámenes, canales, cojines, valles y montículos, estrellas
fluviales. Posee suavidad y dureza, poderes de agresión y caricia.
Y en otro orden ya inmaterial, amenaza y persuade, orienta y
desorienta, ahuyenta y anima. Los ensalmadores fascinan y curan
con la mano. ¿Qué más? Ella descubrió el comercio del toma y
daca, dio su arma a la liberalidad y a la codicia. Nos encaminó a
la matemática, y enseñó a los ismaelitas, cuando vendieron a José
(fresco romano de Saint-Savin), a contar con los dedos los dine-
ros del Faraón. Ella nos dio el sentimiento de la profundidad y el
peso, la sensación de la pesantez y el arraigo en la gravitación
cósmica; creó el espacio para nosotros, y a ella debemos que el
universo no sea un plano igual por el que simplemente se deslizan los ojos.

¡Prenda indispensable para jansenistas o voluptuosos! ¡Flor
maravillosa de cinco pétalos que se abren y cierran como la sen-
sitiva, a la menor provocación! ¿El cinco es número necesario en
las armonías universales? ¿Pertenece la mano al orden de la zar-
zarrosa, del nomeolvides, de la pimpinela escarlata? Los quiro-
mánticos tal vez tengan razón en sustancia, aunque no en sus
interpretaciones pueriles. Si los fisonomistas de antaño —como
Lavater, cuyas páginas merecieron la atención de Goethe— se
hubieran pasado de la cara a la mano, completando así sus vagos
atisbos, sin duda lo aciertan. Porque la cara es espejo y expresión,
pero la mano es intervención. Moreno Villa intenta un buceo en
los escritores, partiendo de la configuración de sus manos. Urbina
ha cantado a sus bellas manos, único asomo material de su alma.

No hay duda, la mano merece un respeto singular, y bien podía ocupar un sitio predilecto entre los lares del comandante Aranda. La mano fue depositada cuidadosamente en un estuche acolchado. Las arrugas de raso blanco —soporte a las falanges, puente a la palma, regazo al pomo— fingían un diminuto paisaje alpestre. De cuando en cuando, se concedía a los íntimos el privilegio de contemplarla unos instantes. Pues era una mano agradable, robusta, inteligente, algo crispada aún por la empuñadura de la espada. Su conservación era perfecta.

Poco a poco, el tabú, el objeto misterioso, el talismán escondido, se fue volviendo familiar. Y entonces emigró del cofre de caudales hasta la vitrina de la sala, y se le hizo sitio entre las condecoraciones de campaña y las cruces de la Constancia Militar.

Dieron en crecerle las uñas, lo cual revelaba una vida lenta, sorda, subrepticia. De momento, pareció un arrastre de inercia, y luego se vio que era virtud propia. Con alguna repugnancia al principio, la manicura de la familia accedió a cuidar de aquellas uñas cada ocho días. La mano estaba siempre muy bien acicalada y compuesta.

Sin saber cómo —así es el hombre, convierte la estatua del dios en bibelot—, la mano bajó de categoría, sufrió una *manus diminutio*, dejó de ser una reliquia, y entró decididamente en la circulación doméstica. A los seis meses, ya andaba de pisapapeles o servía para sujetar las hojas de los manuscritos —el comandante escribía ahora sus memorias con la izquierda—; pues la mano cortada era flexible, plástica, y los dedos conservaban dócilmente la postura que se les imprimía.

A pesar de su repugnante frialdad, los chicos de la casa acabaron por perderle el respeto. Al año, ya se rascaban con ella, o se divertían plegando sus dedos en forma de figa brasileña, carreta mexicana, y otras procacidades del folklore internacional.

La mano, así, recordó muchas cosas que tenía completamente olvidadas. Su personalidad se fue acentuando notablemente.

Cobró conciencia y carácter propios. Empezó a alargar tentácu-
los. Luego se movió como tarántula. Todo parecía cosa de juego.
Cuando, un día, se encontraron con que se había calzado sola un
guante y se había ajustado una pulsera por la muñeca cercenada,
ya a nadie le llamó la atención.

Andaba con libertad de un lado a otro, monstruoso falderillo
algo acangrejado. Después aprendió a correr, con un galope muy
parecido al de los conejos. Y haciendo "sentadillas" sobre los
dedos, comenzó a saltar que era un prodigio. Un día se la vio
venir, desplegada, en la corriente de aire: había adquirido la
facultad del vuelo.

Pero, a todo esto, ¿cómo se orientaba, cómo veía? ¡Ah! Ciertos
sabios dicen que hay una luz oscura, insensible para la retina,
acaso sensible para otros órganos, y más si se los especializa
mediante la educación y el ejercicio. Y Louis Farigoule —Jules
Romains en las letras— observa que ciertos elementos nerviosos, cuya verdadera función se ignora, rematan en la epidermis;
aventura que la visión puede provenir tan sólo de un desarrollo
local en alguna parte de la piel, más tarde convertida en ojo: y
asegura que ha hecho percibir la luz a los ciegos, después de algunos experimentos, por ciertas regiones de la espalda. ¿Y no había
de ver también la mano? Desde luego, ella completa su visión
con el tacto, casi tiene ojos en los dedos, y la palma puede orientarse al golpe del aire como las membranas del murciélago.
Nanuk el esquimal, en sus polares y nubladas estepas, levanta
y agita las veletas de sus manos —acaso también receptores
térmicos— para orientarse en un ambiente aparentemente uni-
forme. La mano capta mil formas fugitivas, y penetra las corrientes translúcidas que escapan al ojo y al músculo, aquellas que ni
se ven ni casi oponen resistencia.

Ello es que la mano, en cuanto se condujo sola, se volvió ingo-
bernable, echó temperamento. Podemos decir, que fue entonces
cuando "sacó las uñas". Iba y venía a su talante. Desaparecía

cuando le daba la gana, volvía cuando se le antojaba. Alzaba castillos de equilibrio inverosímil con las botellas y las copas. Dicen que hasta se emborrachaba, y en todo caso, trasnochaba.

No obedecía a nadie. Era burlona y traviesa. Pellizcaba las narices a las visitas, abofeteaba en la puerta a los cobradores. Se quedaba inmóvil, "haciendo el muerto", para dejarse contemplar por los que aún no la conocían, y de repente les hacía una señal obscena. Se complacía, singularmente, en darle suaves sopapos a su antiguo dueño, y también solía espantarle las moscas. Y él la contemplaba con ternura, los ojos arrasados en lágrimas, como a un hijo que hubiera resultado "mala cabeza".

Todo lo trastornaba. Ya le daba por asear y barrer la casa, ya por mezclar los zapatos de la familia, con verdadero genio aritmético de las permutaciones, combinaciones y cambiaciones; o rompía los vidrios a pedradas, o escondía las pelotas de los muchachos que juegan por la calle.

El comandante la observaba y sufría en silencio. Su señora le tenía un odio incontenible, y era —claro está— su víctima preferida. La mano, en tanto que pasaba a otros ejercicios, la humillaba dándole algunas lecciones de labor y cocina.

La verdad es que la familia comenzó a desmoralizarse. El manco caía en extremos de melancolía muy contrarios a su antiguo modo de ser. La señora se volvió recelosa y asustadiza, casi con manía de persecución. Los hijos se hacían negligentes, abandonaban sus deberes escolares y descuidaban, en general, sus buenas maneras. Como si hubiera entrado en la casa un duende chocarrero, todo era sobresaltos, tráfago inútil, voces, portazos. Las comidas se servían a destiempo, y a lo mejor, en el salón y hasta en cualquiera de las alcobas. Porque, ante la consternación del comandante, la epiléptica contrariedad de su esposa y el disimulado regocijo de la gente menuda, la mano había tomado posesión del comedor para sus ejercicios gimnásticos, se encerraba por dentro con llave, y recibía a los que querían expulsarla tirándoles platos a la cabeza. No hubo más que ceder la plaza: rendirse con armas y bagajes, dijo Aranda.

Los viejos servidores, hasta "el ama que había criado a la niña", se ahuyentaron. Los nuevos servidores no aguantaban un día en la casa embrujada. Las amistades y los parientes desertaron. La policía comenzó a inquietarse ante las reiteradas reclamaciones de los vecinos. La última reja de plata que aún quedaba en el Palacio Nacional desapareció como por encanto. Se declaró una epidemia de hurtos, a cuenta de la misteriosa mano que muchas veces era inocente.

Y lo más cruel del caso es que la gente no culpaba a la mano, no creía que hubiera tal mano animada de vida propia, sino que todo lo atribuía a las malas artes del pobre manco, cuyo cercenado despojo ya amenazaba con costarnos un día lo que nos costó la pata de Santa Anna. Sin duda Aranda era un brujo que tenía pacto con Satanás. La gente se santiguaba.

La mano, en tanto, indiferente al daño ajeno, adquiría una musculatura atlética, se robustecía y perfeccionaba por instantes, y cada vez sabía hacer más cosas. ¿Pues no quiso continuarle por su cuenta las memorias al comandante? La noche que decidió salir a tomar el fresco en automóvil, la familia Aranda, incapaz de sujetarla, creyó que se hundía el mundo. Pero no hubo un solo accidente, ni multas, ni "mordidas". Por lo menos —dijo el comandante— así se conservará la máquina en buen estado, que ya amenazaba enmohecerse desde la huida del chauffeur.

Abandonada a su propia naturaleza, la mano fue poco a poco encarnando la idea platónica que le dio el ser, la idea de asir, el ansia de apoderamiento, hija del pulgar oponible: esta inapreciable conquista del *Homo faber* que tanto nos envidian los mamíferos digitados, aunque no las aves de rapiña. Al ver, sobre todo, cómo perecían las gallinas con el pescuezo retorcido, o cómo llegaban a la casa objetos de arte ajenos —que luego Aranda pasaba infinitos trabajos para devolver a sus propietarios, entre tartamudeos e incomprensibles disculpas——, fue ya evidente que la mano era un animal de presa y un ente ladrón.

La salud mental de Aranda era puesta ya en tela de juicio. Se hablaba, también, de alucinaciones colectivas, de los *raps* o ruidos de espíritus que, por 1847, aparecieron en casa de la familia Fox, y de otras cosas por el estilo. Las veinte o treinta personas que de veras habían visto la mano no parecían dignas de crédito cuando eran de la clase servil, fácil pasto a las supersticiones, y cuando eran gente de mediana cultura, callaban, contestaban con evasivas por miedo a comprometerse o a ponerse en ridículo. Una mesa redonda de la Facultad de Filosofía y Letras se consagró a discutir cierta tesis antropológica sobre el origen de los mitos.

Pero hay algo tierno y terrible en esta historia. Entre alaridos de pavor, se despertó un día Aranda a la medianoche: en extrañas nupcias, la mano cortada, la derecha, había venido a enlazarse con su mano izquierda, su compañera de otros días, como anhelosa de su arrimo. No fue posible desprenderla. Allí pasó el resto de la noche, y allí resolvió pernoctar en adelante. La costumbre hace familiares los monstruos. El comandante acabó por desentenderse. Hasta le pareció que aquel extraño contacto hacía más llevadera su mutilación y, en cierto modo, confortaba a su mano única.

Porque la pobre mano siniestra, la hembra, necesitó el beso y la compañía de la mano masculina, la diestra. No la denostemos. Ella, en su torpeza, conserva tenazmente, como precioso lastre, las virtudes prehistóricas, la lentitud, la tardanza de los siglos en que nuestra especie fue elaborándose. Corrige las desorbitadas audacias, las ambiciones de la diestra. Es una suerte ——se ha dicho—— que no tengamos dos manos derechas: nos hubiéramos perdido entonces entre las puras sutilezas y marañas del virtuosismo, no seríamos hombres verdaderos, no: seríamos prestidigitadores. Gauguin sabe bien lo que hace cuando, como freno a su etérea sensibilidad, enseña otra vez a su mano diestra a pintar con el candor de la zurda.

Pero, una noche, la mano empujó la puerta de la biblioteca y se engolfó en la lectura. Y dio con un cuento de Maupassant sobre una mano cortada que acaba por estrangular al enemigo. Y dio con una hermosa fantasía de Nerval, donde una mano encantada recorre el mundo, haciendo primores y maleficios. Y dio con unos apuntes del filósofo Gaos sobre la fenomenología de la mano... ¡Cielos! ¿Cuál será el resultado de esta temerosa incursión en el alfabeto?

El resultado es sereno y triste. La orgullosa mano independiente, que creía ser una persona, un ente autónomo, un inventor de su propia conducta, se convenció de que no era más que un tema literario, un asunto de fantasía ya muy traído y llevado por la pluma de los escritores. Con pesadumbre y dificultad —y estoy por decir que derramando abundantes lágrimas— se encaminó a la vitrina de la sala, se acomodó en su estuche, que antes colocó cuidadosamente entre las condecoraciones de campaña y las cruces de la Constancia Militar, y desengañada y pesarosa, se suicidó a su manera, se dejó morir.

Rayaba el sol cuando el comandante, que había pasado la noche revolcándose en el insomnio y acongojado por la prolongada ausencia de su mano, la descubrió yerta, en el estuche, algo ennegrecida y como con señales de asfixia. No daba crédito a sus ojos. Cuando hubo comprendido el caso, arrugó con nervioso puño el papel en que ya solicitaba su baja del servicio activo, se alzó cuan largo era, reasumió su militar altivez y, sobresaltando a su casa, gritó a voz en cuello:

—¡Atención, firmes! ¡Todos a su puesto! ¡Clarín de órdenes, a tocar la diana de victoria!

[México, febrero de 1949]

RAMÓN LÓPEZ VELARDE

Mi prima Agueda

A JESÚS VILLALPANDO

Mi madrina invitaba a mi prima Agueda
a que pasara el día con nosotros,
y mi prima llegaba
con un contradictorio
prestigio de almidón y de temible
luto ceremonioso.

Agueda aparecía, resonante
de almidón, y sus ojos
verdes y sus mejillas rubicundas
me protegían contra el pavoroso
luto...
      Yo era rapaz
y conocía la *o* por lo redondo,
y Agueda que tejía
mansa y perseverante en el sonoro
corredor, me causaba
calosfríos ignotos...

(Creo que hasta la debo la costumbre
heroicamente insana de hablar solo.)

A la hora de comer, en la penumbra
quieta del refectorio,
me iba embelesando un quebradizo
sonar intermitente de vajilla
y el timbre caricioso
de la voz de mi prima.
                    Agueda era
(luto, pupilas verdes y mejillas
rubicundas) un cesto policromo
de manzanas y uvas
en el ébano de un armario añoso.

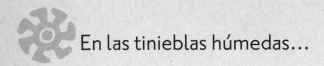

En las tinieblas húmedas…

En las alas obscuras de la racha cortante
me das, al mismo tiempo una pena y un goce:
algo como la helada virtud de un seno blando,
algo en que se confunden el cordial refrigerio
y el glacial desamparo de un lecho de doncella.

He aquí que en la impensada tiniebla de la muda
ciudad, eres un lampo ante las fauces lóbregas
de mi apetito; he aquí que en la húmeda tiniebla
de la lluvia, trasciendes a candor como un lino
recién lavado, y hueles, como él, a cosa casta;
he aquí que entre las sombras regando estás la esencia
del pañolín de lágrimas de alguna buena novia.

Me embozo en la tupida obscuridad, y pienso
para ti estos renglones, cuya rima recóndita
has de advertir en una pronta adivinación
porque son como pétalos nocturnos, que te llevan

un mensaje de un singular calosfrío;
y en las tinieblas húmedas me recojo, y te mando
estas sílabas frágiles en tropel, como ráfaga
de misterio, al umbral de tu espíritu en vela.

Toda tú deshaces sobre mí como una
escarcha, y el translúcido meteoro prolóngase
fuera del tiempo; y suenan tus palabras remotas
dentro de mí, con esa intensidad quimérica
de un reloj descompuesto que da horas y horas
en una cámara destartalada...

Fragmento de *Pedro Páramo*

Vine a Comala porque me dijeron que acá vivía mi padre, un tal Pedro Páramo. Mi madre me lo dijo. Y yo le prometí que vendría a verlo en cuanto ella muriera. Le apreté sus manos en señal de que lo haría; pues ella estaba por morirse y yo en un plan de prometerlo todo. "No dejes de ir a visitarlo —me recomendó—. Se llama de este modo y de este otro. Estoy segura de que le dará gusto conocerte". Entonces no pude hacer otra cosa sino decirle que así lo haría, y de tanto decírselo se lo seguí diciendo aun después que a mis manos les costó trabajo zafarse de sus manos muertas.

Todavía antes me había dicho:

—No vayas a pedirle nada. Exígele lo nuestro. Lo que estuvo obligado a darme y nunca me dio... El olvido en que nos tuvo, mi hijo, cóbraselo caro.

—Así lo haré, madre.

Pero no pensé cumplir mi promesa. Hasta que ahora pronto comencé a llenarme de sueños, a darle vuelo a las ilusiones. Y de este modo se me fue formando un mundo alrededor de la esperanza que era aquel señor llamado Pedro Páramo, el marido de mi madre. Por eso vine a Comala.

Era ese tiempo de la canícula, cuando el aire de agosto sopla caliente, envenenado por el olor podrido de las saponarias.

El camino subía y bajaba: *"Sube o baja según se va o se viene. Para el que va, sube; para el que viene, baja".*

—¿Cómo dice usted que se llama el pueblo que se ve allá abajo?

—Comala, señor.

—¿Está seguro de que ya es Comala?

—Seguro, señor.

—¿Y por qué se ve esto tan triste?

—Son los tiempos, señor.

Yo imaginaba ver aquello a través de los recuerdos de mi madre; de su nostalgia, entre retazos de suspiros. Siempre vivió ella suspirando por Comala, por el retorno; pero jamás volvió. Ahora yo vengo en su lugar. Traigo los ojos con que ella miró estas cosas, porque me dio sus ojos para ver: *"Hay allí, pasando el puerto de Los Colimotes, la vista muy hermosa de una llanura verde, algo amarilla por el maíz maduro. Desde ese lugar se ve Comala, blanqueando la tierra, iluminándola durante la noche".* Y su voz era secreta, casi apagada, como si hablara consigo misma... Mi madre.

—¿Y a qué va usted a Comala, si se puede saber? —oí que me preguntaban.

—Voy a ver a mi padre —contesté.

—¡Ah! —dijo él.

Y volvimos al silencio.

Caminábamos cuesta abajo, oyendo el trote rebotado de los burros. Los ojos reventados por el sopor del sueño, en la canícula de agosto.

—Bonita fiesta le va a armar —volví a oír la voz del que iba allí a mi lado——. Se pondrá contento de ver a alguien después de tantos años que nadie viene por aquí.

Luego añadió:

——Sea usted quien sea, se alegrará de verlo.

En la reverberación del sol, la llanura parecía una laguna transparente, deshecha en vapores por donde se traslucía un horizonte gris. Y más allá, una línea de montañas. Y todavía más allá, la más remota lejanía.

——¿Y qué trazas tiene su padre, si se puede saber?

——No lo conozco ——le dije——. Sólo sé que se llama Pedro Páramo.

——¡Ah!, vaya.

——Sí, así me dijeron que se llamaba.

Oí otra vez el "¡ah!" del arriero.

Me había topado con él en Los Encuentros, donde se cruzaban varios caminos. Me estuve allí esperando, hasta que al fin apareció este hombre.

——¿Adónde va usted? ——le pregunté.

——Voy para abajo, señor.

——¿Conoce un lugar llamado Comala?

——Para allá mismo voy.

Y lo seguí. Fui tras él tratando de emparejarme a su paso, hasta que pareció darse cuenta de que lo seguía y disminuyó la prisa de su carrera. Después los dos íbamos tan pegados que casi nos tocábamos los hombros.

——Yo también soy hijo de Pedro Páramo ——me dijo.

Una bandada de cuervos pasó cruzando el cielo vacío, haciendo cuar, cuar, cuar.

Después de trastumbar los cerros, bajamos cada vez más. Habíamos dejado el aire caliente allá arriba y nos íbamos hundiendo en el puro calor sin aire. Todo parecía estar como en espera de algo.

——Hace calor aquí ——dije.

—Sí, y esto no es nada —me contestó el otro—. Cálmese. Ya lo sentirá más fuerte cuando lleguemos a Comala. Aquello está sobre las brasas de la tierra, en la mera boca del infierno. Con decirle que muchos de los que allí se mueren, al llegar al infierno regresan por su cobija.

—¿Conoce usted a Pedro Páramo? —le pregunté.

Me atreví a hacerlo porque vi en sus ojos una gota de confianza.

—¿Quién es? —volví a preguntar.

—Un rencor vivo —me contestó él.

Y dio un pajuelazo contra los burros, sin necesidad, ya que los burros iban mucho más adelante de nosotros, encarrerados por la bajada.

Sentí el retrato de mi madre guardado en la bolsa de la camisa, calentándome el corazón, como si ella también sudara. Era un retrato viejo, carcomido en los bordes; pero fue el único que conocí de ella. Me lo había encontrado en el armario de la cocina, dentro de una cazuela llena de yerbas: hojas de toronjil, flores de Castilla, ramas de ruda. Desde entonces lo guardé. Era el único. Mi madre siempre fue enemiga de retratarse. Decía que los retratos eran cosa de brujería. Y así parecía ser; porque el suyo estaba lleno de agujeros como de aguja, y en dirección del corazón tenía uno muy grande donde bien podía caber el dedo del corazón.

Es el mismo que traigo aquí, pensando que podría dar buen resultado para que mi padre me reconociera.

—Mire usted —me dice el arriero, deteniéndose—: ¿Ve aquella loma que parece vejiga de puerco? Pues detrasito de ella está la Media Luna. Ahora voltié para allá. ¿Ve la ceja de aquel cerro? Véala. Y ahora voltié para este otro rumbo. ¿Ve la otra ceja que casi no se ve de lo lejos que está? Bueno, pues eso es la Media Luna de punta a cabo. Como quien dice, toda la tierra que se puede abarcar con la mirada. Y es de él todo ese terrenal. El caso es que nuestras madres nos malparieron en un petate aunque éramos hijos de Pedro Páramo. Y lo más chistoso es que él nos llevó a bautizar. Con usted debe haber pasado lo mismo, ¿no?

—No me acuerdo.

—¡Váyase mucho al carajo!

—¿Qué dice usted?

—Que ya estamos llegando, señor.

—Sí, ya lo veo. ¿Qué pasó por aquí?

—Un correcaminos, señor. Así les nombran a esos pájaros.

—No, yo preguntaba por el pueblo, que se ve tan solo, como si estuviera abandonado. Parece que no lo habitara nadie.

—No es que lo parezca. Así es. Aquí no vive nadie.

—¿Y Pedro Páramo?

—Pedro Páramo murió hace muchos años.

Era la hora en que los niños juegan en las calles de todos los pueblos, llenando con sus gritos la tarde. Cuando aún las paredes negras reflejan la luz amarilla del sol.

Al menos eso había visto en Sayula, todavía ayer, a esta misma hora. Y había visto también el vuelo de las palomas rompiendo el aire quieto, sacudiendo sus alas como si se desprendieran del día. Volaban y caían sobre los tejados, mientras los gritos de los niños revoloteaban y parecían teñirse de azul en el cielo del atardecer.

Ahora estaba aquí, en este pueblo sin ruidos. Oía caer mis pisadas sobre las piedras redondas con que estaban empedradas las calles. Mis pisadas huecas, repitiendo su sonido en el eco de las paredes teñidas por el sol del atardecer.

Fui andando por la calle real en esa hora. Miré las casas vacías; las puertas desportilladas, invadidas de yerba. ¿Cómo me dijo aquel fulano que se llamaba esta yerba? "La capitana, señor. Una plaga que nomás espera que se vaya la gente para invadir las casas. Así las verá usted".

Al cruzar una bocacalle vi una señora envuelta en su rebozo que desapareció como si no existiera. Después volvieron a moverse mis pasos y mis ojos siguieron asomándose al agujero de las puertas. Hasta que nuevamente la mujer del rebozo se cruzó frente a mí.

—¡Buenas noches! —me dijo.

La seguí con la mirada. Le grité.

—¿Dónde vive doña Eduviges?

Y ella señaló con el dedo:

—Allá. La casa que está junto al puente.

Me di cuenta que su voz estaba hecha de hebras humanas, que su boca tenía dientes y una lengua que se trababa y destrababa al hablar, y que sus ojos eran como todos los ojos de la gente que vive sobre la tierra.

Había oscurecido.

Volvió a darme las buenas noches. Y aunque no había niños jugando, ni palomas, ni tejados azules, sentí que el pueblo vivía. Y que si yo escuchaba solamente el silencio, era porque aún no estaba acostumbrado al silencio; tal vez porque mi cabeza venía llena de ruidos y de voces.

De voces, sí. Y aquí, donde el aire era escaso, se oían mejor. Se quedaban dentro de uno, pesadas. Me acordé de lo que me había dicho mi madre: *"Allá me oirás mejor. Estaré más cerca de ti. Encontrarás más cercana la voz de mis recuerdos que la de mi muerte, si es que alguna vez la muerte ha tenido alguna voz".* Mi madre... la viva.

Hubiera querido decirle: "Te equivocaste de domicilio. Me diste una dirección mal dada. Me mandaste al '¿dónde es esto y dónde es aquello?' A un pueblo solitario. Buscando a alguien que no existe".

Llegué a la casa del puente orientándome por el sonar del río.

Toqué la puerta; pero en falso. Mi mano se sacudió en el aire como si el aire la hubiera abierto. Una mujer estaba allí. Me dijo:
—Pase usted. —Y entré.

Me había quedado en Comala. El arriero, que se siguió de filo, me informó todavía antes de despedirse:
—Yo voy más allá, donde se ve la trabazón de los cerros. Allá tengo mi casa. Si usted quiere venir, será bienvenido. Ahora que si quiere quedarse aquí, ahi se lo haiga; aunque no estaría por demás que le echara una ojeada al pueblo, tal vez encuentre algún vecino viviente.
Y me quedé. A eso venía.
—¿Dónde podré encontrar alojamiento? —le pregunté ya casi a gritos.
—Busque a doña Eduviges, si es que todavía vive. Dígale que va de mi parte.
—¿Y cómo se llama usted?
—Abundio —me contestó. Pero ya no alcancé a oír el apellido.
—Soy Eduviges Dyada. Pase usted.
Parecía que me hubiera estado esperando. Tenía todo dispuesto, según me dijo, haciendo que la siguiera por una larga serie de cuartos oscuros, al parecer desolados. Pero no; porque, en cuanto me acostumbré a la oscuridad y al delgado hilo de luz que nos seguía, vi crecer sombras a ambos lados y sentí que íbamos caminando a través de un angosto pasillo abierto entre bultos.
—¿Qué es lo que hay aquí? —pregunté.
—Tiliches —me dijo ella—. Tengo la casa toda entilichada. La escogieron para guardar sus muebles los que se fueron, y nadie ha regresado por ellos. Pero el cuarto que le he reservado

está al fondo. Lo tengo siempre descombrado por si alguien viene. ¿De modo que usted es hijo de ella?

—¿De quién? —respondí.

—De Doloritas.

—Sí, ¿pero cómo lo sabe?

—Ella me avisó que usted vendría. Y hoy precisamente. Que llegaría hoy.

—¿Quién? ¿Mi madre?

—Sí. Ella.

Yo no supe qué pensar. Ni ella me dejó en qué pensar:

—Éste es su cuarto —me dijo.

No tenía puertas, solamente aquella por donde habíamos entrado. Encendió la vela y lo vi vacío.

—Aquí no hay dónde acostarse —le dije.

—No se preocupe por eso. Usted ha de venir cansado y el sueño es muy buen colchón para el cansancio. Ya mañana le arreglaré su cama. Como usted sabe, no es fácil ajuarear las cosas en un dos por tres. Para eso hay que estar prevenido, y la madre de usted no me avisó sino hasta ahora.

—Mi madre —dije—, mi madre ya murió.

—Entonces ésa fue la causa de que su voz se oyera tan débil, como si hubiera tenido que atravesar una distancia muy larga para llegar hasta aquí. Ahora lo entiendo. ¿Y cuánto hace que murió?

—Hace ya siete días.

—Pobre de ella. Se ha de haber sentido abandonada. Nos hicimos la promesa de morir juntas. De irnos las dos para darnos ánimo una a la otra en el otro viaje, por si se necesitara, por si acaso encontráramos alguna dificultad. Éramos muy amigas. ¿Nunca le habló de mí?

—No, nunca.

—Me parece raro. Claro que entonces éramos unas chiquillas.

Y ella estaba apenas recién casada. Pero nos queríamos mucho. Tu madre era tan bonita, tan, digamos, tan tierna, que daba gusto quererla. Daban ganas de quererla. ¿De modo que me lleva ventaja, no? Pero ten la seguridad de que la alcanzaré. Sólo yo entiendo lo lejos que está el cielo de nosotros; pero conozco cómo acortar las veredas. Todo consiste en morir, Dios mediante, cuando uno quiera y no cuando Él lo disponga. O, si tú quieres, forzarlo a disponer antes de tiempo. Perdóname que te hable de tú; lo hago porque te considero como mi hijo. Sí, muchas veces dije: "El hijo de Dolores debió haber sido mío". Después te diré por qué. Lo único que quiero decirte ahora es que alcanzaré a tu madre en alguno de los caminos de la eternidad.

Yo creía que aquella mujer estaba loca. Luego ya no creí nada. Me sentí en un mundo lejano y me dejé arrastrar. Mi cuerpo, que parecía aflojarse, se doblaba ante todo, había soltado sus amarras y cualquiera podía jugar con él como si fuera de trapo.

—Estoy cansado —le dije.

—Ven a tomar antes algún bocado. Algo de algo. Cualquier cosa.

—Iré. Iré después.

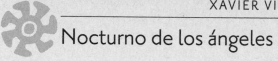

Nocturno de los ángeles

A AGUSTÍN J. FINK

Se diría que las calles fluyen dulcemente en la noche.
Las luces no son tan vivas que logren desvelar el secreto,
el secreto que los hombres que van y vienen conocen,
porque todos están en el secreto
y nada se ganaría con partirlo en mil pedazos
si, por el contrario, es tan dulce guardarlo
y compartirlo sólo con la persona elegida.

Si cada uno dijera en un momento dado,
en sólo una palabra, lo que piensa,
las cinco letras del DESEO formarían una enorme cicatriz
    luminosa,
una constelación más antigua, más viva aún que las otras.
Y esa constelación sería como un ardiente sexo
en el profundo cuerpo de la noche,
o, mejor, como los Gemelos que por vez primera en la vida
se miraran de frente, a los ojos, y se abrazaran ya para siempre.

De pronto el río de la calle se puebla de sedientos seres,
caminan, se detienen, prosiguen.
Cambian miradas, atreven sonrisas,
forman imprevistas parejas...

Hay recodos y bancos de sombra,
orillas de indefinibles formas profundas
y súbitos huecos de luz que ciega
y puertas que ceden a la presión más leve.

El río de la calle queda desierto un instante.
Luego parece remontar de sí mismo
deseoso de volver a empezar.
Queda un momento paralizado, mudo, anhelante
como el corazón entre dos espasmos.

Pero una nueva pulsación, un nuevo latido
arroja al río de la calle nuevos sedientos seres.
Se cruzan, se entrecruzan y suben.
Vuelan a ras de tierra.
Nadan de pie, tan milagrosamente
que nadie se atrevería a decir que no caminan.

¡Son los ángeles!
Han bajado a la tierra
por invisibles escalas.
Vienen del mar, que es el espejo del cielo,
en barcos de humo y sombra,
a fundirse y confundirse con los mortales,
a rendir sus frentes en los muslos de las mujeres,
a dejar que otras manos palpen sus cuerpos febrilmente,
y que otros cuerpos busquen los suyos hasta encontrarlos
como se encuentran al cerrarse los labios de una misma boca,

a fatigar su boca tanto tiempo inactiva,
a poner en libertad sus lenguas de fuego,
a decir las canciones, los juramentos, las malas palabras
en que los hombres concentran el antiguo misterio
de la carne, la sangre y el deseo.

Tienen nombres supuestos, divinamente sencillos.
Se llaman Dick o John, o Marvin o Louis.
En nada sino en la belleza se distinguen de los mortales.
Caminan, se detienen, prosiguen.
Cambian miradas, atreven sonrisas.
Forman imprevistas parejas.

Sonríen maliciosamente al subir en los ascensores de los hoteles
donde aún se practica el vuelo lento y vertical.
En sus cuerpos desnudos hay huellas celestiales;
signos, estrellas y letras azules.
Se dejan caer en la camas, se hunden en las almohadas
que los hacen pensar todavía un momento en las nubes.
Pero cierran los ojos para entregarse mejor a los goces de su
    encarnación misteriosa,
y, cuando duermen, sueñan no con los ángeles sino con los
    mortales.

Voces chicanas #1

Cómo domar una lengua salvaje

—Vamos a tener que controlar tu lengua —dice el dentista, sacando todo el metal de mi boca. Pedacitos plateados hacen *¡plaf!* y tintinean al caer en el lavabo. Mi boca es una veta madre.

El dentista está limpiándome las raíces. Me llega un tufo mientras respiro con dificultad.

—Todavía no puedo taparte ese diente, aún está drenando —dice él—. Vamos a tener que hacer algo con tu lengua. —Noto la furia subir en su voz. Mi lengua sigue expulsando las tiras de algodón, empujando los tornos, las agujas largas y delgadas—. Nunca he visto algo tan fuerte o tan terco —dice él. Y pienso, ¿cómo domas una lengua salvaje, la entrenas para que guarde silencio, cómo la embridas y la ensillas? ¿Cómo haces para tumbarla?

¿Quién dice que robar a un pueblo de
su idioma es menos violento que la guerra?
—Ray Gwyn Smith

31

Recuerdo cuando me sorprendieron hablando español en el recreo: eso me valía tres reglazos en los nudillos. Recuerdo que me mandaron al rincón del salón de clases por "contestar" a la maestra angloamericana cuando todo lo que yo intentaba hacer era decirle cómo pronunciar mi nombre. "Si quieres ser americana, entonces debes hablar 'American'. Si no te parece, regrésate a México de donde viniste".

"Quiero que hables inglés. Pa' hallar un buen trabajo tienes que saber hablar el inglés bien. Qué vale toda tu educación si todavía hablas inglés con un 'accent' ", me decía mi mamá, mortificada de que yo hablara inglés como una mexicana. En Pan Am University era obligatorio que yo, al igual que todos los estudiantes chicanos, tomara dos clases de oratoria. Su propósito: quitarnos el acento.

Los atentados en contra de la forma de expresión propia con la intención de censurar son una violación a la Primera Enmienda constitucional de los Estados Unidos. El anglo con cara de inocente nos arrancó la lengua. Las lenguas salvajes no se pueden domar, sólo se pueden cortar.

SUPERANDO LA TRADICIÓN DEL SILENCIO

Ahogadas, escupimos el oscuro.
Peleando con nuestra propia sombra
el silencio nos sepulta.

"En boca cerrada no entran moscas" es un dicho que escuché muchas veces cuando era niña. Ser habladora era ser una chismosa y una mentirosa, hablar demasiado. Las muchachitas bien criadas no contestan. Es una falta de respeto contestar a la madre o al padre de uno. Recuerdo uno de los pecados que solía recitarle al cura en el confesionario las pocas veces que me fui a confesar: le contesté a mi madre, hablar pa' 'tras, repelar. Hocicona, repelona, chismosa, ser una bocona, cuestionar, contar historias es señal de ser una malcriada. En mi cultura todas ellas son palabras despectivas cuando se aplican a las mujeres: nunca he escuchado que se les apliquen a los hombres.

La primera vez que escuché a dos mujeres, una puertorriqueña y una cubana, decir la palabra "nosotras", me quedé impactada. No sabía que existiera esa palabra. Las chicanas usamos "nosotros" ya seamos hombres o mujeres. Nos roban nuestro ser femenino con el plural masculino. El lenguaje es un discurso masculino.

> *Y nuestras lenguas se han*
> *secado   el desierto nos*
> *ha secado la lengua   y*
> *hemos olvidado el habla.*
> —Irena Klepfisz

Aun nuestra propia gente, otros hispanohablantes, nos quieren poner candados en la boca. Quisieran reprimirnos con sus reglas de la academia.

OYE COMO LADRA: EL LENGUAJE DE LA FRONTERA

> *Quien tiene boca se equivoca.*
> —DICHO MEXICANO

"*Pocha*, traidora cultural, al hablar inglés estás hablando el idioma del opresor, estás arruinando el idioma español", me han acusado varios latinos y latinas. El español chicano es considerado por el purista y por la mayoría de los latinos como deficiente, una mutilación del español.

Pero el español chicano es una lengua fronteriza que tuvo un desarrollo natural. El cambio, la evolución, el enriquecimiento de palabras nuevas por invención o adopción han creado variantes del español chicano, un nuevo lenguaje. Un lenguaje que corresponde a un modo de vivir. El español chicano no es incorrecto, es una lengua viva.

Para un pueblo que no es ni hispano ni vive en un país en donde el español es el idioma primario; para un pueblo que vive en un país donde reina el inglés pero que no es angloamericano; para un pueblo que no se identifica por completo ya sea con el español estándar (formal, castellano) ni con el inglés estándar, ¿qué recurso le queda si no es crear su propio idioma? Un idioma al cual conectar su identidad, uno capaz de comunicar realidades y valores consecuentes con ellos mismos: un idioma con términos que no son ni español ni inglés, sino una mezcla de ambos. Hablamos un *patois*, una lengua bifurcada, una variación de dos idiomas.

El español chicano surgió de la necesidad de los chicanos de identificarnos como un pueblo con características propias. Necesitábamos un idioma con el cual comunicarnos entre nosotros, un idioma secreto. Para algunos de nosotros, el idioma es una patria más cercana que el suroeste de los Estados Unidos, ya que muchos chicanos viven hoy en día en los estados del centro y el este del país. Y debido a que somos un pueblo complejo y heterogéneo, hablamos muchos idiomas. Algunos de los idiomas que hablamos son:

1. Inglés estándar
2. Jerga del inglés e inglés de la clase trabajadora
3. Español estándar
4. Español mexicano estándar
5. Dialecto español del norte de México
6. Español chicano (Texas, Nuevo México, Arizona y California tienen sus variaciones regionales)

7. Tex-Mex (el dialecto de la región Texas-México)
8. *Pachuco* (conocido como *caló*)

Mis lenguas "natales" son los idiomas que hablo con mi hermana y mis hermanos, con mis amigos. Son las últimas cinco de la lista, siendo la seis y la siete a las que les tengo más cariño. De la escuela, los medios de comunicación y las circunstancias de trabajo, he asimilado el inglés estándar y el inglés de la clase trabajadora. De Mamagrande Locha y de leer literatura española y mexicana, he asimilado el español estándar y el español mexicano estándar. De los inmigrantes mexicanos recién llegados y los braceros, he aprendido el dialecto del norte de México. Con los mexicanos trato de hablar ya sea el español mexicano estándar o el dialecto del norte de México. De mis padres y de los chicanos que viven en el valle de Texas asimilé el español chicano de Texas, el cual hablo con mi mamá, mi hermano menor (quien se casó con una mexicana y rara vez mezcla el español con el inglés), mis tías y con parientes ya mayores.

Con las chicanas de Nuevo México o Arizona hablo un poco de español chicano, pero a menudo no entienden lo que digo. Con la mayoría de las chicanas de California hablo por completo en inglés (a menos que se me olvide). Cuando me mudé a San Francisco por primera vez, de pronto soltaba algo en español, avergonzándolas sin querer. A menudo es sólo con otra chicana tejana con quien puedo hablar libremente.

Las palabras distorsionadas por el inglés se conocen como anglicismos o *pochismos*. El *pocho* es el mexicano americanizado o el estadounidense de origen mexicano que habla español con el acento característico de los norteamericanos, y que distorsiona o reconstruye el idioma según la influencia del inglés. El Tex-Mex o *Spanglish* es lo que se me da con mayor naturalidad. Puede que salte del inglés al español y viceversa en la misma oración o aun dentro de la misma palabra. Con mi hermana y mi hermano Nune y con mis contemporáneos chicanos tejanos hablo en Tex-Mex.

De los niños y de la gente de mi edad asimilé el *pachuco*. El *pachuco* (el lenguaje de los jóvenes que usaban los trajes estilo *"zoot"*, conocidos como *"zoot-suiters"*) es un lenguaje de rebeldía, tanto contra el español estándar como contra el inglés estándar. Es un lenguaje secreto. Los adultos que pertenecen a la cultura y aquellos fuera de ella no pueden entenderlo. Está compuesto de argot tanto del inglés como del español. *Ruca* quiere decir muchacha o mujer, *vato* quiere decir chico o muchacho, *chale* quiere decir que no, *simón* quiere decir que sí, *churo* es seguro o por supuesto, hablar es *periquear*, *pigionear* quiere decir besuquear, *qué gacho* quiere decir qué cuadrado o qué *nerd*, *ponte águila* quiere decir ten cuidado, la muerte se conoce como *la pelona*. A falta de práctica y por no tener con quienes hablarlo, he olvidado casi toda mi lengua *pachuca*.

EL ESPAÑOL CHICANO

Después de 250 años de colonización española y anglosajona, los chicanos hablamos un español con diferencias significantes. Juntamos dos vocales contiguas en una sola sílaba y a veces cambiamos el acento tónico de ciertas palabras tales como *maíz/maiz, cohete/cuete*. No pronunciamos ciertas consonantes cuando aparecen entre vocales: *lado/lao, mojado/mojao*. Los chicanos del sur de Texas pronuncian la *f* como *j* como en *jue* (fue). Los chicanos usan "arcaísmos", palabras que ya no existen en el idioma español, palabras que han desaparecido en el curso del tiempo. Decimos *semos, truje, haiga, ansina* y *naiden*. Retenemos la *j* arcaica, como en *jalar*, derivada de una *h* previa, (el *halar* francés o el *halon* alemán que entró en desuso en el español estándar del siglo XVI), pero que todavía se encuentra en varios dialectos regionales, tal como el que se habla en el sur de Texas. (Por razones geográficas, los chicanos del Valle del Sur de Texas se vieron aislados lingüísticamente de otros hispanohablantes. Tendemos a usar palabras traídas por los españoles de la España medieval. La mayoría de los colonizadores españoles de México y del suroeste de los Estados Unidos provenían de Extremadura —Hernán Cortés entre ellos— y Andalucía. Los andaluces pronuncian la *ll* como una *y*, y su *d* tiende a ser absorbida por las vocales adyacentes: *tirado* se convierte en *tirao*. Trajeron consigo el lenguaje popular, los dialectos y los regionalismos.

Los chicanos y otros hispanohablantes también cambian la *ll* por una *y* y la *z* por una *s*. Omitimos algunas sílabas iniciales, decimos *tar* en lugar de *estar*, *toy* en lugar de *estoy*, *hora* en vez de *ahora* (los cubanos y los puertorriqueños también omiten las letras iniciales de algunas palabras). También omitimos la sílaba final tal como en *pa* para decir *para*. La *y* intervocálica, la *ll* como en *tortilla, ella, botella*, es reemplazada por *tortia* o *tortiya, ea, botea*. Agregamos una sílaba adicional al inicio de ciertas palabras: *atocar* por *tocar, agastar* por *gastar*. A veces decimos *lavaste las vasijas*, otras veces *lavates* (substituyendo la terminación del verbo con *ates* en vez de *aste*).

Usamos anglicismos, palabras prestadas del inglés: *bola* del inglés *ball* o pelota, *carpeta* del inglés *carpet* o alfombra, *máquina de lavar* (en vez de *lavadora*) del inglés *washing machine*. El argot Tex-Mex, que se crea al agregar un sonido en español al inicio o al final de una palabra en inglés tal como *cookiar* del inglés *cook* o cocinar, *watchar* del inglés *watch* o mirar, *parkiar* del inglés *park* o estacionarse y *rapiar* del inglés *rape* o violar, es el resultado de las presiones que enfrentan los hispanohablantes al tratar de adaptarse al inglés.

No usamos la palabra *vosotros/as* y su forma verbal acompañante. No decimos *claro* (para decir que sí), *imagínate* o *me emociona* a menos que hayamos asimilado ese español de las latinas, de un libro o del salón de clases. El español de otros grupos de hispanohablantes atraviesa por un desarrollo igual o similar.

TERRORISMO LINGÜÍSTICO

> Deslenguados. Somos los del español deficiente. Somos tu pesadilla lingüística, tu aberración lingüística, tu mestizaje lingüístico, el objeto de tu burla. Porque hablamos con lenguas de fuego somos crucificados culturalmente. Racial, cultural y lingüísticamente hablando somos huérfanos: hablamos una lengua huérfana.

Las chicanas que crecimos hablando el español chicano hemos internalizado la creencia de que hablamos un español empobrecido. Es un idioma ilegítimo, bastardo. Y debido a que internalizamos la manera en que nuestro lenguaje ha sido utilizado en contra nuestra por la cultura dominante, usamos nuestras diferencias de lenguaje contra nosotras mismas.

Las chicanas feministas a menudo se evitan entre sí, recelosas y titubeantes. Durante muchísimo tiempo yo no podía descifrar el por qué. De pronto caí en cuenta. Acercarse a otra chicana es como mirarse al espejo. Nos da miedo lo que podamos descubrir allí. Pena. Vergüenza. Autoestima deficiente. En la niñez se nos dice que nuestro idioma está mal. Los repetidos atentados en contra de nuestra lengua materna disminuyen nuestra percepción de nosotros mismos. Los atentados continúan durante toda nuestra vida.

Las chicanas se sienten incómodas al hablar en español con otras latinas, temerosas de su censura. El idioma de ellas no estaba prohibido en sus países de origen. Tuvieron toda una vida de vivir sumergidas en su lengua materna; generaciones, siglos durante los cuales el español fue el idioma principal, el que se enseña en la escuela, se escucha en la radio y la TV, y se lee en el periódico.

Si una persona, chicana o latina, tiene mi lengua materna en baja estima, ella también me tiene en baja estima. Entre mexicanas y latinas, con frecuencia hablamos en inglés por ser un idioma neutral. Aun entre las chicanas tendemos a hablar inglés en fiestas o congresos. Sin embargo, al mismo tiempo, tememos que los demás piensen que estamos *agringadas* porque no hablamos en español chicano. Nos oprimimos una a la otra para ver quién es la más chicana, competimos por ser las chicanas "de verdad", las que hablan como los chicanos. No hay una sola lengua chicana, así como no hay una sola experiencia chicana. Una chicana monolingüe cuya primera lengua es el inglés o el español es tan chicana como la que habla distintas variantes del español. Una chicana de Michigan o Chicago o Detroit es tan chicana como aquella del suroeste de los Estados Unidos. El español chicano es tan diverso lingüísticamente como lo es regionalmente.

Para fines de este siglo, los hispanohablantes comprenderán el grupo minoritario más numeroso de los Estados Unidos, un país en el cual se les aconseja a los estudiantes de las secundarias y las universidades estudiar el francés porque se le considera un idioma más "refinado". Pero para que una lengua siga viva debe ser usada. Para fines de siglo, el inglés, y no el español, será la lengua materna de la mayoría de los chicanos y los latinos.

De modo que, si de verdad quieres herirme, habla mal de mi lengua. La identidad étnica es una piel gemela de la identidad lingüística: yo soy mi lenguaje. Hasta que pueda sentirme orgullosa de mi lenguaje, no podré sentirme orgullosa de mí misma. Hasta que pueda aceptar como legítimo el español chicano de Texas, el Tex-Mex, y todas las otras lenguas que hablo, no podré aceptar la legitimidad de mí misma. Hasta que sea libre de escribir de forma bilingüe y cambiar de código sin tener que traducir siempre, mientras tenga que seguir hablando inglés o español cuando lo que quiero hablar es el *Spanglish*, y mientras tenga que tener en cuenta a los angloparlantes, en lugar de que ellos me tengan en cuenta a mí, mi lengua será ilegítima.

Ya no consentiré que se me haga sentir vergüenza por el simple hecho de existir. Tendré mi voz: india, española, blanca. Tendré mi lengua de serpiente: mi voz de mujer, mi voz sexual, mi voz de poeta. Superaré la tradición del silencio.

> *Mis dedos*
> *se mueven traviesos por tu palma*
> *Como las mujeres en todas partes, hablamos en clave...*
> —MELANIE KAYE/KANTROWITZ

"VISTAS", CORRIDOS Y COMIDA: *MI LENGUA MATERNA*

Leí mi primera novela chicana en los años sesenta. Se trataba de *City of Night* [*Ciudad de la noche*] de John Rechy, un tejano gay, hijo de un padre escocés y una madre mexicana. Durante días caminé sin rumbo, asombrada y atónita de que un chicano escribiera y lograra ser publicado. Cuando leí *I am Joaquín/Yo soy Joaquín*, me sorprendió ver la publicación de un libro bilingüe escrito por un chicano. Cuando por primera vez vi poesía escrita en Tex-Mex, una sensación de alegría pura relampagueó en mi interior. Sentí como si realmente existiéramos como pueblo. En 1971, cuando comencé a dar clases de inglés en la secundaria a estudiantes chicanos, traté de complementar los textos obligados con obras escritas por chicanos, sólo para ser amonestada por el director, quien me prohibió hacerlo. Según él yo debía enseñar literatura inglesa y "americana". Bajo riesgo de que me corrieran, hice jurar silencio a mis estudiantes y les pasaba cuentos, una obra de teatro, poemas escritos por chicanos. En el postgrado, mientras hacía mis estudios de doctorado, tuve que "discutir" con un asesor tras otro, un semestre tras otro, antes de que se me permitiera hacer de la literatura chicana mi área de concentración.

Aun antes de que leyera libros escritos por chicanos o mexicanos, fueron las películas mexicanas que veíamos en el autocinema —la oferta especial de $1.00 por carro lleno— lo que me dio la sensación de pertenecer a algo. "Vámonos a las vistas", nos llamaba mi madre y todos —abuelita, hermanos, hermana y primos— nos amontonábamos en el carro. Devorábamos unos sándwiches de queso y mortadela en pan blanco mientras veíamos a Pedro Infante en un dramón lacrimógeno como *Nosotros los pobres,* la primera película mexicana "verdadera" (que no era una imitación de las películas europeas). Recuerdo haber visto *Cuando los hijos se van* y haber deducido que todas las películas mexicanas ensalzaban el amor que una madre tiene por sus hijos y lo que le pasa a los hijos e hijas ingratos cuando no le tienen devoción a sus madres. Recuerdo las películas de vaqueros cantadas de Jorge Negrete y Miguel Aceves Mejía. Ver películas mexicanas era como volver al hogar; a la vez, eso me hacía sentir cierto enajenamiento. La gente que iba a llegar lejos no iba a las películas mexicanas ni a los bailes, ni sintonizaba su radio a la música de boleros, rancheritas o corridos.

Pasé mi niñez y mi juventud escuchando música norteña, a veces conocida como música fronteriza del norte de México o música Tex-Mex, o música chicana o música de cantina. Crecí escuchando a los conjuntos, las bandas de tres o cuatro músicos formados dentro de la tradición folclórica que tocaban la guitarra, el bajo sexto, la batería y el acordeón de botones, el cual los chicanos habían adoptado de los inmigrantes alemanes que llegaron al centro de Texas y a México a dedicarse a la agricultura y a construir fábricas de cerveza. En el Valle del Río Grande, Steve Jordan y Little Joe Hernández gozaban de popularidad, y Flaco Jiménez era el rey del acordeón. Los ritmos de la música Tex-

Mex son aquellos de la polka, también adoptada de los alemanes, quienes a su vez la adoptaron de los checos y los bohemios.

Recuerdo las noches calientes y bochornosas en que los *corridos* —las canciones de amor y de muerte de la frontera entre Texas y México— reverberaban de amplificadores baratos desde las cantinas locales y se colaban por la ventana de mi recámara.

Los corridos se difundieron ampliamente por vez primera a lo largo de la frontera entre el sur de Texas y México, durante los primeros conflictos entre los chicanos y los angloamericanos. Los corridos usualmente tratan de héroes mexicanos que realizan hazañas valientes contra los angloamericanos opresores. La canción de Pancho Villa, "La cucaracha", es la más famosa. Los corridos de John F. Kennedy y de su muerte todavía gozan de mucha popularidad en el valle de Texas. Los chicanos ya mayores recuerdan a Lydia Mendoza, una de las cantantes de corridos más grandes de la región de la frontera, a quien se conocía como "la gloria de Tejas". Su "Tango negro", que cantó durante la Gran Depresión, la convirtió en una cantante del pueblo. Los corridos omnipresentes narraron cien años de historia en la frontera, llevaban noticias de acontecimientos y también eran una forma de entretenimiento. Los músicos y las canciones de la tradición folclórica forjaron nuestros mitos culturales principales e hicieron que nuestras duras vidas parecieran más llevaderas.

Yo crecí sintiendo una ambivalencia hacia nuestra música. La música *country & western* y el *rock-and-roll* gozaban de más prestigio. En los años cincuenta y sesenta, entre los chicanos más agringados y con un poco más de escolaridad, había cierta sensación de vergüenza si alguien te sorprendía escuchando nuestra música. Sin embargo, yo no podía evitar marcar con el pie el ritmo de la música, ni dejar de tararear la letra, ni ocultarme a mí misma el júbilo que sentía al escucharla.

Hay formas más sutiles en las que internalizamos la identificación, sobre todo en la forma de imágenes y emociones. Para mí, ciertos alimentos y ciertos olores están ligados a mi identidad, a mi tierra. El humo de leña ondulándose hacia el cielo azul; el humo de leña perfumando la ropa de mi abuelita, su piel. El hedor del estiércol de vaca y las manchas amarillas en la tierra; el estallido de un rifle .22 y la peste de la cordita. El queso blanco hecho en casa chisporroteando en la sartén, derritiéndose dentro de una tortilla doblada. El menudo picante y caliente de mi hermana Hilda, el chile colorado dándole ese color rojo profundo, los pedazos de panza y el maíz pelado flotando en la superficie. Mi hermano Carito asando fajitas en el jardín trasero. Aun ahora, a tres mil millas de distancia, puedo ver a mi mamá sazonando la carne molida de res, puerco y venado con chile. Se me hace agua la boca de pensar en los tamales calientes y humeantes que estaría comiendo si estuviera en casa.

SI LE PREGUNTAS A MI MAMÁ, "¿QUÉ ERES?"

> *La identidad es el núcleo esencial de quién somos como individuos, la experiencia consciente del yo interno.*
>
> —Kaufman

Nosotros los chicanos estamos con un pie a cada lado de la frontera. Una parte de nosotros está constantemente expuesta al español de los mexicanos, la otra parte escucha el clamor incesante de los angloamericanos, de modo que olvidamos nuestro lenguaje. Entre nosotros no decimos nosotros los americanos o nosotros los españoles o nosotros los hispanos. Decimos nosotros los mexicanos (por mexicanos no queremos decir ciudadanos de México; no nos referimos a una identidad nacional, sino racial). Distinguimos entre los mexicanos del otro lado y los mexicanos de este lado. Muy dentro del corazón sentimos que ser mexicano no tiene nada que ver con el país en el que uno vive.

Ser mexicano es un estado del alma: no uno de la mente, no uno de la ciudadanía. Ni águila ni serpiente, sino ambos. Y como el océano, ningún animal respeta las fronteras.

Dime con quién andas y te diré quién eres.

—DICHO MEXICANO

Si le preguntas a mi mamá, "¿Qué eres?" te dirá, "soy mexicana". Mis hermanos y mi hermana dicen lo mismo. A veces yo respondo "soy mexicana" y otras veces digo "soy chicana" o "soy tejana". Pero me identifiqué con "raza", antes de identificarme con "mexicana" o "chicana".

Como cultura, nos llamamos a nosotros mismos *"Spanish"* cuando nos referimos a nosotros mismos como grupo lingüístico y cuando nos rajamos. En ese momento olvidamos que nuestros genes son predominantemente indígenas. Somos de un 70 a un 80 por ciento indios. Nos llamamos *Hispanic* o *Spanish-American* o *Latin American* o *Latin* cuando nos vinculamos a otros pueblos de habla hispana del hemisferio occidental y cuando nos rajamos. Nos llamamos *Mexican-American* o méxicoamericano para señalar que no somos ni mexicanos ni americanos, pero que somos más el sustantivo "americano", que el adjetivo "mexicano" (y cuando nos rajamos).

Los chicanos y otra gente de color sufren económicamente al no aculturarse. Esta enajenación voluntaria (y sin embargo forzada) crea un conflicto psicológico, una especie de identidad dual: no nos identificamos con los valores culturales angloamericanos y tampoco nos identificamos con los valores culturales mexicanos. Somos una sinergia de dos culturas con varios grados de mexicanidad o anglicidad. Yo he internalizado a tal grado el conflicto de la frontera que a veces siento que uno cancela al otro y somos cero, nada, nadie. A veces no soy nada ni nadie. Pero hasta cuando no lo soy, lo soy.

Cuando no nos rajamos, cuando sabemos que somos algo más que nada, nos llamamos a nosotros mismos *mexicanos*, refiriéndonos a la raza y a la ascendencia; *mestizo* cuando afirmamos tanto nuestra parte indígena como la española (pero casi nunca reconocemos nuestra ascendencia negra); *chicano* cuando nos referimos a gente con conciencia política que nació o que se crió en los Estados Unidos; *raza* cuando nos referimos a los chicanos; *tejanos* cuando somos chicanos de Texas.

Los chicanos no teníamos una noción propia como pueblo hasta 1965, cuando César Chávez y los trabajadores agrícolas se sindicalizaron y se publicó *Yo soy Joaquín* y se formó el partido de "la Raza Unida" en Texas. Ese reconocimiento nos convirtió en un pueblo con características propias. Algo trascendental le ocurrió al alma chicana: nos volvimos conscientes de nuestra realidad y adquirimos un nombre y un lenguaje (el español chicano) que reflejaba esa realidad. Ahora que contábamos con un nombre, algunos de los fragmentos comenzaban a cobrar sentido al estar juntos: quiénes éramos, qué éramos, cómo habíamos evolucionado. Comenzamos a vislumbrar lo que algún día seríamos.

Sin embargo, la lucha de identidades continúa, la lucha de las fronteras es todavía nuestra realidad. Algún día cesará esa lucha interna y será reemplazada por una verdadera integración. Mientras tanto, tenemos que seguir la lucha. ¿Quién está protegiendo los ranchos de mi gente? ¿Quién está tratando de cerrar la fisura entre la india y el blanco en nuestra sangre? El chicano, sí, el chicano que anda como un ladrón en su propia casa.

Los chicanos, qué pacientes aparentamos ser, pero qué tan pacientes. Tenemos algo de la quietud del indio. Sabemos cómo sobrevivir. Mientras que otras razas han abandonado su lengua, nosotros la hemos conservado. Sabemos lo que es vivir bajo el martillazo de la cultura norteamericana dominante. Pero más que contar los golpes, contamos los días, las semanas, los años, los siglos, los millones de años, hasta que las leyes y el comercio y las costumbres de los blancos se pudran en los desiertos que ellos mismos han creado, hasta que yazcan calcinados. Humildes y sin embargo orgullosos, quietos y sin embargo salvajes, nosotros los mexicanos-chicanos caminaremos entre las cenizas mientras seguimos adelante con nuestras vidas. Tercos, perseverantes, impenetrables como la piedra, poseedores no obstante de una maleabilidad que nos vuelve irrompibles, nosotros, las mestizas y los mestizos, permaneceremos.

TRADUCIDO POR LILIANA VALENZUELA

India

Otro día, saliendo el sol, que era la hora que los indios nos habían dicho, vinieron a nosotros, como lo habían prometido, y nos trajeron mucho pescado y unas raíces...
Hicieron venir sus mujeres e hijos para que nos viesen...

—Álvar Núñez Cabeza de Vaca

Solía mirar fijamente al indio en el espejo. La nariz ancha, los labios carnosos. Paul Muni protagonizando a Benito Juárez. Una cara tan alargada —una nariz tan larga— esculpida por unos pulgares indiferentes y burdos, hecha de un barro tan común. Ninguno en mi familia tenía una cara tan morena ni tan india como la mía. Mi cara no podía representar la ambición que yo abrigaba. ¿Qué podrían decirme a mí los Estados Unidos de América? Recuerdo haber leído las laboriosas conclusiones del Informe Kerner de los años sesenta: dos Estados Unidos, uno blanco, uno negro, la profecía de un eclipse demasiado simple como para explicar la complejidad de mi rostro.

La palabra *mestizo* en el español mexicano quiere decir mezclado, confuso. Cuajado con indio, diluido por la espuma española.

¿Qué podría decirme a mí México?

Los filósofos mexicanos hacen su guelaguetza en sus revistas refinadas acerca del "fatalismo" indígena y el ¿adónde va México? El fatalismo del indio es un importante tema filosófico mexicano; se confía en dicha frase para conjurar la naturaleza pasiva del indio, así como para iniciar el debate sobre el progreso renuente de México hacia la modernización. Los mexicanos imaginan su parte india como un peso muerto: el indio pasmado por la modernidad; tan apabullado por la pérdida de aquello que le es genuino —su lengua, su religión— que se sienta a llorar, cual doncella medieval en la encrucijada; o si no, recurre a los poderes ocultos y a las supersticiones, prefiriendo confraternizar con la muerte, ya que el propósito del mundo lo ha dejado atrás.

Una noche en la Ciudad de México me aventuro desde mi hotel a una colonia distante a visitar a mi tía, la única hermana de mi papá. Pero ella no está allí. Se ha mudado. Durante los últimos años se ha mudado, esta mujer de ochenta y tantos años, de uno a otro de sus hijos. Sólo lleva consigo sus papeles y libros —es poetisa— y un piano vertical pintado de azul. Mi tía escribe poemas de amor a su esposo difunto, Juan: mantiene a Juan al día, a la vez que vuelve a regar su pérdida. El año pasado me envió sus obras completas, un bloc encuadernado de papel cebolla de una pulgada de ancho. Y junto con sus poemas me manda una lista de nombres, una genealogía que entrelaza dos siglos, dos continentes, a un origen común: la Salamanca del siglo XVIII. La lista no viene acompañada de ninguna explicación. Su implicación, no obstante, es clara. Somos —la familia de mi padre es (a pesar de la evidencia de mi rostro)— europeos. No somos indios.

Por otro lado, un estudiante de la Universidad de Berkeley se me acercó sigilosamente un día, como si fuera yo un tótem de piedra, para decirme: "¡Caray, debe ser fenomenal estar emparentado con los aztecas!"

Me senté junto al periodista de Pakistán: el invitado de honor. Él había estado haciendo una gira por los Estados Unidos bajo los auspicios del Departamento de Estado de los Estados Unidos. En este momento, hacia el final de su viaje, se encontraba cenando con varios de nosotros, periodistas estadounidenses, en un restaurante chino de San Francisco. Dijo que había visto más o menos todo lo que había querido ver en los Estados Unidos. Su esposa, sin embargo, le había encargado que le trajera algunas artesanías de los indígenas americanos. Cobijas. Cosas bordadas con cuentas. Él había buscado por todos lados.

Los comensales se sintieron de repente cautivados por la novedad de su dilema. No puede uno ni tocar esas cosas hoy en día, dijo alguno. Tan poco comunes, tan caras. Alguien más sabía de una tienda en Sacramento Street que vendía artículos genuinos de Santa Fe. Otros recordaron una tienda en Chinatown donde se podían conseguir mocasines, cinturones, ¡de todo! Todo ello manufacturado en Taiwán.

El periodista pakistaní parecía incrédulo. Su sueño americano se había forjado bajo la influencia de las películas de exportación del Viejo Oeste. Los vaqueros y los indios son el yin y el yang de los Estados Unidos. Él había visto a hombres vestidos de *cowboys* en este viaje. Pero (dirigiéndose a mí): ¿Dónde están los indios?

(Dos indios mirándose entre sí. Uno pregunta dónde están todos los indios, el otro se encoge de hombros.)

Crecí en Sacramento pensando que los indios eran gente que había desaparecido. Yo era un mexicano de California; jamás se me hubiera ocurrido imaginarme a mí mismo como un azteca de California, así como a usted no se le ocurriría imaginarse como un vikingo o un bantú. La Sra. Ferrucci, una vecina, se refería a mi familia como *"Spanish"*. Sabíamos que ella intentaba ennoblecernos con esa designación. También sabíamos que era una ignorante.

Yo era un ignorante.

En los Estados Unidos el indio queda relegado al primer capítulo obligado —el capítulo de "La otrora gran nación"— después del cual el indio se elimina tan fácilmente como la maleza, usando una herramienta retórica muy aguda llamada un "¡ay, qué lástima!" A partir de entonces, el indio reaparece sólo como una reliquia atónita: Ishi, o la arpía centenaria soplando su vela de cumpleaños en el asilo de ancianos de Tucson; o el joven borracho hasta las cachas en Plaza Park.

Allá vienen por la avenida Broadway en los desfiles del Cuatro de Julio de mi infancia: hombres maduros con gafas, golpeando sus tambores; Jei-ya-ya-ya; Jei-ya-ya-ya. Usaban bermudas debajo de sus taparrabos. Los muchachos de la secundaria nunca podían evitar responder con su Wu-wu-wu, tapándose la boca con la palma de la mano.

En los años sesenta, los indios comenzaron a llamarse a sí mismos *Native Americans* o indígenas americanos, recobrando vida. Esa autodesignación subestimó la despiadada idea que los puritanos habían superpuesto al paisaje. América es una idea que existe en contraposición a los indígenas. El indio representa la permanencia y la continuidad frente a los norteamericanos resueltos a insistir que ésta es tierra virgen. Los indios deben ser unos fantasmas.

Recolecté evidencia contradictoria sobre México, es verdad, pero yo nunca me sentí como ningún vestigio. Las revistas mexicanas llegaban a nuestro buzón desde la Ciudad de México; mostraban a peatones paseando por amplios bulevares color ocre, bajo árboles de hojas verde limón. Mi pasado tenía por lo menos esa coherencia: México era un lugar real por donde transitaba mucha gente. Mis padres habían venido de un lugar que continuaba sin ellos.

Cuando era estudiante de posgrado en Berkeley y daba clases de recuperación de inglés, había varios indígenas americanos en mi salón de clases. No eran como ningún otro tipo de "estudiante minoritario" que había en las otras clases que yo daba. Los indios iban y venían. Cuando los mandaba llamar a mi oficina, venían y se sentaban mientras yo hablaba.

Recuerdo en particular a un hombre alto, casi sonámbulo, hermoso de una manera desalentadora pero también interesante, porque nunca lo vi sin el último ejemplar de *The New York Review of Books* bajo el brazo, lo cual interpreté como un anuncio de su ambición. Se ausentaba de mi clase por semanas a la vez. Luego una mañana lo vi en un café en Telegraph Avenue, enfrente de Cody's. No era que yo me las diera de Sidney Poitier, pero me intrigaba que este valentón malhumorado no tuviera ningún interés en mí, por un lado, y luego lo de *The New York Review*.

¿Te molesta si me siento aquí?

Nada.

Bla, bla, bla... *New York Review of Books?* —yo solo— hasta que, cuando me puse de pie para retirarme:

—Usted no es indio, es mexicano —dijo—. No comprendería.

Quiso decir que yo estaba rebajado. Diluido.

¿Comprender qué?

Quiso decir que yo no era un indio de los Estados Unidos. Quiso decir que él era un enemigo de la historia que, por lo demás, me había creado. Y tenía razón, yo no comprendía. Tomé su retraimiento por chovinismo. Interpreté su chovinismo como arrogancia. ¿No distinguía al indio en mi rostro? Vi su rostro —su negativa a confraternizar con los vivos— como el rostro de un muerto.

¿Así como desaparece el paisaje, desaparece el indio? En el comercial de interés público de la TV, el indio derrama una lágrima al ver un Estados Unidos que ha sido contaminado de tal manera que le resulta irreconocible. La memoria del indio se ha convertido en el indicador con el cual Estados Unidos evalúa la corrupción de la historia cuando nos conviene. El tam-

tamismo —la costumbre de colocar al indio por fuera de la historia— es un sentimentalismo por parte de los blancos que relega al indio a la muerte.

Un obituario encontrado en *The New York Times* (septiembre de 1989 —data Alaska): Un buque petrolero derramó su carga sobre la costa de Alaska. Las operaciones de limpieza a causa del derrame, que se estiman en mil millones de dólares, traerán consigo empleos y dólares a los pueblos indígenas.

El mundo moderno se ha cernido sobre English Bay... con una velocidad glacial. El derrame del petróleo y el mar de dinero resultante han acelerado el proceso, de modo que English Bay parece estar ahora en la cúspide de la historia.

El reportero omnisciente de *The New York Times* se cree con derecho a lamentar la historia a nombre de los indios.

En lugar de colgar a secar el salmón este mes, como los indígenas aleutianos han hecho por siglos... John Kvasnikoff se encontraba instalando una antena parabólica de tres mil dólares para su televisión en el acantilado junto a su casa sobre el mar.

El reportero de *The New York Times* sabe el precio que la modernidad extraerá de un indígena que quiere estar conectado. Queda claro que el reportero se siente seguro de su propio papel en la historia, su libertad de llevar a cuestas su procesador de textos hasta una aldea remota de Alaska. *The New York Times* no censura el viaje del reportero. Pero apenas el indio deja caer una cuenta de la tradición, o deja que su hijo se monte en una moto de nieve —como lo hace en una foto que acompaña el artículo— y *The New York Times* se echa a llorar ¡buuah! ¡buuah! ya-ya-ya. De este modo, el indio se convierte en la mascota del movimiento ecologista mundial. Los países industrializados del mundo idealizan al indio que ya no existe, a la vez que ignoran al indio que sí existe: el indio que está a punto de talar su propia selva tropical, por ejemplo. O el indio que lee *The New York Times*.

De nuevo en San Francisco: tuve la ilusión de que aquella mujer que me miraba fijamente toda la noche "conocía mi obra". Me consideré a mí mismo como un agente activo, en otras palabras. Pero, después de pasar varias veces por la mesa del buffet, la mujer me arrinconó para decirme que reconocía en mí a un "alma antigua".

¿Atraigo este tipo de atención o ando por ahí sin meterme en donde no me llaman?

¿Es parte de la naturaleza de los indios —algo que no puede verificarse en la naturaleza, por supuesto, pero que encontramos en la descripción europea de los indios— que aguardamos a ser "descubiertos"?

Europa descubre. India atrae. ¿No es así? India se sienta sobre sus hojas de nenúfar durante siglos, perdida en la contemplación del horizonte. Y, de vez en cuando, India es descubierta.

En el siglo XV, los navegantes españoles actuaban según una conjetura científica sobre la naturaleza y la forma del mundo. La mayoría de los hombres pensantes de Europa en la época de Cristóbal Colón pensaban que el mundo era redondo. El viaje de Colón fue prueba de una teoría que se consideraba cierta. Valiente, sí, pero por consiguiente, pedante.

El indio estará por siempre implicado en la redondez de la tierra. América fue la India falsa, la India equivocada y, sin embargo, la India verdadera, a pesar de todo esto —India— el broche, el misterio del apareamiento al final de la búsqueda.

Esto es tan cierto hoy como en antaño. ¿Adónde van los Beatles cuando se hastían del mundo? ¿Dónde busca el político Jerry Brown la granja de engorde de su alma? ¡India, hombre, India!

India aguarda.

India tiene todas las respuestas bajo su rostro pasivo o detrás de su velo o entre las piernas. El europeo sólo tiene preguntas, preguntas que son aseveraciones volteadas al revés, preguntas que sólo encuentran respuesta al navegar hacia un horizonte abismal. Los europeos codiciosos querían las respuestas más breves. Sabían lo que querían. Querían especias, pagodas, oro.

Si el mundo hubiera sido plano, si el europeo hubiera salido en busca de lo desconocido, entonces el europeo hubiera sido un vencedor tan grande sobre la historia como él mismo se había pintado. El europeo hubiera aventajado a la historia —aun a la teología— si hubiera llegado a orillas de un estado edénico. Si el mundo hubiera sido plano, entonces el europeo podría haber viajado hacia fuera hasta llegar a la inocencia.

Pero el mundo fue redondo. La entrada por las Antillas fue un encuentro de pueblos. El indio aguardaba al europeo perdido hacía tiempo, al europeo inevitable, como el horizonte que se aproxima.

Aunque quizá, también, ¿la raza humana del siglo XV sentía un semi-impulso por autocurarse, por autocomplementarse? Por supuesto, en retrospectiva, había cierta inevitabilidad en cuanto a la empresa católica. Si el mundo era redondo, continuo, entonces, ¿también lo eran sus pueblos?

De acuerdo a la versión europea —la versión del macho— del desfile del Nuevo Mundo, el indio debía jugar un papel pasivo. Europa se ha acostumbrado a jugar el papel del fanfarrón de la historia: Europa dando grandes zancadas por el continente americano, derribando templos, derramando lenguaje, derramando semilla, derramando sangre.

¿Y acaso no fue India la hembra, la hembra pasiva, el aspecto del teorema que aguarda: lasciva y promiscua en su abrazo, así como de pronto es indolente?

Charles Macomb Flandrau, originario de St. Paul, Minnesota, escribió un libro titulado *¡Viva México!* en 1908, en el cual describe al indio mexicano como "incorregiblemente rechoncho. Uno nunca deja de maravillarse ante la fuerza sobrehumana que reside bajo las formas torneadas, bonitas y afeminadas de sus brazos y piernas y espaldas... Las piernas de un estadounidense 'fornido', por lo general se ven como aquellas de un diagrama anatómico, pero las piernas de un poderoso indio totonaca —y muchos de ellos son increíblemente fuertes— servirían admirablemente como aquellas extremidades idealizadas sobre las cuales se muestran las medias de dama en algunos escaparates".

En las historias de la civilización occidental, la bromita de recién casados que Europa cuenta de sí misma es haber confundido a América con las extremidades de la India. Pero India quizá no sea un nombre tan inadecuado como "descubridor" o "conquistador".

Las primeras instantáneas de los indios llevadas a Europa eran unos grabaditos desnudos de madera, con los brazos en jarras, parecidos a Erasmo, o de eminencias en capas y penachos, cortesanos de un palacio egiptificado de la naturaleza. En los museos europeos, ella está ociosa, recostada al pie de un ananás plateado o en el pedestal de una urna de Dresden o en la sopera de Sèvres: la musa de la aventura europea, símbolo simultáneo de la pasión por los viajes y la recompensa.

Muchas tribus de indios fueron lo suficientemente clarividentes, conservaron suficientes recuerdos o estuvieron lo suficientemente solitarias como para predecir el advenimiento de un extraño cara pálida proveniente del otro lado del mar, un gemelo mesiánico de memoria y habilidad complementarias.

Nada de esto pudieron haber sabido esos europeos acuosos de ultramar mientras se maravillaban ante la visión de la costa cada vez más cercana. Henchidos por la arrogancia del descubrimiento, los europeos no estaban predispuestos a imaginar que alguien los vigilaba, los aguardaba.

* * *

Un amigo mío de Oxford se impacienta conmigo siempre que describo mi rostro como el de un mestizo. Mira mi cara. ¿Qué ves?

A un indio, dice él.

Mestizo, lo corrijo.

Mestizo, mestizo, dice.

Escucha, dice él. Regresé al pueblo de mi madre en México el verano pasado y éste no tenía nada de mestizo. Polvo, perros e indios. La gente allí ni siquiera habla español.

Así que le pregunto a mi amigo en Oxford lo que significa para él ser indio.

Titubea. Recientemente, mi amigo ha sido convidado a un círculo de pakistaníes ricos que viven en Londres. Pero, frente a mí, se siente incómodo y se toma todo muy en serio. Me cuenta cómo emprendió aquella búsqueda solitaria en pos de alguna evidencia de su indianidad entre sus familiares. Cree haberla encontrado en su madre; viendo a su madre en el jardín.

¿Siembra maíz a la luz de la luna?

Parece tener cierta relación con la tierra, dice él en voz baja.

De modo que allí lo tenemos. El vínculo místico con la naturaleza. ¿De qué otra manera se puede pensar en el indio si no es como en una especie de jardinero druida? Nadie dice acerca de una matrona inglesa en su jardín de rosas que se comporta como una celta. Debido a que el indio carece de historia —es decir, porque los libros de historia sólo incumben a los descendientes de los europeos— el indio aparenta pertenecer únicamente al grupo de la primera parte, primer capítulo. De modo que allí es donde el hijo espera encontrar a su madre, Hija de la Luna.

Cambiemos de tema. Hablemos de Londres. La última vez que estuve en Londres, iba de camino a una velada temprana en el Queen's Theatre cuando pasé por la iglesia de Christopher

Wren, cerca de Fortnum & Mason. La iglesia estaba iluminada; decidí entrar para saborear el espectáculo de lo que supuse serían algunos personajes al estilo de la escritora Barbara Pym, envueltos en pieles, cantando las vísperas. Imagine mi sorpresa al encontrarme con que la congregación era joven: vestidos en ropa de camuflaje y Laura Ashley. En el antealtar, sentado de piernas cruzadas en un estrado, se encontraba un chamán sudamericano.

Ahora bien, ¿quién es el indio más genuino en este retablo? ¿Yo... de camino al Queen's Theatre? ¿O ese tipo en el altar con un doctorado en la muerte?

Nos hemos lanzado —como estorninos, como godos— a través del castillo europeo de los recuerdos. Nuestros reflejos se han mirado en la carroza dorada que llevó al emperador Maximiliano a través de las calles de la Ciudad de México y, de allí en adelante, a través del sedimento de cien pinturas barnizadas.

He llegado por fin a México, el país donde nacieron mis padres. No espero encontrar nada que tenga que ver conmigo.

Hemos tensado el cordón carmín en los umbrales de los aposentos imperiales; hemos visto sillas tan bajas como para enanos, tan cómodas como para ángeles.

Hemos imaginado a la emperatriz Carlota de pie bajo las sombras de una tarde; hemos seguido su mirada por el Paseo de la Reforma hacia la ciudad distante. Nos enteramos de que el Paseo es una alusión nostálgica a los Champs-Élysées, el cual Maximiliano recreó para su tempestuosa novia con aspecto de cuervo.

Vengan por aquí, por favor...

El recuerdo de los europeos no constituirá el tema central de nuestra excursión. El Sr. Fuentes, nuestro guía turístico, se encuentra ya descendiendo la colina del Castillo de Chapultepec. Lo que la compañía de la tarjeta de crédito estadounidense llama nuestra "visita guiada de orientación" de la Ciudad de México comenzó ya tarde y por lo tanto, el Sr. Fuentes se ha visto obligado, desgraciadamente,

—...Por aquí, por favor...

a apresurarnos. El Sr. Fuentes está sumamente mortificado por el tiempo que hemos malgastado esta mañana. Está resuelto a honrar el programa, como una forma de honrar a México, contrariamente a lo que esperamos.

Nos habíamos reunido a la hora designada en la entrada para limusinas de nuestro hotel, debajo del estandarte que daba la bienvenida a las concursantes de Señorita México. Nosotros —japoneses, alemanes, estadounidenses— esperábamos puntualmente a las nueve. No había ningún autobús. Y mientras esperábamos, llegaron las concursantes de Señorita México. Los choferes se recargaban contra sus taxis para sacar a señoritas de piernas largas. Los choferes ayudaban entonces a las señoritas a equilibrarse sobre tacones de aguja (la entrada de carros estaba empedrada) antes de pasar a las señoritas, *en pointe*, a los brazos expectantes de los funcionarios.

Los hombres mexicanos, mientras tanto —porteros, botones, limpiavidrios, huéspedes del hotel— se pararon en seco, heridos por el aroma y el espectáculo de tantas señoritas rubias. Los hombres mexicanos adoptaron una expresión feroz, las aletas de la nariz ensanchadas, el entrecejo fruncido. Tales semblantes son máscaras —los hombres se proponen transmitir la adoración de su presa— tan completamente ritualizadas como las sonrisas de las reinas de belleza.

Para entonces pudimos vislumbrar el motivo de nuestra excursión más allá de los árboles resecos del Parque de Chapultepec —el Museo Nacional de Antropología— que es un depósito con aire acondicionado de los artefactos de las civilizaciones indígenas de Mesoamérica, el mejor museo de antropología en el mundo.

—No nos va a dar tiempo de ver todo —nos advierte el Sr. Fuentes mientras nos hace pasar a la gran sala, nuestra primera experiencia de los escombros sofocantes de Los Antiguos. El Sr. Fuentes quiere que salgamos de allí al mediodía.

Mientras que los Estados Unidos tradicionalmente se han regocijado ante la liberación de su paisaje del "salvajismo", México ha tomado su identidad nacional solamente de la parte india, de la madre. México mide toda bastardización cultural contra el indio; equipara la civilización con India: los reinos indígenas de una época dorada; ciudades tan fabulosas como Alejandría o Benares o Constantinopla; una corte tan lampiña, tan sutil como un pequinés. México equipara el barbarismo con Europa —la barbudez— con España.

Resulta curioso, por tanto, que ambas naciones modernas sencillamente traten al indio como un apóstrofe, que lo releguen al pasado.

Vengan por acá, por favor. Sra... Ah... por aquí, por favor. El Sr. Fuentes lleva puesta una chaqueta *sport* color verde aguacate con botones dorados. Es de estatura baja. Es un hombre más bien elegante, con una cabeza pequeña y fina, manos pequeñas, pies pequeños; con dos hileras de dientecitos finos como los dientes de un cascanueces, con los cuales corta las consonantes con tanta destreza como quien muerde hilo. El Sr. Fuentes está alerta, es irritable, es irónico, es metropolitano; su ingenio proviene de citas, es literario, un malgasto con la Sra. Ah.

Él no es nuestro igual. Su comportamiento indica que no se considera nuestro igual. Confundimos su condescendencia por humildad. Se rehúsa a comer cuando nosotros comemos. Se rehúsa a gastar cuando nosotros compramos. No terminará con México cuando nosotros hayamos terminado con México.

El Sr. Fuentes se impacienta con nosotros, ya que nos hemos detenido momentáneamente afuera del museo para contemplar la desgracia de una madre adolescente que nos muestra a su bebé que llora. Varios de nosotros nos planteamos cómo encontrar un valor en pesos que corresponda a la situación de esta mujer. No pedimos el consejo del Sr. Fuentes.

Ya que nosotros, a la vez, nos hemos impacientado con el Sr. Fuentes. Estamos de mal humor. El aire acondicionado de nuestro autobús completamente climatizado es inexistente. Nos duele la cabeza. El aire de la ciudad tampoco es ningún alivio, sino que está turbio, hongueado, viciado.

El Sr. Fuentes es un misterio para nosotros, debido a que no posee una contraparte estadounidense; debido a que no existe un equivalente estadounidense del tipo de sutilezas que le pagan por describirnos.

México no erigirá un monumento público en honor a Hernán Cortés, por ejemplo, el padre de México: el violador. En los murales de Diego Rivera del palacio presidencial, la ciudad azteca de Tenochtitlán se representa —con sus templos de sangre y sus canales de sangre— tan altiva como Troya, tan vulnerable como Pompeya. Se barniza cualquier insinuación de complicidad por parte de las otras tribus indígenas en derrocar al imperio azteca. Los españoles aparecen en los horizontes de Arcadia como bandoleros sifilíticos y sacerdotes de ojos endemoniados.

El español penetró al indio al penetrar su ciudad —la ciudad flotante— primero como pretendiente, ceremoniosamente; luego, por la fuerza. ¿Cómo podría México honrar esa violación?

En Nueva Inglaterra, el europeo y el indio se distanciaron para mirarse entre sí con sospecha durante siglos. El mestizaje era un pecado en contra del individualismo protestante. En México, el europeo y el indio confraternizaron. El rapto de la fabulosa Tenochtitlán acabó en un matrimonio de sangre: la "raza cósmica", como la llamó el filósofo mexicano José Vasconcelos.

La tragedia de México es que no tiene una idea política de sí tan rica como su sangre.

La retórica del Sr. Fuentes, como los murales de Diego Rivera, a menudo recurre al sueño de India: a Tenochtitlán, la capital del mundo antes de la conquista. La "época prehispánica" en el léxico político mexicano equivale a la época previa a "la caída", dentro del esquema judeocristiano, y se remonta a una época en que México se siente íntegro, una época antes de que el indio fuera separado de India por la serpiente España.

Tres siglos después de Cortés, México declaró su independencia de España. Si México se libraba de su yugo, entonces México no tendría corona, entonces México no tendría padre. La negación de España ha persistido hasta nuestro siglo.

El sacerdote y el hacendado todavía le sirven al Sr. Fuentes como símbolos del detestado orden español. Aunque, en privado, México es un país católico; las madres mexicanas pueden anhelar tener hijos de piel clara. Toca el cabello rubio y tendrás buena suerte.

En privado, en el español mexicano, un "indio" es un vendedor de Chiclets, un paracaidista en la banqueta. Un "indio" quiere decir alguien atrasado u holgazán o de clase baja. Ante los ojos del mundo, México erige un espléndido museo de antropología —el mejor del mundo— para honrar a la madre indígena.

En la nave de la Catedral Nacional, notamos que el piso tiene un declive pronunciado.

—La catedral se está hundiendo —explica el Sr. Fuentes mientras que una figura encapuchada sale de por detrás de una columna y se acerca a nuestro grupo. Se trata de una mujer indígena; lleva puesto un rebozo azul; ahueca las manos en señal de súplica; huellas de lágrimas horadan su rostro. En español, el Sr. Fuentes prohíbe esta aparición—. Ve y pídele al padrecito que te arranque un pedazo de oro del altar.

—La Ciudad de México está construida sobre un pantano —el Sr. Fuentes prosigue en inglés—. Por lo tanto, la catedral se está hundiendo. —Pero es obvio que el Sr. Fuentes cree que el hundimiento se debe al peso opresivo del catolicismo español, sus masas de oro, sus volúmenes de suspiros frustrados.

La vida política mexicana sólo puede parecer color de rosa al contemplar al gobierno anticatólico de una población abrumadoramente católica. México tiene fama de tener políticos que son descendientes de padres masónicos y madres católicas. El mismo Sr. Fuentes es quizá menos un español, menos un indio, que un hombre amargado del siglo XVIII, aferrado a las rodillas ingeniosas de Voltaire y su Dr. Pangloss, frente al caos imperante en el México del siglo XX.

México culpó al extranjero de la ruina del siglo XIX, y con mucha razón. Una vez ausente España, el palacio de México se convirtió en la casa de muñecas de Francia. México fue invadido por ejércitos imperiales. La codicia europea se topó con el Destino Manifiesto de los Estados Unidos en México. Austria envió a un archiduque a casarse con México, acompañado de toda una colección de velas y obispos. Los Estados Unidos metieron mano debajo de la falda de México a cada oportunidad.

—"Pobre México, tan lejos de Dios, tan cerca de los Estados Unidos".

El Sr. Fuentes hace la cita obligada a Porfirio Díaz, el presidente mexicano que vendió más partes de México a intereses extranjeros que cualquier otro presidente. Fue contra el régimen de Porfirio Díaz que los mexicanos se rebelaron en las primeras décadas de este siglo. México prefiere llamar a esta guerra civil, una "revolución".

¡México para los mexicanos!

La revolución no logró la unión de los mexicanos. La revolución no restauró a los mexicanos a su paisaje. Cuando se hubo despejado el polvo de la revolución, apareció —no India— sino

Marx *ex machina*, el Partido Revolucionario Institucional o el PRI: una máquina política adecuada a la era del vapor. El Partido Revolucionario Institucional, como su nombre lo indica, fue diseñado para reconciliar el pragmatismo institucional con la retórica revolucionaria. Y el PRI funcionó por un tiempo, porque le dio a México lo que más necesitaba: la estabilidad del compromiso.

El PRI aparece por todas partes en México: un lema en un muro, un político haciéndose pasar por periodista en el noticiario vespertino, el profesor en su podio. El PRI es, a su manera, una institución tan mexicana como la Virgen de Guadalupe.

Ahora, los mexicanos hablan del gobierno como algo que les es impuesto y de lo cual son víctimas. Pero el fracaso político de México debe considerarse como un fracaso de los mexicanos. ¿A quién culpará ahora el Sr. Fuentes de un siglo XX que se ha vuelto sinónimo de corrupción?

Bueno, mientras no te metas con la policía nadie se meterá contigo, es la sabiduría mexicana convencional, y México sigue adelante con su vida cotidiana. En la capital, el aire es del color de los edificios de Siena. Las conexiones telefónicas son un aspecto de la voluntad de Dios. Los mexicanos manejan por las banquetas. Un hombre en una esquina aprovecha la oportunidad que le brinda un embotellamiento para ganarse la vida como tragafuegos. Sus diez hijos pasan entre coches y bocinazos para recolectar algunas moneditas.

Gracias. Muchas gracias. Un placer, Sra... Ah. Mil gracias. El Sr. Fuentes se despide de cada quien. Acepta propinas dentro de un apretón de manos. Hace una ligera caravana. No tenemos quejas del Sr. Fuentes, después de todo. El autobús no fue culpa suya. La Ciudad de México no es culpa suya. Y el Sr. Fuentes regresará a su México inimaginable y nosotros regresaremos a nuestras habitaciones a tomar aspirina y a iniciar llamadas de larga distancia. El Sr. Fuentes se quitará su saco color verde aguacate y, habiéndose así despojado, el Sr. Fuentes de alguna manera será partícipe de aquello de lo que ha logrado apartarnos todo el día, es decir, la vida y el agua potable de México.

La Virgen de Guadalupe simboliza toda la coherencia de México, en cuerpo y alma. No encontrará la historia de la Virgen dentro de las historias seculares de México encuadernadas en cuero —incluso tampoco dentro del repertorio crédulo del Sr. Fuentes— y esta omisión hace que la historia de México resulte incomprensible.

Una tarde reciente, dentro de la campana de cristal vinosa de una comida tardía, le cuento la historia de la Virgen de Guadalupe a Lynn, una mujer sofisticada del siglo XX. La historia de México, le prometo, no es ni mundana ni masculina, sino que es un auto sacramental con trampas y lentejuelas y bromas a costa de los vivos.

En el siglo XVI, cuando los indios se sentían desmoralizados ante la derrota aplastante de sus dioses, cuando millones de indios morían de la plaga europea, la Virgen María se apareció en la ladera de un cerro a un campesino indígena llamado Juan Diego; su nombre cristiano, ya que Juan era converso. Era diciembre de 1531.

De camino a misa, Juan pasó por el cerro llamado Tepeyac...

> *Justo cuando el Este comenzaba a encenderse*
> *Con el amanecer. Él escuchó una nube*
> *De canto de aves resonar en lo alto*
> *De silbidos y flautas y alas batientes*
> *—Aquí, allá—*
> *Un manto de risas y moras y lluvia*
> *Se estremeció por el cielo como el gran campanario español*
> *De la Ciudad de México;*

En la cima de un cerro brillaba una luz
Y la luz pronunciaba su nombre
Con voz de mujer.
Juan, Juan,
Llamó la Señora-luz.
Juan se persignó, cayó de rodillas,
Se cubrió los ojos y se preparó a ser cegado.

Él pudo distinguir entre sus manos
Mientras que el sol radiaba detrás de la capa de ella,
Que la pobre luz del día
No se comparaba con esta Señora, pero se esparcía
Sobre ella
Como una cascada,
Una lluvia de anillos.
Ella llevaba un vestido largo del color del amanecer.
Su pelo iba trenzado con listones y flores
Y tintineantes campanitas plateadas. Su manto era muy fino
Y brillante como la lluvia y estaba bordado de miles
De estrellas centelleantes.
Una palmada antes del telón, como un despertar;
Luego un rostro humano,
La sonrisa de una madre;
Su tez tan rojiza como el palo de canela;
Mejillas tan morenas como un caqui.

Sus ojos eran su voz,
Tan modestos y tímidos como un par de palomas
Posadas en los aleros de sus cejas. Su voz era
Como el escuchar. Esta señora hablaba
En un náhuatl suave, la lengua azteca
(Tan distinta del español
Como otra estación de tiempo,

Como las palomas en las ramas de un árbol veraniego
Son distintas de los cuervos revoloteando en el viento,
Que dispersan destrucción y
Graznan, graznan, graznan):
El náhuatl como la lluvia, como agua que fluye, como gotas en una
caverna,
O un deshielo refulgente,
Como el aliento a través de una flauta,
Con muchos agujeros y plafs y suspiros...

Escudriñándome a través de la filigrana del humo de su cigarrillo, Lynn me escucha y parece dar su visto bueno a la historia.

A instancias de la Virgen, este Prufrock indio debe ir varias veces con el obispo de la Ciudad de México. Debe pedir que se le construya una capilla en Tepeyac, donde la Señora por él descubierta pueda compartir las penas de su pueblo. Las visitas de Juan Diego al obispo español son una parodia de la conversión de los indios por parte de los españoles. El obispo se muestra escéptico.

El obispo requiere de una prueba.

La Virgen le dice a Juan Diego que suba el cerro y recoja un haz de rosas como prueba para el obispo —rosas de Castilla— algo imposible en México en diciembre de 1531. Juan lleva las rosas en los pliegues de su manta o tilma, un mensajero embarazado. Ante la presencia del obispo, Juan despliega su tilma, las rosas caen; el obispo se postra de rodillas.

Al final —con servilletas arrugadas, un papel carbón rasgado, el poso amargo del café— Lynn da crédito a la versión española de esta historia.

La leyenda concluye con una concesión a la humanidad —una prueba más duradera que las rosas— la estampa de la Virgen sobre la tilma de Juan Diego...

Un truco de los españoles, dice Lynn. Un cartel de reclutamiento para la nueva religión, nada más que eso, dice ella (aunque tristemente). Una diva itinerante con un baúl de disfraces. Birgit Nilsson en el papel de Aída.

¿Por qué suponemos que España inventó esa historia?

La importancia de la historia reside en que los indios la creyeron. Las bromas, el vodevil, el relegar al obispo español al papel de adversario cómico, el caballero designado por la Virgen y, especialmente, la María de cutis moreno: todos esos elementos apelaban de forma directa a los indígenas.

El resultado de la aparición y de que la milagrosa imagen de la Señora permaneciera sobre la tilma de Juan Diego fue una conversión masiva de los indios al catolicismo.

La imagen de Nuestra Señora de Guadalupe (en privado, los mexicanos le llaman cariñosamente La Morenita) se ha vuelto la bandera privada, no oficial, de los mexicanos. La sola posesión de su imagen es una opción más maravillosa para los mexicanos que cualquier llamado político para constituirse en nación. Quizá la tragedia de México en nuestro siglo, quizá la gracia que ha salvado a México hasta ahora, es que no tiene una idea política de sí tan persuasiva como su ícono.

La Virgen se aparece por todas partes en México. Sobre el tablero de instrumentos del carro y en calendarios, barajas, pantallas de lámpara y cigarreras; al interior de la soledad y tatuada sobre la piel misma de los mexicanos.

Tampoco es que la imagen de Guadalupe sea un espejismo menguante del siglo XVI, sino que se ha vuelto aún más vívida con el paso del tiempo, pasando en el proceso de su reproducción de tonalidades térreas de melón y almizcle a un rosa chicle, un azul Windex, para adquirir la definición pronunciada y literal de las estampitas sagradas o las tarjetas de béisbol; de Krishna o San Judas Tadeo o los Atlanta Braves.

La Ciudad de México sigue en pie como la última capital medieval viva del mundo. México es la creación de un catolicismo español que intentó unir continentes en una misma carne. El éxito del catolicismo español en México resultó ser una especie de prueba, una profunda concesión a la humanidad: el mestizaje.

¿Cuál es la broma a costa de los vivos? dijo Lynn.

La broma es que España llegó con fervor misionero a las costas de la contemplación. Pero España no tenía idea de la potencia absorbente de la espiritualidad indígena.

Por medio de las aguas bautismales, el europeo activo quedó absorbido por completo dentro de la contemplación del indígena. La fe que Europa impuso en el siglo XVI fue, por virtud de la Guadalupe, adoptada por el indio. El catolicismo se ha convertido en una religión indígena. Para el siglo XXI, el locus de la iglesia católica, en virtud de sus cifras, residirá en América Latina, momento en el cual el catolicismo mismo habrá asumido el aspecto de la Virgen de Guadalupe.

Piel morena.

La revista *Time* llegó a mi buzón hace algunos años con un reportaje de portada sobre México titulado "La maldición de la explosión demográfica". Desde la posición estratégica de la Sexta Avenida en Nueva York, los editores de Time-Life se asoman a la cuenca de la Ciudad de México —como si escudriñaran la mollera de una calabaza— para contemplar la pesadilla de la fecundidad, esa masa enmarañada de baba, cabello y semilla.

Los Estados Unidos ven muerte en toda esa vida; ven podredumbre. La vida, no la enfermedad ni la pobreza; no la muerte, la vida se convierte en la maldición de la Ciudad de México según la revista *Time*.

Durante mucho tiempo albergué mi propio temor a México, un temor estadounidense. La historia de México equivalía a la muerte. Su dimensión era la tragedia. Una raza de gente parecida a mí había desaparecido.

Tuve un sueño acerca de la Ciudad de México, un sueño de conquistador. Estaba perdido y se me había hecho tarde y me había enredado en las sábanas. Soñé con calles más angostas de lo que son en realidad: tan angostas como las del antiguo Jerusalén. Soñé con sábanas, enredos, banderitas colgando como larvas de ventanas abiertas, distendidas de balcones y tendederos sobre las calles. Estas calles no estaban vacías. Me encontraba entre una multitud. Ésta no era la multitud de un carnaval. Esta multitud era ordinaria y tenía un propósito, brotaba del metro, ascendía por escaleras. Y luego el sueño siguió el curso de todos mis sueños. Debo encontrar el aeropuerto —la solución estadounidense— debo escapar de alguna manera, salir volando de allí.

Cada rostro se parecía al mío. Pero nadie me miraba.

He venido por fin a México, el lugar de nacimiento de mis padres. He venido bajo la protección de la compañía estadounidense que patrocina mi tarjeta de crédito. He cancelado este viaje tres veces.

Mientras el avión desciende a la cuenca del Valle de México, me preparo para alguna confrontación con la muerte, con India, con una confusión de propósito que no sabría cómo dominar.

¿Do you speak Spanish? me pregunta el chofer en inglés.

Andrés, el chofer que ha sido contratado por mi hotel, tiene cuarenta y tantos años. Vive en la colonia Roma, cerca del aeropuerto. No hay nada acerca de la ciudad que él desconozca. Ésta es su ciudad y él es su memoria.

El coche de Andrés es un Buick azul oscuro, como de 1975. Los vidrios de las ventanas se deslizan hacia arriba y hacia abajo con sólo oprimir con un dedo. Hay un olor a desinfectante en el coche de Andrés, como lo hay en cada autobús o limusina o taxi

en el que me he subido en México: el olor a cristales de glice-
rina de los urinales. Colgado del espejo retrovisor de Andrés
se encuentra el artefacto común a todo medio de transporte
público en México: un rosario.

Andrés es un hombre del mundo, un hombre, como otros
hombres mexicanos de la clase trabajadora, con mucha sed de
mundo. Habla dos idiomas. Conoce varias ciudades. Ha estado
en los Estados Unidos. Su hermano todavía vive allá.

En las crónicas de los descubridores europeos famosos hay
invariablemente un guía indígena, un traductor —dispuesto o
indispuesto— a facilitar, a proteger las zancadas de Europa.
Ellos parecen haber aprendido a hablar con fluidez el lenguaje de
la palidez, antes de que Europa aprenda cualquier cosa sobre
ellos. ¿Cómo es posible?

La guía más famosa de la historia mexicana es también la más
vilipendiada por las historias mexicanas —la villana Marina—
"La Malinche". Marina se convirtió en la amante de Cortés. Así
que, por supuesto, los mexicanos dicen que ella traicionó a India
por Europa. Al final, ella misma fue traicionada, y abandonada
cuando Cortés se retiró adonde su esposa española.

De todas maneras, la traición de Marina anticipa el matrimonio épico de México. La Malinche prefigura, además, el
otro bienamado aspecto femenino de México: la Virgen de
Guadalupe.

Debido a que Marina fue la seductora de España, ella pone en
tela de juicio el alarde que Europa siempre ha hecho en cuanto a
India.

Le aseguro que México también tiene un punto de vista indígena, un punto de vista femenino:

Abrí mis ojitos y el español había desaparecido.

*Imagina un charco oscuro; el español disuelto; la superficie triunfalmente
quieta.*

¡Mi ojo!

El espectáculo del español en el horizonte, vanaglorioso:
Las superficies brillantes, el traqueteo del metal; los caballos, los mosquetes,
las cositas tintineantes.
¿No puedes imaginarte mi curiosidad? ¿Acaso no estuve cerca?

Los vocabularios europeos no tienen un silencio lo suficientemente rico como para describir la fuerza existente dentro de la contemplación india. Sólo Shakespeare comprendió que los indios tienen ojos. Shakespeare vio a Calibán ojeando los libros de su amo; bueno, ¿por qué no también a su amo? El mismo deseo bruto.

¿QUÉ E'SO? es la pregunta que hacen los filósofos. Y los indios. La comedia de Shakespeare, por supuesto, se resuelve ante el aplauso europeo. La obra que Shakespeare no escribió es la Ciudad de México.

Ora la gran ciudad se hincha bajo la luna; ora, parece respirar por sí sola —la ciudad más grande del mundo— un globo terráqueo, estimado William, no concebido por ti, ni bajo tu control.

Persiste la superstición, dentro de la literatura europea acerca de los viajes, que sostiene que el cristianismo indígena es el barniz más fino que reviste un altar oculto. Pero existe una posibilidad aún más aterradora para la imaginación europea, tan aterradora que en quinientos años tal posibilidad casi no ha encontrado expresión.

¿Qué pasaría si el indio se convirtiera?

El ojo del indio se convierte en un portal a través del cual el espectáculo histórico íntegro de la civilización europea ya ha desfilado; al revés. Entonces el barroco es un concepto indígena. Los arcos coloniales son un detalle indígena.

Contemple una vez más la ciudad desde el punto de vista de la Malinche. México está plagado de los despojos y las calaveras de España, catedrales, poemas y las ramas de los naranjos. Pero, por dondequiera que mire, verá en este gran museo de España a indios vivos.

¿Dónde están los conquistadores?

La Europa poscolonial expresa lástima o culpa por detrás de la manga, compadece a la india la pérdida de sus dioses o de su lengua. Pero permitamos que la india hable por sí misma. El español es ahora una lengua indígena. La Ciudad de México se ha convertido en la sede metropolitana del mundo hispanohablante. Sucede algo similar a lo que pasó después de la primera Guerra Mundial cuando el inglés hablado en Nueva York dejó atrás el inglés de Londres, así también la Ciudad de México ha capturado el español.

La india ocupa el mismo lugar en relación con la modernidad como lo hizo frente a España: dispuesta a casarse, a procrear, a desaparecer para poder asegurar su inclusión en el tiempo; rehusándose a ausentarse del futuro. La india ha optado por sobrevivir, por confraternizar con los vivos, por vivir en la ciudad, por ir a gatas, de ser necesario, hasta la Ciudad de México o Los Ángeles.

Considero que es un logro indígena el hecho de que yo esté vivo, de que sea católico, de que hable inglés, de que sea estadounidense. Mi vida comenzó, no terminó, en el siglo XVI.

Se me ocurre esta idea una mañana, entre semana, en un crucero atestado de la Ciudad de México: la mentira de Europa. Heme aquí en la capital de la muerte. La vida se desborda a mi alrededor; brota de los metros, ola tras ola; desciende por escaleras. Por dondequiera que mire. Bebés. Tránsito. Comida. Mendigos. Vida. La vida se me viene encima como una insolación.

Cada uno de los rostros se parece al mío. Pero nadie me mira.

¿Dónde, entonces, está el famoso conquistador?

Nos lo hemos comido, me responde la multitud, *nos lo hemos comido con los ojos.*

Corro al espejo para ver si es cierto.

Es cierto.

En la distancia, en sus profundidades, la Ciudad de México

es el ejemplo profético. La Ciudad de México es moderna en maneras en que la Nueva York "multirracial", étnicamente "diversa" no lo es todavía. La Ciudad de México es siglos más moderna que un Tokio racialmente "puro" y provinciano. No es algo que tenga que ver con computadoras o rascacielos.

La Ciudad de México es la capital de la modernidad, ya que en el siglo XVI, bajo la tutela de una puta india y curiosa, bajo el auspicio de la Reina del Cielo, México comenzó la labor del siglo XXI: la renovación del mundo viejo y conocido a través del mestizaje. México lleva a su conclusión biológica la idea de la redondez del mundo.

Cuando era joven, Andrés, mi chofer, trabajó por un rato en Alpine County, al norte de California.

Y luego trabajó en un lugar de temporada de Lake Tahoe. Recuerda la nieve. Recuerda los fines de semana cuando llegaban las chicas rubias de California en sus trajes de esquí y sus lentes oscuros. Andrés trabajaba en un telesquí en la cima. Su trabajo consistía en tender las manos sobre un pequeño precipicio para ayudar a que las chicas californianas desembarcaran de sus asientos. Las sostenía hasta que ellas se equilibraban bien sobre la nieve. Y luego las soltaba, mirándolas descender por la ladera invernal —¡cómo reían!— ajenas a la admiración que en él despertaban, hasta desaparecer.

TRADUCIDO POR LILIANA VALENZUELA

Meditaciones del Valle Sur: Poema IX

Eddy se voló los sesos
jugando al gallito
con su hermano. Para probar
que era hombre,
se voló los sesos.
No toques la campana hermano,
qu'él no era creyente.
El burro gris con el que platicaba
en la Esquina del Muerto
pasta tristemente. Sus ojos oscuros de pestañas negras
lloran su muerte. Eddy se nos fue. Su tío Manuel hace añicos
    una botella
de vino La Copita contra la pared de adobe
donde él y sus compas toman todas las tardes,
y Manuel llora por Eddy.
              "Él era el muchacho sin abrigo
              en el invierno. ¿Te acuerdas que se robó
              esos guantes de la SEARS, te acuerdas,

se robó esos guantes? Muy bonitos.
Me los regaló, ése".

Se voló los sesos.
La explosión de la pistola
era el destello dorado de su voz
diciéndonos *ya no, ya no, ya no.*
Sus últimas palabras sangrientas
riegan la mala hierba marchita
donde su jefa tiró los fragmentos de
yeso. Afuera, los gorriones picotean sus sesos
junto a los postes de la barda.

El flaco dijo: "¡No canten sus alabanzas!
Él apoyaba a los carnales y las
carnalas
en la lucha. Tú sabes, lo vi
en la corte un día, cuando esposaron
a su hermano mayor para llevarlo
a la cárcel, sabías que Eddy se brincó
las
bancas y agarró a su hermano
por las esposas, gritando, no se lleven
a mi hermano
¡No es un mal hombre!"

Todos por el Southside conocían a Eddy,
el pequeño Eddy, el canijo Eddy.
Trataba a todos con respeto y honor.
Con la atención fija como frente a un pizarrón
él vio la injusticia, mientras vagaba por las calles,
de sol a sol, con los carnales y las carnalas.

No toques la campana, brother.
Deja que repose muerta.
Que el metal pesado se oxide.
Que la cuerda se deshilache y oscile muda
en la tarde airosa y polvorienta.

¿Cuántas veces te golpearon Eddy?
Cuántas cachiporras
están manchadas con tu sangre,
Navaja en la bolsa,
manos de piedra,
en la línea con sus carnales,
para absorber las golpizas de otros locotes, con gato para carros,
          con la porra de la jura:
las aceras
salpicadas con la sangre de Eddy,
asas de pala embarradas,
hojas de navaja bañadas,
empañaban tus ojos y pintaban tu cuerpo
en una danza tribal de barrio
para liberarte a ti mismo,
para saber qué había más allá de los confines
dentro de los cuales habías nacido,
                    a tu manera,
                    a tu propia y tierna manera, cuidando
                    a tu abuelita, su cuarto emitía el aura
                    de una reliquia bendita,
                    pisos de madera viejos y paredes
                    pulidos por el continuo pasar de su cuerpo,
                    bruñidos en una especie de altar,
                    en el cual ella era tu santa,
                    la cuidabas,

comiendo con ella todas las noches,
compartiendo sus vales para la comida,
acompañándola a la tiendita,
en cuyas paredes estaban garabateadas con pintura negra
tu letra y tus iniciales,
que marcaban tu territorio, símbolo mortal para otros chavos
que entraban en tu barrio —las puntadas severas y oscuras de
    letras
en las paredes
sanaban tu herida por ser analfabeto—
la pared de adobe blanco con tus símbolos cholos
te presentaba al mundo,
                    como Eddy
quien se recargaba de cuclillas bajo el sol,
la espalda contra la pared,
hablando con vatos de 11, 13, 15, 17 años
esnifando pegamento para aviones
de una bolsa de papel,
inhalando líquido corrector,
fumando basucón, lo que los blancos llaman crack,
fumando pelo rojo sinsemilla:
                              escuchaste sus palabras:
                              chale
                              simón
                              wacha bro
                              me importa madre
                              ni miedo de la muerta
                              ni de la pinta
                              ni de la placa,

y gritaste
hijo de la chingada madre,
cansa'o

de retablos de calles
pintao's con sangre de tu gente,
                                        gritaste
¡Basta!
Ya no demos al viento nuestras voces desconsoladas
en los cementerios,
ya no dejemos que el sol chupe nuestra sangre,
no abandonemos la secundaria,
                        en el ojo del huracán,
absorbiendo la sensación de sentirte despreciable,
atrapado en tu piel morena
y una lengua que no podía pronunciar bien las palabras en
inglés,
atrapado como una semilla incapaz de plantarse a sí misma,
                        agarraste el rostro metálico azul de Dios
dispersaste la semilla de tu corazón
a través del aire de la tarde,
entre los pétalos puntiagudos de un cactus,
y las hojas de olmo,
                        tu voz susurró
                        en el polvo y la maleza,
un silencio terrible,
que no olvidemos tu muerte.

TRADUCIDO POR LILIANA VALENZUELA

B. Traven está sano y salvo en Cuernavaca

Yo no iba a México en busca de B. Traven. ¿Para qué? Ya tenía bastante que hacer con escribir mi propia obra de ficción, de modo que voy a México a escribir, no en busca de otros escritores. ¿B. Traven? me preguntas. ¿No recuerdas *El tesoro de la Sierra Madre*? Una verdadera obra clásica. Hicieron una película basada en la novela. Recuerdo haberla visto de niño. Transcurría en México y poseía todos los elementos de una verdadera historia de aventuras. B. Traven era un aventurero, viajó por todo el mundo, luego desapareció en el interior de México y se aisló del resto de la sociedad. No concedía entrevistas y permitía que se le tomaran muy pocas fotografías. En vida permaneció inabordable, anónimo ante su público, un escritor envuelto en un velo de misterio.

Ya murió o dicen que ya murió. Yo creo que está sano y salvo. De cualquier modo, él se ha convertido en una especie de institución en México, un hombre que se ha ganado el respeto de todos gracias a su obra. Los cantineros y los taxistas de la Ciudad de México saben de él, igual que los cantineros de España decían conocer a Hemingway. Nunca menciono que soy escritor cuando estoy en una cantina porque invariablemente algún aficionado preguntará, "¿Conoce la obra de B. Traven?" Y de algún nicho polvoriento aparece una novela amarillenta, desgastada de tanto uso, de Traven. Después, si el cantinero sabe lo suyo, y en México siempre es el caso, puede que pregunte, "¿Sabía usted que B. Traven acostumbraba tomar aquí?" Si muestras el más mínimo interés, proseguirá con, "Claro que sí, solía sentarse allí. En ese rincón..." Y si no te marchas de inmediato acabarás escuchando muchas historias acerca del misterioso B. Traven, mientras que les invitas a varios tragos a los demás clientes.

Todo el mundo lee sus novelas, en los autobuses, en las esquinas de las calles y, si miras de cerca, reconocerás alguno de sus títulos. Yo me encontré uno y fue así como comenzó esta historia. Estaba yo sentado en la estación del tren en Ciudad Juárez, esperando el tren a Cuernavaca, el cual sería un título emocionante para esta historia excepto que no hay un tren que vaya a Cuernavaca. Estaba tomando cerveza para matar el tiempo, el tiempo mexicano, erótico y sensible, tan distinto al tiempo bien marcado, empaquetado y limpio que llevan los americanos. El tiempo en México es a veces cruel y punitivo, pero nunca indiferente. Lo permea todo, cambia la realidad. A Einstein le hubiera encantado México porque allí el tiempo y el espacio son uno. Miro fijamente con mayor frecuencia el espacio vacío cuando estoy en México. El pasado parece infundir el presente, y en los rostros morenos y arrugados de los ancianos uno adivina la presencia del pasado. En México me gusta caminar por las calles angostas de las ciudades y los pueblos más pequeños, sin rumbo, sintiendo ese sol tan característicamente mexicano, escuchando las voces que llaman en las calles, escudriñando aquellos ojos oscuros tan herméticos y orgullosos. El pueblo mexicano guarda un secreto. Pero al final, uno nunca está realmente perdido en

México. Todas las calles desembocan en una buena cantina. Todas las historias entretenidas comienzan en una cantina.

En la estación del tren, después de que les doy a entender a los chamacos que acosan a los turistas que no quiero chicles o cigarros, que no quiero que me boleen los zapatos y que en ese momento no quisiera a una mujer, me dejan tomar mi cerveza en paz. Una Dos Equis al tiempo. No recuerdo cuánto tiempo había estado allí o cuántas Dos Equis me había terminado cuando eché una ojeada al asiento de al lado y vi un libro que resultó ser una novela de B. Traven, vieja y usada y obviamente muy leída, pero una novela no obstante. ¿Qué tiene de extraño encontrar una novela de B. Traven en aquel rinconcito sucio de un bar en la estación del tren de Ciudad Juárez? Nada, a menos que sepas que en México uno nunca se encuentra nada. Es un país en donde nada se desperdicia, en donde todo se recicla. Los Chevrolet andan con transmisiones Chrysler y motores Ford arreglados, los camiones se mantienen en marcha y de una pieza por medio de alambres y partes caseras, la novela de Traven de ayer es la pulpa que el día de mañana se utilizará para imprimir la novela de Fuentes. En México el tiempo es reciclable. El tiempo regresa al pasado y el cristiano se sorprende a sí mismo soñando con antiguos rituales aztecas. Aquel que no crea que Quetzacóatl volverá para salvar a México tiene poca fe.

De modo que la novela fue la primera pista. Después vino Justino. "¿Quién es Justino?" querrás saber. Justino era el jardinero que cuidaba el jardín de mi amigo, quien me había invitado a quedarme en su casa de Cuernavaca mientras yo escribía. Al día siguiente de haber llegado estaba yo sentado, asoleándome, dejando que la fatiga del largo viaje se desvaneciera, sin pensar en nada, cuando Justino aparece en escena. Acababa de limpiar la piscina y estaba tomando su descanso matutino, así que se sentó a la sombra del naranjo y se presentó. Al instante me di cuenta de que él preferiría ser un actor de película o un aventurero; era un espíritu libre. Pero las cosas no le resultaron así. Se casó, aparecieron los niños, se hizo de un par de amantes, aparecieron más niños, de modo que tenía que trabajar para mantener a su familia. "Un hombre es como un gallo", dijo después de que hablamos por un rato, "mientras más pollos, más feliz". Luego me preguntó qué iba yo a hacer en cuanto a una mujer mientras estuviera allí y le dije que no había hecho planes tan a largo plazo, que me conformaría con poder comenzar una maldita historia. Al escuchar eso, Justino quedó desconcertado y creo que preocupado durante varios días. De modo que la noche del sábado me llevó a tomar unos tragos y fuimos a dar a unos de los burdeles de Cuernavaca, en compañía de algunas de las mujeres más bellas del mundo. Justino las conocía a todas. Ellas lo adoraban y él a ellas.

Aprendí algo más sobre la naturaleza de este jardinero unas noches después cuando el calor y un mosquito molesto no me dejaban dormir. Escuché la música de un radio, así que me puse los pantalones y salí a caminar bajo esa noche cuernavaquense, una noche opresiva y caliente, saturada con el perfume dulzón de los arbustos de dama de noche que bordeaban la barda de la casa de campo de mi amigo. De vez en cuando se oía el lamento de un perro en la distancia y recordé que en México mucha gente muere de rabia. Quizá por eso las bardas de los ricos siempre son tan altas y los cerrojos tan seguros. O quizá se deba a los disparos esporádicos que estallan por la noche. Los medios de comunicación nos dicen que México es el país más estable de América Latina y, como acaban de descubrir petróleo, los banqueros y los petroleros quieren que eso siga así. Yo intuyo, y muchos saben, que en la oscuridad la revolución no duerme. Es un espíritu que se mantiene a distancia con bardas altas y portones bajo chapa, y que sin embargo ronda el corazón de todos los hombres.

—El petróleo dará origen a una nueva revolución —me dijo

Justino——, pero será para nuestra gente. Los mexicanos estamos ya cansados de construir gasolineras para los gringos de
Gringolandia. ——Comprendí lo que quiso decir: hay mucha
hambre en el país.

Encendí un cigarro y caminé hacia el carro de mi amigo, el
cual estaba estacionado en la entrada de carros cerca de la
alberca. Me acerqué con sigilo y me asomé. En el asiento trasero,
con las piernas extendidas sobre el respaldo del asiento delantero
y fumando un puro se encontraba sentado Justino. Dos mujeres
frondosas y voluptuosas estaban sentadas a sendos lados, pasán-
dole los dedos por el cabello y susurrándole a los oídos. Las
puertas estaban abiertas para permitir que entrara una brisa. Se
veía contento. Sentado allí él era un artista famoso de camino
a una velada en la Ciudad de México, o una estrella de cine
de camino al estreno de su película más reciente. O quizá era
domingo y tomaba un paseo dominical por el campo, hacia
Tepoztlán. ¿Y por qué no habrían de acompañarlo sus dos amigas? Tuve que sonreír. Inadvertido, di marcha atrás y regresé a mi
habitación. De modo que este indio moreno y chaparrito de
Ocosingo era más de lo que aparentaba.

En la mañana le pregunté a mi amigo:

——¿Qué sabes de Justino?

——¿Justino? Querrás decir, Vitorino.

——¿Así se llama?

——A veces dice que se llama Trinidad.

——Tal vez se llama Justino Vitorino Trinidad ——sugerí.

——No sé ni me importa ——respondió mi amigo——. Me dijo
que antes había sido un guía en la selva. ¿Quién sabe? El indio
mexicano posee una imaginación increíble. Son gente muy
dotada. Él es un buen jardinero, y eso es lo que a mí más me
importa. Cuesta trabajo conseguir un buen jardinero, de modo
que no le hago preguntas.

——¿Será de fiar? ——me pregunté en voz alta.

—Tan de fiar como un mango maduro —asintió mi amigo.

Me pregunté cuánto sabía él, así que insistí otro poco.

—¿Y el radio, por las noches?

—Ah, eso. Espero que no te moleste. Han aumentado los asaltos y los robos aquí en la colonia. Algo que nunca solía pasar. Vitorino dice que si pone el radio con el volumen quedito, el sonido espantará a los ladrones. Muy buena idea, ¿no crees?

Asentí. Muy buena idea.

—Y yo duermo profundamente —concluyó mi amigo—, así que nunca lo escucho.

La noche siguiente, cuando me desperté y escuché el sonido suave de la música del radio y escuché el salpicar de agua, sólo tuve que mirar desde mi ventana para ver a Justino y sus amigas en la piscina, nadando desnudos bajo la luz de la luna. Estaban bromeando y reían en voz baja mientras se salpicaban unos a otros, sin hacer mucho ruido para no despertar a mi amigo, el patrón de sueño tan pesado. Las mujeres eran hermosas. De piel morena y resplandecientes de agua bajo el brillo de la luna me recordaban a antiguas doncellas aztecas, nadando alrededor de Tláloc, su dios de la lluvia. Le hacían burla a Justino, y él sonreía mientras flotaba en un colchón de hule en medio de la piscina, fumando su puro, feliz porque ellas estaban felices. Cuando él sonreía, el destello dorado de una tapadura brillaba bajo la luz de la luna.

—¡Qué cabrón! —reí y cerré mi ventana.

Justino me dijo que un mexicano nunca miente. Le creí. Si un mexicano dice que te encontrará a cierta hora y en cierto lugar, quiere decir que te encontrará en algún momento en algún lugar. Los americanos que se jubilan en México a menudo se quejan de sirvientas que juran que vendrán a trabajar en un día designado, pero luego no se aparecen. No mintieron, sabían que no iban a poder llegar al trabajo, pero también sabían que decirle que no a la señora la entristecería o la disgustaría, de modo que se ponen de acuerdo en una fecha para que todos sigan felices. Qué aspecto tan hermoso de su carácter. Es una verdadera virtud que los norteamericanos interpretan como una falla de carácter, porque estamos acostumbrados a imponernos sobre el tiempo y la gente. Nos sentimos seguros y cómodos sólo cuando todo está perfectamente bien empaquetado en su lugar y momento adecuados. No nos gusta el desorden de una vida vivida al azar.

Algún día, me dije a mí mismo, Justino dará una gran fiesta en la sala de la casa de su patrón. Sus tres esposas, o su esposa y sus dos queridas, y sus docenas de niños estarán presentes. Así como las mujeres de los burdeles. Él presidirá sobre el festín, fumará sus puros, pedirá a los mariachis sus canciones favoritas para tomar cerveza, sonreirá, contará historias y se asegurará de que todo el mundo la pase en grande. Estará vestido de esmoquin, prestado del clóset del patrón, por supuesto, y se portará galante y le mostrará a todo el mundo que un hombre que acaba de heredar una fortuna debe compartirla con sus amigos. Y en la mañana informará al patrón que hay que hacer algo con esos pobres ratones de la calle que se meten y se comen todo en la casa.

—Voy a comprar veneno —sugerirá el patrón.

—No, no —Justino negará con la cabeza—, con un poquito de música y una vela prendida en la sala bastará.

Y tendrá razón.

Justino me caía bien. Era un bribón con clase. Hablaba del tiempo, de la temporada de lluvias tardía, de las mujeres, del papel del petróleo dentro de la política mexicana. Al igual que otros trabajadores, no creía que nada de esto se fuera a percolar a los campesinos.

—Todos podríamos ser unos *greasers* mexicanos de verdad con todo ese petróleo —dijo—, pero los políticos se quedarán con todo.

—¿Qué me dices de los Estados Unidos? —le pregunté.

—Oh, yo he viajado a los Estados Unidos al norte. Es un país que se está yendo a la fregada aún peor que México. Lo que más me gustó fueron sus hojuelas de maíz.

—¿*Cornflakes*?

—Sí. Saben hacer muy buenos *cornflakes*.

—¿Y las mujeres?

—Ah, más vale que mantengas los ojos bien abiertos, amigo. Esas gringas van a cambiar el mundo, igual que las suecas cambiaron a España.

—¿Para bien o para mal?

—España antes era un buen país —me guiñó el ojo.

Hablábamos, discutíamos, íbamos de tema en tema. Aprendí de él. Había yo estado allí una semana cuando me contó la historia que en última instancia me llevaría a B. Traven. Un día estaba yo sentado bajo el naranjo, echando ojo a las naranjas maduras que caían de cuando en cuando, mi mente divagando mientras intentaba enfocarme en una historia para poder comenzar a escribir. Después de todo, por eso había venido a Cuernavaca, para poder escribir, pero no se me ocurría nada, nada. Justino andaba por allí y me preguntó qué estaba leyendo y le respondí que una historia de aventuras, la historia de un hombre en busca de la ilusoria olla de oro al final del arco iris de mentiras. Asintió, lo pensó por un rato y miró hacia el Popo o Popocatépetl, ese imponente volcán que queda al sur, envuelto en neblina, en espera de las lluvias, así como nosotros esperábamos las lluvias, durmiendo, mirando a su contraparte femenina, Ixta, quien dormía recostada y presidía sobre el valle de Cholula, allí, donde hace más de cuatrocientos años Cortés demostró su ira al ejecutar a miles de cholultecas.

—Me voy de aventura —dijo finalmente e hizo una pausa—. Creo que a usted le gustaría acompañarme.

No dije nada, pero cerré mi libro y lo escuché.

—Lo he estado pensando por mucho tiempo, y llegó la hora

de ir. Verá, así es la cosa. Crecí en la hacienda de Don Francisco Jiménez, al sur, a tan sólo un día de camino por carretera. En mi pueblo nadie quiere a don Francisco, lo temen y lo odian. Ha matado a muchos hombres y ha tomado sus fortunas y las ha enterrado. Es un hombre muy rico. Muchos hombres han intentado matarlo, pero don Francisco es como el diablo, los mata primero.

Escuché como de costumbre, porque uno nunca sabe cuándo una palabra o una frase o una idea será la semilla de la cual brota una historia, pero al principio no había nada interesante. Sonaba como la típica historia patrón-peón que ya había escuchado tantas veces antes. Un hombre, el patrón, mantiene a los trabajadores esclavizados, como siervos, y debido a que ejerce tanto poder, circulan historias sobre él y muy pronto comienza a adquirir poderes sobrehumanos. Adquiere un halo de misterio, como en el derecho divino de antaño. El patrón esgrime un machete bien canijo, así como el antiguo rey Arturo blandía Excalibur. Corta las cabezas de los disidentes y se sienta sobre una pirámide de huesos y calaveras, el rey de la montaña, el mero macho.

—Un día me mandaron a buscar un ganado perdido —continuó Justino—. Me fui montando allá por cerros donde nunca había estado. Al pie de un cerro, cerca de una barranca, vi algo moverse en la maleza. Desmonté y avancé calladamente. Temía que fueran bandidos robaganado y si me veían me matarían. Cuando me acerqué al lugar, escuché un sonido extraño. Alguien lloraba. Sentí escalofríos en la espalda, igual que un perro cuando olfatea al diablo por la noche. Pensé que iba a ver brujas, quienes gustan de ir por esos lugares desiertos para bailarle al diablo, o la Llorona.

—La Llorona —dije en voz alta. Mi interés fue en aumento. Había estado escuchando historias de la Llorona desde que era niño y siempre estaba dispuesto a escuchar una más. La Llorona era la mujer arquetípica de las leyendas antiguas que asesina a sus hijos, y luego, arrepentida y demente, tiene que pasar el resto de la eternidad buscándolos.

—Sí, la Llorona. Sabe que esa pobre mujer estaba muy dada al trago. Jugaba con los hombres y cuando tenía bebés se deshacía de ellos echándolos por la barranca. Un día se da cuenta de lo que ha hecho y se vuelve loca. Comienza a llorar y se arranca el pelo, y sube y baja corriendo por la barranca del río buscando a sus hijos. Es una historia muy triste.

Una versión nueva, pensé y, efectivamente, una historia triste. ¿Y qué hay de los hombres que le hicieron el amor a la mujer que se convirtió en la Llorona? ¿Lloraron ellos alguna vez por sus hijos? No parece justo que sólo ella tenga que sufrir, sólo ella llorando y haciendo penitencia. Quizá un hombre debería andar corriendo con ella, y en nuestras leyendas lo llamaríamos "El Mero Chingón", aquel que jodió todo. Quizá entonces esta historia de amor y pasión, y la demencia que estos acarrean esté completa. Sí, creo que algún día escribiré esa historia.

—¿Qué viste? —le pregunté a Justino.

—Algo peor que la Llorona —susurró.

Al sur un viento se lamentó y sopló las nubes de la cima del Popo. La montaña calva, cubierta de nieve, se abrió paso hacia el cielo azul mexicano. La luz resplandecía como oro líquido alrededor de la cabeza del dios. El Popo era un dios, un dios antiguo. La historia de Justino había tomado lugar en algún lugar al pie de la montaña.

—Me acerqué y, cuando aparté los arbustos, vi a don Francisco. Estaba sentado en una piedra, llorando. De vez en cuando miraba la barranca frente a él, el hueco parecía inclinarse hacia la tierra. Ese pozo se conoce como el Pozo de Mendoza. Yo había escuchado historias sobre éste antes, pero nunca lo había visto. Miré dentro del pozo, y no me va a creer lo que vi.

Aguardó, así que le pregunté:

—¿Qué?

—¡Dinero! Montones de monedas de oro y plata! ¡Collares y pulseras y coronas de oro, recargadas de todo tipo de piedras preciosas! ¡Joyas! ¡Diamantes! Todo brillaba bajo el sol que penetraba en el hoyo. ¡Más dinero que el que he visto jamás! Una fortuna, amigo, una fortuna que todavía está allí, ¡esperando solamente a aventureros como nosotros para llevársela!

—¿Nosotros? Pero, ¿y qué pasó con don Francisco? Es su tierra, su fortuna.

—Ah —sonrió Justino—, eso es lo extraño de esta fortuna. Don Francisco no puede tocarla, por eso lloraba. Verá, me quedé allí y lo observé muy de cerca. Cada vez que se paraba y comenzaba a caminar hacia el pozo, el dinero desaparecía. Estrechaba la mano para agarrar el oro y puf, ¡desaparecía! ¡Por eso lloraba! Asesinó a toda esa gente y escondió su riqueza en el pozo, pero ahora no puede tocarla. Trae una maldición.

—El pozo de Mendoza —dije en voz alta. Algo me empezó a dar vueltas por la cabeza. Olfateé una historia.

—¿Quién era Mendoza? —le pregunté.

—Era un hombre muy rico. Don Francisco lo mató en un pleito que tuvieron sobre un ganado. Pero Mendoza debe haberle echado una maldición a don Francisco antes de morir, porque ahora don Francisco no puede acercarse al dinero.

—Así que el fantasma de Mendoza ronda a don Francisco.

—Muchos fantasmas lo rondan —replicó Justino—. Ha matado a muchos hombres.

—Y la fortuna, el dinero...

Me miró con sus ojos oscuros y penetrantes.

—Todavía está allí. ¡Esperándonos!

—Pero desaparece según se acerca uno, tú mismo lo dijiste. Quizá sólo sea una alucinación.

Justino negó con la cabeza.

—No, son oro y plata de verdad, no dinero alucinante. Desaparece para don Francisco porque él trae una maldición, pero nosotros no. —Sonrió. Sabía que había logrado involucrarme en su trama—. Nosotros no nos robamos el dinero, así que no desaparecerá ante nosotros. Y usted no tiene conexión alguna con ese lugar. Es inocente. Lo he pensado muy cuidadosamente y ahora es tiempo de ir. Yo lo puedo bajar al pozo con un mecate y en pocas horas podemos sacar toda la fortuna. Lo único que necesitamos es un coche. Usted puede pedirle prestado el coche al patrón, al fin que es su amigo. Pero él no debe saber adónde vamos. Podemos ir y venir en un día y una noche. —Asintió como para convencerme, luego se volteó y miró hacia el cielo—. No lloverá hoy. No lloverá en toda la semana. Ahora es el momento de ir.

Me guiñó el ojo y regresó a regar el pasto y las flores del jardín, un Pan salvaje entre la bugambilia y las rosas, un hombre poseído por un sueño. El oro no era para él, me dijo al día siguiente, era para sus mujeres, les compraría regalos a todas, vestidos brillantes, y las llevaría de vacaciones a los Estados Unidos, educaría a sus hijos, los mandaría a las mejores universidades. Escuché y el germen de una historia rondaba mis pensamientos, al estar sentado bajo el naranjo por las mañanas. No podía escribir, no se me ocurría nada, pero sabía que el relato de Justino contenía los elementos de un buen cuento. En sueños vi la hacienda solitaria al sur. Vi la figura patética y atormentada de don Francisco mientras lloraba por la fortuna intocable. Vi los fantasmas de los hombres que había matado, las mujeres solitarias que los lloraban y que maldecían al malvado don Francisco. En un sueño vi a un hombre a quien tomé por B. Traven, un caballero distinguido, de pelo cano, quien me miró y asintió en aprobación.

"Sí, allí tienes una historia, síguela, síguela..."

Mientras tanto, me tropecé con otros detallitos, en apariencia insignificantes. Durante una comida en casa de mi amigo, una mujer desconocida se inclinó hacia mí y me preguntó si me gustaría conocer a la viuda de B. Traven. La mujer tenía el pelo teñido de anaranjado y una tez grisácea y ceniza. No sabía quién era o por qué me había mencionado a B. Traven. ¿Cómo sabía que Traven había llegado a obsesionarme? ¿Era ella acaso una pista que me ayudaría a desentrañar el misterio?

Lo ignoraba, pero asentí. Sí, me gustaría conocerla. Había escuchado decir que la viuda de Traven, Rosa Elena, vivía en la Ciudad de México. Pero, ¿qué le preguntaría? ¿Qué era lo que quería saber? ¿Conocería ella el secreto de Traven? De alguna forma, él se había dado cuenta de que para mantener su magia intacta, tenía que mantenerse a distancia de su público.

Igual que con la fortuna en el pozo, la sensación mágica de la historia podría desaparecer si unas manos impuras trataban de alcanzarla. Volteé a ver a la mujer, pero ella había desaparecido. Caminé a la terraza para terminarme la cerveza. Justino estaba sentado bajo el naranjo. Bostezó. Yo sabía que hablar de literatura lo aburría. Él comía ansias de ir al Pozo de Mendoza.

Yo también estaba nervioso, pero sin saber por qué. La tensión necesaria para la historia estaba allí, pero faltaba algo. O quizá era solamente la insistencia de Justino a que me decidiera a ir lo que hacía que huyera de la casa por las mañanas. El tiempo que solía dedicar a la escritura me hallaba en un café pequeño del centro. Desde allí podía observar cuando abrían las tiendas, mirar a la gente cruzar el zócalo. Tomaba mucho café, fumaba mucho, soñaba despierto. Me preguntaba sobre el significado del pozo, la fortuna, Justino, la historia que quería escribir y B. Traven. Me encontraba en dicho estado de ánimo cuando me topé con un amigo a quien hacía años no veía. De pronto allí estaba, cruzando el zócalo, vestido como un viejo rabino, musgo y alga verde por barba, seguido de una tropa de lacandones muy dignos, unos indígenas mayas de Chiapas.

—Víctor —dije entrecortadamente, sin estar seguro de si él era real o formaba parte de las sombras que el sol creaba al inundar el zócalo de luz.

—No tengo tiempo de hablar —dijo al detenerse para mordisquear mi pan dulce y tomar a sorbos mi café—. Sólo quiero que sepas que, para fines de tu historia, estuve en un pueblo lacandón el mes pasado y un equipo de filmación de Hollywood descendió de los cielos. Llegaron en helicópteros. Pusieron sus carpas cerca del pueblo, y unas actrices pechugonas, en bikini, salían de éstas, se arrojaban sobre los árboles talados, producto de una atrocidad cometida por una compañía maderera gigante de los Estados Unidos, y lloraban mientras que el director filmaba su película. Luego sacaron a un viejo de pelo cano de una de las carpas y le tomaron fotos posando con los indios. Herr Traven, le llamaba el director.

Se terminó mi café, asintió en dirección a sus amigos y comenzaron a irse.

—¿B. Traven? —pregunté.

Se volteó.

—No, un impostor, un actor. Ten cuidado con los impostores. Recuerda, hasta Traven tenía muchos disfraces, ¡muchos nombres!

—Entonces, ¿está sano y salvo? —le grité. La gente a mi alrededor se me quedó mirando.

—Su espíritu está con nosotros —fueron las últimas palabras que escuché mientras ellos cruzaban el zócalo, una tropa extraña de mayas lacandones semidesnudos y mi amigo, el judío guatemalteco, de vuelta a la selva, de vuelta a la tierra inocente y primordial.

Me dejé caer en la silla y miré mi taza vacía. ¿Qué significaba eso? Los lacandones mueren al caer sus árboles. Traicionados así como B. Traven fue traicionado. ¿Cada uno de nosotros también muere cuando los árboles caen en las profundidades oscuras de la selva chiapaneca? Muy al norte, en Aztlán, ocurre lo mismo, allí donde se desgaja la tierra para exponer y extraer el uranio amarillo. Unos cuantos poetas cantan canciones y se interponen, mientras que las máquinas gigantes de las corporaciones hacen un estruendo sobre la tierra y machacan todo hasta convertirlo en polvo. Se cavan nuevos hoyos en la tierra, pozos llenos de maldiciones, pozos con fortunas que no podemos tocar, que no debemos tocar. Petróleo, carbón, uranio, provenientes de agujeros cavados en la tierra desde los cuales chupamos la sangre de la tierra.

Hubo otros incidentes. Una llamada telefónica ya tarde una noche, una voz con un acento alemán pronunció mi nombre y, cuando contesté, se cortó la línea. Una carta dirigida a B. Traven llegó por correo. Estaba fechada 26 de marzo de 1969. Mi amigo la regresó a la oficina de correos. Justino se volvió más y más taciturno. Se sentaba bajo el naranjo y miraba al vacío, mi amigo se quejaba de que el jardín se estaba secando. Justino me miraba y ponía cara de pocos amigos. Trabajaba un poco y luego volvía a sus ensueños. A falta de lluvia, el jardín se marchitó. Su mayor ilusión era la aventura que yacía en el pozo.

Finalmente dije:

—Sí, carajo, por qué no, vamos, ninguno de los dos está haciendo gran cosa aquí. —Justino, alegre como un niño, corrió a hacer los preparativos del viaje. Pero cuando le pedí a mi amigo que nos prestara el coche para el fin de semana me recordó que estábamos invitados a una tertulia en casa de la señora Ana R. Muchos escritores y artistas estarían presentes. Era en mi honor, para que pudiera conocer a la gente de letras de Cuernavaca. Le tuve que decir a Justino que no podía ir.

Ahora fui yo quien se volvió taciturno. La historia que me crecía por dentro no me dejaba dormir. Me despertaba de noche y miraba por la ventana, esperando ver a Justino y a sus mujeres bañándose en la piscina, divirtiéndose. Pero todo estaba en silencio. No sonaba ningún radio. La noche tranquila se sentía caliente y pesada. De vez en cuando sonaban unos tiros en la oscuridad, ladraban los perros y la presencia de un México que nunca duerme se cernía sobre mí.

La mañana del sábado despuntó con un nublado extraño. Quizá vendrían las lluvias, pensé. En la tarde acompañé de mala gana a mi amigo a la recepción. No había visto a Justino en todo el día, pero lo vi en el portón al alejarnos de allí. Se veía cansado, como si él tampoco hubiera dormido. Traía puestos la camisa blanca y el pantalón suelto de un campesino. Su sombrero de paja proyectaba una sombra sobre sus ojos. Me pregunté si había decidido ir solo al pozo. No pronunció palabra cuando nos dirigimos al portón, solamente asintió. Cuando miré hacia atrás, lo vi de pie junto al portón, vigilando el coche, y tuve la vaga e incómoda sensación de que yo había perdido una oportunidad.

La tertulia fue un acontecimiento agradable al que asistieron varios artistas, críticos y escritores afectuosos, quienes disfrutaron de las bebidas refrescantes.

Pero el humor en que me encontraba hizo que me alejara de la multitud. Caminé hacia la terraza y me encontré con un pequeño vestíbulo rodeado de plantas verdes, frondas y helechos enormes, y bugambilia en flor. Hice a un lado lo verde y entré en un recinto silencioso y muy privado. Estaba poco iluminado y se sentía fresco, un lugar perfecto para la contemplación.

Al principio creí que estaba a solas, pero luego vi a un hombre sentado en una de las sillas de mimbre, junto a una mesita de hierro forjado. Era un caballero de pelo blanco. Su rostro mostraba que había vivido una vida plena y sin embargo, todavía tenía una postura y un aire muy distinguidos. Sus ojos brillaban intensamente.

—Perdón —me disculpé y me dispuse a salir. No quise importunarlo.

—No, no, por favor —hizo un ademán hacia una silla

vacía—, lo he estado esperando. —Hablaba inglés con un poco de acento alemán. O quizás era noruego, no sabría decir—. No soporto el chisme literario. Prefiero el sosiego.

Asentí y tomé asiento. Él sonrió y me sentí a gusto. Tomé el puro que me ofreció y prendimos. Comenzó a hablar y yo lo escuché. Él también era escritor, pero tuve los buenos modales de no preguntarle por sus obras. Habló del México cambiante, del cambio que acarrearía el petróleo nuevo, lo tardío de las lluvias y cómo esto afectaba a la gente y la tierra, y habló de lo importante que era una mujer en la vida de un escritor. Quiso que le contara de mí, de los chicanos, de Aztlán, de nuestro trabajo. Eran los trabajadores, afirmó, quienes cambiarían a la sociedad. El artista aprendía del trabajador. Yo hablé y, en algún momento de nuestra conversación, le dije el nombre del amigo con el que me estaba quedando. Rió y quiso saber si Vitorino todavía trabajaba para él.

—¿Conoce a Justino? —le pregunté.

—Oh, sí, conozco a ese viejo guía. Lo conocí hace muchos años, cuando llegué por primera vez a México —replicó—. Justino conoce muy bien al campesino. Él y yo viajamos a muchos lugares juntos, él en busca de aventura, yo en busca de historias.

Me pareció una extraña coincidencia, de modo que me armé de valor y le pregunté:

—¿Le contó alguna vez la historia de la fortuna que se encuentra en el Pozo de Mendoza?

—¿Me contó? —sonrió el anciano—. Yo fui allá.

—¿Con Justino?

—Sí, fui con él. Qué bribón era él en ese entonces, pero un buen hombre. Si bien recuerdo, escribí una historia basada en esa aventura. No una historia muy buena. Nunca llegó a nada. Pero nos la pasamos en grande. Gente como Justino son la fuente del escritor. Conocimos a gente interesante y vimos lugares fabulosos, suficiente para durarme toda una vida. Se suponía que sólo nos íbamos a ausentar por un día, pero desaparecimos por casi tres años. Verá, a mí no me interesaban las ollas llenas de oro que él insistía estaban apenas detrás del siguiente cerro. Fui porque había una historia que escribir.

—Sí, eso fue lo que me interesó a mí —concordé.

—Un escritor tiene que perseguir una historia, aun si ésta lo lleva al mismo infierno. Ésa es nuestra maldición. Ay, y cada uno de nosotros conoce su propio infierno.

Asentí. Me sentí aliviado. Me recosté para fumar el puro y tomar a sorbos mi bebida. En algún lugar al oeste el sol bronceaba el cielo nocturno. En una tarde clara, la cima del Popo ardía como el fuego.

—Sí —continuó el anciano—, la labor de un escritor es encontrar y seguir a gente como Justino. Son la fuente de la vida. De los que te tienes que cuidar son de los diletantes como aquellos. —Hizo un ademán en la dirección general del barullo de la fiesta—. Yo me quedo con gente como Justino. Puede que sean analfabetas, pero comprenden nuestro descenso al pozo del infierno, y nos comprenden porque están dispuestos a compartir la aventura con nosotros. Si vas en busca de la fama y la notoriedad, como escritor estás muerto.

Me enderecé. Ahora comprendía el significado del pozo, la razón por la cual Justino había entrado en mi vida para contarme esa historia. Estaba claro. Me levanté enseguida y le di un apretón de manos al anciano. Me di la vuelta y aparté las hojas de palma del recinto. Allá, al otro lado, en una de las calles hacia el sur que salían del laberinto que era el pueblo, vi a Justino. Caminaba en dirección al Popo e iba seguido de mujeres y niños, una especie de ejército de aventureros, todos contentos, todos cantando. Alzó la vista hasta donde estaba yo parado en la terraza y sonrió mientras me hacía señas con la mano. Se detuvo a encender el cabo de un puro. Las mujeres se giraron y los niños también, y todos me saludaron agitando la mano. Siguieron su caminata hacia el sur, hacia el pie del volcán. Iban de camino al Pozo de Mendoza, el lugar donde se originó la historia.

Quise salir corriendo detrás de ellos, unírmeles bajo la gloriosa luz que bañaba el valle de Cuernavaca y la cima majestuosa, cubierta de nieve, del Popo. La luz estaba por doquier, un elemento magnético que fluía de las nubes. Hice señas con la mano mientras Justino y sus seguidores desaparecían en la luz. Después volteé en dirección al anciano para decirle algo, pero éste se había ido. Me encontraba a solas en el recinto. De algún lugar al fondo escuché el tintineo de vasos y la risa provenientes de la fiesta, pero eso no tenía nada que ver conmigo.

Salí de la terraza y crucé el jardín, encontré la reja y salí a la calle. Los sonidos de México inundaban el aire. Me sentí ligero y feliz. Caminé sin rumbo fijo por las calles angostas y sinuosas, luego apreté el paso porque de pronto la historia se desbordaba y yo necesitaba escribir. Necesitaba llegar a mi cuarto silencioso y escribir la historia de B. Traven que está sano y salvo en Cuernavaca.

TRADUCIDO POR LILIANA VALENZUELA

Voces mexicanas
contemporáneas

Fragmento de *La muerte de Artemio Cruz*

Yo siento esa mano que me acaricia y quisiera desprenderme de su tacto, pero carezco de fuerzas. Qué inútil caricia. Catalina. Qué inútil. ¿Qué vas a decirme? ¿Crees que has encontrado al fin las palabras que nunca te atreviste a pronunciar? ¿Hoy? Qué inútil. Que no se mueva tu lengua. No le permitas el ocio de una explicación. Sé fiel a lo que siempre aparentaste; sé fiel hasta el fin. Mira: aprende a tu hija. Teresa. Nuestra hija. Qué difícil. Qué inútil pronombre. Nuestra. Ella no finge. Ella no tiene nada que decir. Mírala. Sentada con las manos dobladas y el traje negro, esperando. Ella no finge. Antes, lejos de mi oído, te habrá dicho: "Ojalá todo pase pronto. Porque él es capaz de estarse haciendo el enfermo, con tal de mortificarnos a nosotras". Algo así te debe haber dicho. Escuché algo semejante cuando desperté esta mañana de ese sueño largo y plácido. Recuerdo vagamente el somnífero, el calmante de anoche. Y tú le habrás respondido: "Dios mío, que no sufra demasiado"; habrás querido darle un giro distinto a las palabras de tu hija. Y no sabes qué giro darle a las palabras que yo murmuro:

—Esa mañana lo esperaba con alegría. Cruzamos el río a caballo.

Ah, Padilla, acércate. ¿Trajiste la grabadora? Si sabes lo que te conviene, la habrás traído aquí como la llevabas todas las noches a mi casa de Coyoacán. Hoy, más que nunca, querrás darme la impresión de que todo sigue igual. No perturbes los ritos, Padilla. Ah sí, te acercas. Ellas no quieren.

—No, licenciado, no podemos permitirlo.

—Es una costumbre de muchos años, señora.

—¿No le ve la cara?

—Déjeme probar. Ya está todo listo. Basta enchufar la grabadora.

—¿Usted se hace responsable?

—Don Artemio... Don Artemio... Aquí le traigo lo grabado esta mañana...

Yo asiento. Trato de sonreír. Como todos los días. Hombre de confianza, este Padilla. Claro que merece mi confianza. Claro que merece buena parte de mi herencia y la administración perpetua de todos mis bienes. Quién sino él. Él lo sabe todo. Ah, Padilla. ¿Sigues coleccionando todas las cintas de mis conversaciones en la oficina? Ah, Padilla, todo lo sabes. Tengo que pagarte bien. Te heredo mi reputación.

Teresa está sentada, con el periódico abierto que le oculta la cara.

Y yo lo siento llegar, con ese olor de incienso y faldones negros y el hisopo al frente a despedirme con todo el rigor de una advertencia; jé, cayeron en la trampa; y esa Teresa lloriquea por allí y ahora saca la polvera del bolso y se arregla la nariz para volver a lloriquear otra vez. Me imagino en el último momento, si el féretro cae en ese hoyo y una multitud de mujeres lloriquea y se polvea las narices sobre mi tumba. Bien; me siento mejor. Me sentiría perfectamente si este olor, el mío, no ascendiera desde los pliegues de las sábanas, si no me diera cuenta de esos manchones ridículos con que las he teñido... ¿Estoy respirando con esta ronquera espasmódica? ¿Así voy a recibir a ese borrón negro y confrontar su oficio? Aaaaj. Aaaaj. Tengo que regularla... Aprieto los puños, aaaj, los músculos faciales y tengo junto a mí ese rostro de harina que viene a asegurar la fórmula que mañana, o pasado —¿y nunca?, nunca— aparecerá en todos los periódicos, "con todos los auxilios de la Santa Madre Iglesia..." Y acerca su rostro rasurado a mis mejillas hirvientes de canas. Se persigna. Murmura el "Yo Pecador" y yo sólo puedo voltear la cara y dar un gruñido mientras me lleno la cabeza de esas imaginaciones que quisiera echarle en cara: la noche en que ese carpintero pobre y sucio se dio el lujo de montársele encima a la virgen azorada que se había creído los cuentos y supercherías de su familia y que se guardaba las palomitas blancas entre los muslos creyendo que así daría a luz, las palomitas escondidas entre las piernas, en el jardín, bajo las faldas, y ahora el carpintero se le montaba encima lleno de un deseo justificado, porque ha de haber sido muy linda, muy linda, y se le montaba encima mientras crecen los lloriqueos indignados de la intolerable Teresa, esa mujer pálida que desea, gozosa, mi rebeldía final, el motivo para su propia indignación final. Me parece increíble verlas allí, sentadas, sin agitarse, sin recriminar. ¿Cuánto durará? No me siento tan mal ahora. Quizás me recupere. ¡Qué golpe!, ¿no es cierto? Trataré de poner buen semblante, para ver si ustedes se aprovechan y olvidan esos gestos de afecto forzado y se vacían el pecho por última vez de los argumentos e insultos que traen atorados en la garganta, en los ojos, en esa humanidad sin atractivos en que las dos se han convertido. Mala circulación, eso es, nada más grave. Bah. Me aburre verlas allí. Debe haber algo más interesante al alcance de unos ojos entrecerrados que ven las cosas por última vez. Ah. Me trajeron a esta casa, no a la otra. Vaya. Cuánta discreción. Tendré que regañar a Padilla por última vez. Padilla sabe cuál es mi verdadera casa. Allá podría deleitarme viendo esas cosas que tanto amo.

Estaría abriendo los ojos para mirar un techo de vigas antiguas y cálidas; tendría al alcance de la mano la casulla de oro que adorna mi cabecera, los candelabros de la mesa de noche, el terciopelo de los respaldos, el cristal de Bohemia de mis vasos. Tendría a Serafín fumando cerca de mí, aspiraría ese humo. Y ella estaría arreglada, como se lo tengo ordenado. Bien arreglada, sin lágrimas, sin trapos negros. Allá, no me sentiría viejo y fatigado. Todo estaría preparado para recordarme que soy un hombre vivo, un hombre que ama, igual que igual que igual que antes. ¿Por qué están sentadas allí, viejas feas descuidadas falsas recordándome que no soy el mismo de antes? Todo está preparado. Allá en mi casa todo está preparado. Saben qué debe hacerse en estos casos. Me impiden recordar. Me dicen que soy, ahora, nunca que fui. Nadie trata de explicar nada antes de que sea demasiado tarde. Bah. ¿Cómo voy a entretenerme aquí? Sí, ya veo que lo han dispuesto todo para hacer creer que todas las noches vengo a esta recámara y duermo aquí. Veo ese clóset entreabierto y veo el perfil de unos sacos que nunca he usado, de unas corbatas sin arrugas, de unos zapatos nuevos. Veo un escritorio donde han amontonado libros que nadie ha leído, papeles que nadie ha firmado. Y estos muebles elegantes y groseros: ¿cuándo les arrancaron las sábanas polvosas? Ah... hay una ventana. Hay un mundo afuera. Hay este viento alto, de meseta, que agita unos árboles negros y delgados. Hay que respirar...

—Abran la ventana...

—No, no. Puedes resfriarte y complicarlo todo.

—Teresa, tu padre no te escucha...

—Se hace. Cierra los ojos y se hace.

—Cállate.

—Cállate.

Se van a callar. Se van a alejar de la cabecera. Mantengo los ojos cerrados. Recuerdo que salí a comer con Padilla, aquella tarde. Eso ya lo recordé. Les gané a su propio juego. Todo esto huele mal, pero está tibio. Mi cuerpo engendra tibieza. Calor para las sábanas. Les gané a muchos. Les gané a todos. Sí, la sangre fluye bien por mis venas; pronto me recuperaré. Sí. Fluye tibia. Da calor aún. Los perdono. No me han herido. Está bien, hablen, digan. No me importa. Los perdono. Qué tibio. Pronto estaré bien. Ah.

Tú te sentirás satisfecho de imponerte a ellos; confiésalo: te impusiste para que te admitieran como su par: pocas veces te has sentido más feliz, porque desde que empezaste a ser lo que eres, desde que aprendiste a apreciar el tacto de las buenas telas, el gusto de los buenos licores, el olfato de las buenas lociones, todo eso que en los últimos años ha sido tu placer aislado y único, desde entonces clavaste la mirada allá arriba, en el norte, y desde entonces has vivido con la nostalgia del error geográfico que no te permitió ser en todo parte de ellos: admiras su eficacia, sus comodidades, su higiene, su poder, su voluntad y miras a tu alrededor y te parecen intolerables la incompetencia, la miseria, la suciedad, la abulia, la desnudez de este pobre país que nada tiene; y más te duele saber que por más que lo intentes, no puedes ser como ellos, puedes sólo ser una calca, una aproximación, porque después de todo, di: ¿tu visión de las cosas, en tus peores o en tus mejores momentos, ha sido tan simplista como la de ellos? Nunca. Nunca has podido pensar en blanco y negro, en buenos y malos, en Dios y Diablo: admite que siempre, aun cuando parecía lo contrario, has encontrado en lo negro el germen, el reflejo de su opuesto: tu propia crueldad, cuando has sido cruel, ¿no estaba teñida de cierta ternura? Sabes que todo extremo contiene su propia oposición: la crueldad la ternura, la cobardía el valor, la vida la muerte: de alguna manera —casi inconscientemente, por ser quien eres, de donde eres y lo que has vivido— sabes esto y por eso nunca te podrás parecer a ellos, que no lo saben. ¿Te molesta? Sí, no es cómodo, es molesto, es mucho más cómodo decir: aquí está el bien y aquí está el mal. El mal. Tú nunca podrás designarlo. Acaso porque, más desamparados, no queremos que se pierda esa zona intermedia, ambigua, entre la luz y la sombra: esa zona donde podemos encontrar el perdón. Donde tú lo podrás encontrar. ¿Quién no será capaz, en un solo momento de su vida —como tú— de encarnar al mismo tiempo el bien y el mal, de dejarse conducir al mismo tiempo por dos hilos misteriosos, de color distinto, que parten del mismo ovillo para que después el hilo blanco ascienda y el negro descienda y, a pesar de todo, los dos vuelvan a encontrarse entre tus mismos dedos? No querrás pensar en todo eso. Tú detestarás a yo por recordártelo. Tú quisieras ser como ellos y ahora, de viejo, casi lo logras. Pero casi. Sólo casi. Tú mismo impedirás el olvido: tu valor será gemelo de tu cobardía, tu odio habrá nacido de tu amor, toda tu vida habrá contenido y prometido tu muerte: que no habrás sido bueno ni malo, generoso ni egoísta, entero ni traidor. Dejarás que los demás afirmen tus cualidades y tus defectos; pero tú mismo, ¿cómo podrás negar que cada una de tus afirmaciones se negará, que cada una de tus negaciones se afirmará? Nadie se enterará, salvo tú, quizás. Que tu existencia será fabricada con todos los hilos del telar, como las vidas de todos los hombres. Que no te faltará, ni te sobrará, una sola oportunidad para hacer de tu vida lo que quieras que sea. Y si serás una cosa y no la otra, será porque, a pesar de todo, tendrás que elegir. Tus elecciones no negarán el resto de tu posible vida, todo lo que dejarás atrás cada vez que elijas: sólo la adelgazarán, la adelgazarán al grado de que hoy tu elección y tu destino serán una misma cosa: la medalla ya no tendrá dos caras: tu deseo será idéntico a tu destino. ¿Morirás? No será la primera vez. Habrás vivido tanta vida muerta, tantos momentos de mera gesticulación. Cuando Catalina pegue el oído a la puerta que los separa, y escuche tus movimientos; cuando tú, del otro lado de la puerta, te muevas sin saber que eres escuchado, sin saber que alguien vive pendiente de los ruidos y los silencios de tu vida detrás de la puerta, ¿quién vivirá en esa separación? Cuando ambos sepan que bastaría una palabra y sin embargo callen, ¿quién vivirá en ese silencio? No, eso no lo quisieras recordar. Quisieras recordar otra cosa: ese nombre, ese rostro que el paso de los años gastará. Pero sabrás que si recuerdas eso te salvarás, te salvarás demasiado fácilmente. Recordarás primero lo que te condena, y salvado allí, sabrás que lo otro, lo que creerás salvador, será tu verdadera condena: recordar lo que quieres. Recordarás a Catalina joven, cuando la conozcas, y la compararás con la mujer, desvanecida de hoy. Recordarás y recordarás por qué. Encarnarás lo que ella, y todos, pensaron entonces. No lo sabrás. Tendrás que encarnarlo. Nunca escucharás las palabras de los otros. Tendrás que vivirlas. Cerrarás los ojos: los cerrarás. No olerás ese incienso. No escucharás esos llantos. Recordarás otras cosas, otros días. Son días que llegarán de noche a tu noche de ojos cerrados y sólo podrás reconocerlos por la voz: jamás con la vista. Deberás darle crédito a la noche y aceptarla sin verla, creerla sin reconocerla, como si fuera el Dios de todos tus días: la noche. Ahora estarás pensando que bastará cerrar los ojos para tenerla. Sonreirás, pese al dolor que vuelve a insinuarse, y tratarás de estirar un poco las piernas. Alguien te tocará la mano, pero tú no responderás a esa ¿caricia, atención, angustia, cálculo? porque habrás creado la noche con tus ojos cerrados y desde el fondo de ese océano de tinta navegará hacia ti un bajel de piedra al que el sol del mediodía, caliente y soñoliento, alegrará en vano: murallas espesas y ennegrecidas, levantadas para defender a la Iglesia de los ataques de indios y, también, para unir la conquista religiosa a la conquista militar. Avanzará hacia tus ojos cerrados, con el rumor creciente de sus pífanos y tambores, la tropa ruda, isabelina, española y tú atravesarás bajo el sol la ancha explanada con la cruz de piedra en el centro y las capillas abiertas, la prolongación del culto indígena, teatral, al aire libre, en los ángulos.

En lo alto de la iglesia levantada al fondo de la explanada, las bóvedas de tezontle reposarán sobre los olvidados alfanjes mudéjares, signo de una sangre más superpuesta a la de los conquistadores. Avanzarás hacia la portada del primer barroco, castellano todavía, pero rico ya en columnas de vides profusas y claves aquilinas: la portada de la Conquista, severa y jocunda, con un pie en el mundo viejo, muerto, y otro en el mundo nuevo que no empezaba aquí, sino del otro lado del mar también: el nuevo mundo llegó con ellos, con un frente de murallas austeras para proteger el corazón sensual, alegre, codicioso. Avanzarás y penetrarás en la nave del bajel, donde el exterior castellano habrá sido vencido por la plentiud, macabra y sonriente, de este cielo indio de santos, ángeles y dioses indios. Una sola nave, enorme, correrá hacia el altar de hojarasca dorada, sombría opulencia de rostros enmascarados, lúgubre y festivo rezo, siempre apremiado, de esta libertad, la única concedida, de decorar un templo y llenarlo del sobresalto tranquilo, de la resignación esculpida, del horror al vacío, a los tiempos muertos, de quienes prolongaban la morosidad deliberada del trabajo libre, los instantes excepcionales de autonomía en el color y la forma, lejos de ese mundo exterior de látigos y herrojos y viruelas. Caminarás, a la conquista de tu nuevo mundo, por la nave sin un espacio limpio: cabezas de ángeles, vidas derramadas, floraciones policromas, frutos redondos, rojos capturados entre las enredaderas de oro, santos blancos empotrados, santos de mirada asombrada, santos de un cielo inventado por el indio a su imagen y semejanza: ángeles y santos con el rostro del sol y la luna, con la mano protectora de las cosechas, con el dedo índice de los canes guiadores, con los ojos crueles, innecesarios, ajenos del ídolo, con el semblante riguroso de los ciclos. Los rostros de piedra detrás de las máscaras rosas, bondadosas, ingenuas, pero impasibles, muertas, máscaras: crea la noche, hincha de viento el velamen negro, cierra los ojos Artemio Cruz...

Hasta no verte, Jesús mío

Ésta es la tercera vez que regreso a la tierra, pero nunca había sufrido tanto como en esta reencarnación ya que en la anterior fui reina. Lo sé porque en una videncia que tuve me vi la cola. Estaba yo en un Salón de Belleza y había unas lunas de espejo grandotas, largas, desde el suelo hasta arriba y en una de esas lunas me vi el vestido y la cola. Alcancé a ver que se estiraba muy lejos, y allá atrás ya para terminar, en la punta, figuraba un triángulo jaspeado de tigre con manchas negras y amarillas. Toda la ropa era blanca; ajuar de novia, pero allí donde acababa el vestido estaba el pedazo de piel de tigre como la flecha en la cola del diablo. Junto a mí se asomaron al espejo Colombina y Pierrot, Colombina de un lado y Pierrot del otro, los dos de blanco y con esas lunas negras que siempre les ponen.

En la Obra Espiritual les conté mi revelación y me dijeron que toda esa ropa blanca era el hábito con el que tenía que hacerme presente a la hora del Juicio y que el Señor me había concedido contemplarme tal y como fui en alguna de las tres veces que vine a la tierra.

—Lo único que te queda de mancha es eso pinto que te vistes en la cola del vestido... Es lo único que te falta por blanquear y si no lo blanqueas, devorará tu inocencia.

Estaba con un vestido de reina, grande y con mangas anchas, lleno de guarnición. Pierrot y Colombina eran mis sirvientes pero no me acompañaban como Dios manda. Se distraían uno con otro. Y es que las reinas siempre van solas. También les dije en el templo que había contemplado un llano muy grande con harto ganado pinto:

—Es el rebaño que el Señor te encomendó para que se lo entregues limpio.

Yo tengo mucho pendiente y no sé cuándo lo voy a juntar y a quitarle las manchas, si en esta época o en la otra, cuando vuelva a evolucionar... Son un montón de cristianos enfermos del alma que tengo que curar, pero como no lo he hecho, seguimos sufriendo todos, ellos y yo. El Ojo Avizor dentro de su triángulo divino y por las antenas de sus pestañas me está viendo en todo lugar. Es el ojo todopoderoso del Creador, y si no cumplo no tendré ni porqué molestarme en pedirle a los santos el ruega por nosotros porque estaré olvidada de la mano de Dios. Por eso todo lo que yo atraviese son purificaciones. ¿Por qué vine de pobre esta vez si antes fui reina? Mi deuda debe ser muy pesada ya que Dios me quitó a mis padres desde chica y dejó que viniera a abonar mis culpas sola como lazarina. Debo haber sido muy mala; por eso el Ser Supremo me tiene en la quinta pregunta para poder irme limpiando de mi cizaña.

Para reconocer el camino espiritual necesita uno atravesar muchos precipicios, dolores y adolescencias. Así el protector que nos guía puede manifestarse a través de nuestro sufrimiento. Pero también es forzoso regresar varias veces a la tierra, según las deudas que uno tenga. En mi primera reencarnación fui de los turcos, de los húngaros, de los griegos, porque me vi con ese manto que usaba antes la Dolorosa. Traía tapada la cabeza, mi hábito era blanco y caía pesado en el suelo. Estaba yo parada en un lugar vacío, vacío. Conté doce camellos y en el número doce venía él, moreno, de ojos grandes, chinas sus pestañas, vestido de blanco con turbante. Y me tendió la mano. Creí que su mano iba a ser morena como su rostro, pero no, era plateada. En eso hizo el ademán de subirme al camello. Sentí miedo, me di el sentón, él tuvo que soltarme y que echo a correr. Puse las manos así en cruz y debe haber tenido su efecto esa cruz porque él no me pudo alcanzar en su camello veloz. Yo seguí corriendo, pero él sacó la pistola y fui matada. Al despertar, oí su nombre: Luz de Oriente.

Al otro día fui al templo y le entregué la revelación a nuestro Padre Elías, o sea Roque Rojas, que baja a la tierra los viernes primero. A través de la envoltura de la mediunidad pasan distintos seres después de recibir la luz, las facultades le dan al pueblo la explicación de sus revelaciones. Dije que había contemplado a ese hermano de piel de plata en un camello. Me preguntó el Ser Espiritual a través de la mediunidad, ahora mi madrina Trinidad Pérez de Soto:

—¿Y no sabes quién es?

—No, no sé quién es.

—No temas, es tu hermano... Y este hermano fue tu compañero en el primer tiempo...

—¿Cómo?

—Fue tu esposo en aquel primitivo tiempo cuando veniste a la tierra. Debes reconocerlo porque es tu tercer protector, el que camina conmigo por dondequiera que vayas... Todavía no te abandona, sigue guiándote hasta el presente, por eso te lo mostró el Señor tal y como había sido en la primera época...

—Ajá...

—¿Qué no lo quieres?

—Sí lo quiero.

—Pues es tu esposo, el que cuida de ti...

Me quedé callada, ya no le seguí escarbando pero solita estu-

dié mi sueño y me viene al pensamiento quién fue y por qué me
mató en el primer tiempo. Por eso él ahora sufre, porque no ha
cumplido como mi esposo. Viene a ser como Pedro Aguilar;
decía que viva no me dejaba en la tierra. Y siempre me llevaba
junto a él. Por lo menos me lo avisó:

—Cuando yo la vea perdida, te mando a ti por delante y
acabo contigo...

Dios no le concedió ver que lo iban a matar; por eso aquí
estoy todavía. Así ese Luz de Oriente, como no me pudo llevar
prefirió matarme. Le tuve miedo y ese miedo me salvó. Y eso que
a mí me quitaron el miedo cuando comencé a andar en la tropa
con mi papá porque con mis alaridos los entregaba. Al principio,
al oír los balazos me ponía a gritar y los jefes se enojaban porque
estábamos en la línea de fuego, que es cuando cazan al enemigo.
Por eso luego mi papá sin que yo lo viera echó la pólvora en el
agua:

—Ándale, hijita, tómate esta agüita...

Como yo tomaba agua hasta de los charcos, no me supo feo.
Hasta después me dijeron que era agua de pólvora para el valor.

Luz de Oriente todavía está pagando porque me platican las her-
manas que cuando entra en ellas y toma su carne, llora, llora y les
dice:

—Llevo, llevo responsabilidad.

Dicen que habla muy finito, muy bonito; que me deja los saludos y que no me olvide de él; que él vela y vigila porque grandes
responsabilidades tiene con el Señor que le ha confiado mi carne.

De eso me cuida todavía con toda su caravana. ¡Cuántos cientos de años habrán pasado y él todavía no me deja sin su protección! Pero a éste no nomás lo he visto en revelación, sino que está
su retrato a colores en el Oratorio de Luis Moya, la Calle Ancha
que se llamaba antes. Está metido en un cuadro así de grande y

tiene sus ojos abiertos y negros, negros, renegridos, encarbonados. Lleva su turbante enrollado y le brilla en el centro una perla-brillante blanca; y al brillante ése le sale como un chisguetito de plumas.

El Ser Supremo nos envía a la tierra a lavar nuestras almas porque nos hizo limpios la primera vez y para poder retornar a Él tenemos que regresar como nos mandó. ¿Y cómo nos vamos a limpiar? A fuerza de dolor y de sufrimiento. Nosotros creemos que Él se equivoca, y no; los que nos equivocamos somos nosotros porque no oímos, no entendemos, no queremos reconocer el verdadero camino, porque si la mayoría de la gente llegara a reconocer el camino limpio de Dios no habría hombres abusones ni mujeres que se dejaran. En la noche, cuando estoy solita me pongo a pensar y digo: "¡Ay Señor, dame fuerzas, no te pido más que fuerzas para poder soportar las dolencias que me has entregado!" Y ahora que ya estoy vieja y tomo medicina luego me pongo a pensar: "Ni me vale la medicina porque el chiste es no tomarla y sentir verdaderamente la purificación que Él me manda".

En esta reencarnación Dios no me ha tenido como tacita de plata. Aquí si la consigo me la como y si no la consigo pues no me la como y ya. Dios dijo: "Sola tienes que luchar. Tienes que sufrir para que sepas lo que es amar a Dios en tierra de indios". Aunque soy muy ignorante, yo solita con lo que se me revela voy sacando en limpio mi vida pasada. Mentalmente me profundizo mucho, tanto que hasta me duele la cabeza como si adentro trajera este mundo tan calamitoso. ¡Uy no! ¡Si me meto a escarbar puede que ya me hubiera vuelto loca! Pero son cosas que uno tiene que averiguar porque ya las trae desde el nacimiento y si las piensa uno a su debido tiempo, se manifiestan más claras. Uno tiene muchos ojos dentro del cerebro como un atadijo de estrellas. Por eso hay que cerrar los ojos corporales, macizo, aunque venga la anochecida, aunque no sea de día, para poder ver detrás. Lo digo aunque no tengo don de lenguas, pero he atravesado muchos precipicios. Por eso me pongo a reflexionar: "Sólo Dios sabrá todo lo que he sufrido desde que mi madre murió y lo que me queda por sufrir". Tengo que seguir caminando aunque todavía me falta mucho para la hora final. Mi madrastra allá en Tehuantepec tenía un libro de adivinar los signos, toda la vida de uno estaba allí en numeritos. Ella era una persona estudiosa, instruida y sabía. Me hizo que cerrara los ojos y que apuntara con el dedo y buscó en el libro de los contenidos. Salió mi cuenta de ciento y dos años, así es que todavía está largo el camino. Para los años que tengo todavía me falta un cacho grande. No sé cuántas veces ni cómo iré a reencarnar pero yo le pido a Dios que ya no me mande a la tierra para que pueda estar una temporada larga en el espacio, descansando; pero falta que Dios cumpla antojos y enderece jorobados. Allá sólo Él tiene apuntado lo que debo. Y no es poco, porque en esta última reencarnación he sido muy perra, pegalona y borracha. Muy de todo. No puedo decir que he sido buena. Nada puedo decir.

Tenía yo una amiga, la hermana Sebastiana que vendía jitomates; su puesto era grande pero no lo podía atender porque estaba enferma. Toda ella se deshizo; se puso así grandota, engordó mucho, pero no creo yo que haya sido gordura sino que se hinchó; se esponjó de los pies y no podía andar. Sólo Dios sabe lo que le tenía que pagar pero ella sufría mucho. Y entonces no faltó quien le hablara de la Obra y vino al templo.

—Vengo muy cansada, muy amolada, con mi piel llena de desamparo. Les pido de favor que me curen porque en el último parto se me canceró la criatura por dentro y por poco y me muero. Ya estoy corrompida de mis entrañas; los médicos ya no creen que pueda salvarme.

—¿Y qué hay en tu corazón?

—Mucho veneno.

Al reconocer ella la Obra Espiritual, comenzaron a curarla; la operaron espiritualmente. No tuvo hijos pero se le quitó lo podrido. Estuvo yendo los días de cátedra y en una de tantas veces el Señor le concedió el desarrollo de la videncia y lo veía todo con los ojos abiertos sin sentir picazón; retrocedieron los siglos, se manifestaron las cosas ocultas y la hermanita Sebastiana devisó un sinnúmero de manos que apuntaban hacia ella y la cercaron:

—¡Me amenazan muchas manos!

Entonces le dijo el Señor:

—¿Y no las reconoces?

—Pues son las manos de muchas jóvenes...

—Pues has de analizar y has de estudiar lo que te pongo de manifiesto...

Entonces el Señor la miró para que reconociera que en la otra reencarnación había sido hombre y que esas manos eran de todas las mujeres que había infelizado y que ahora clamaban venganza. Durante mucho tiempo hizo mandas y penitencias en la Obra Católica y nada que se componía, y en la Obra Espiritual le dijeron que esos hijos podridos eran los de las mujeres que ella dejó abandonados en la reencarnación pasada. Y entonces Sebastiana se arrodilló y le pidió perdón al Ser Supremo.

—Estoy conforme en seguir sufriendo pero ten piedad de mí.

Todavía hace como unos ocho años fui a la plaza y la encontré, pero estaba desconocida. Seguía manteniéndose con el puesto pero se le ocurrió criar hijos ajenos que le regalaban y le salieron malos; nunca la auxiliaron, nunca la quisieron. Así es de que uno viene a pagar un adarme y va abonando en la tierra todas las deudas que el Ser Supremo tiene escritas allá arriba. Un adarme es una cosa muy poquita. Por eso regresa uno tantas veces a la tierra. Pero esto lo comprendemos los que estamos en la Obra Espiritual, porque nos lo inculcan nuestros protectores. Yo tengo tres. El primero es el ancianito Mesmer, el segundo es Manuel Allende y al final de la curación, llega mi protector Luz de Oriente que es el más guapo de los tres. Pero yo los quiero igual a todos. Nomás que Luz de Oriente me mira con mucha hambre. Tiene hambrosía en los ojos a todas horas. Y me deja pensando. Ellos están entre los grandes, pero los tres más grandes son el Padre Eterno, el Padre Jesucristo y nuestro Enviado Elías o sea Roque Rojas en lo material, que es la Tercera Persona, el Espíritu Santo. En la Iglesia Católica dicen que es una palomita porque allí no explican nada; los padrecitos tienen su manera muy distinta de hacer las cosas y conocen la Obra Espiritual, nomás que no la quieren desarrollar porque son egoístas. No quieren que despierte el pueblo porque se les cae la papa. Ellos ganan mucho dinero en la misa, en los casamientos, en los bautizos. En la Obra Espiritual no sólo despiertan al pueblo sino que la misma congregación sostiene el Oratorio; las sacerdotisas, las mediunidades, las pedestales, las columnas ayudan, y ninguno pide limosna. No le dicen al que viene entrando: "Te cuesta tanto y te hacemos tanto". En la Iglesia Católica: "Te hacemos tu misa, pero venga a nos tu reino". En las Honras Fúnebres nomás ponen el aparato allí, el ataúd tapado, un cajón de a mentiras, hacen un montón de figuretas y zangolotean el incensario pero no llaman a la pobre alma que está penando. Puedo dar fe porque cada día de muertos hacía el sacrificio de mandarle decir su misa a mi pobre madre y cuando ella vino a hablar conmigo por medio de la Obra Espiritual me voy dando cuenta de que estaba ciega por completo. No me conocía. Cuando a ella le dieron la luz me dijo que hasta que me había acordado de ella. Si yo a cada rato me acordaba. Pero los curas se quedaban con los centavos de las misas y no se las decían ni a ella ni a mi papá. Y yo de taruga, pagándoles tres pesos al chaschás por cada misa que le rezaban tal vez a sus propias mamacitas.

Mi mamá ni siquiera se acordaba de que tenía hijos. Allí mismo en el Oratorio de Chimalpopoca me retrocedieron a mí a la edad pequeña y pusieron su mano espiritual sobre mi cara para que me reconociera: "Despierta de tu letargo —le dijeron— y acuérdate de que es tu hija". Echó un suspiro muy largo y dice:

—Gracias a Dios me han iluminado y me he dado cuenta que tuve un hijo.

—No nomás tuviste uno. Tuviste cinco. Allá los tienes contigo. Sólo Jesusa queda sobre la tierra.

Hasta entonces le abrieron los ojos y fueron a recoger a mis hermanos entre todas las almas muertas que andan en el espacio. Ella los comenzó a llamar por su nombre y de las filas celestes se desprendieron nomás dos. Petra y Emiliano. El mayor, Efrén, no pasó porque se cansaron de buscarlo y finalmente dijeron que había vuelto a reencarnar. Al difuntito recién nacido no supe si lo habían bautizado. Me dio gusto ver a Emiliano porque ése fue bien bueno conmigo. Durante años me cuidó cuando anduve de borracha en las cantinas. Se materializaba, se servía de otros cerebros y me sacaba de las juergas. Se me presentaba en otro señor y me decía:

—Vámonos.

Y yo me le quedaba mirando:

—Pues vámonos —le decía yo muy dócil.

Y nos salíamos de las cantinas y caminando, caminando se me desaparecía de entre la gente y luego me quedaba parada mirando para todos lados a ver por dónde lo veía. Al pasar en lo espiritual, me dijo Emiliano:

—¿Te acuerdas de cuando te saqué del "Tranvía"? ¿Te acuerdas que te fui a dejar a la calle de Mesones?

Me quedé callada: "¡Ay, pobre de mi hermanito, cuánto sufrió en andarme protegiendo"! Yo era una perdida que no quería agarrar el buen camino. En cuanto a mi hermana Petra, ésa no me dijo nada en la revelación. Siempre fue chispa retardada. Si en la tierra no habló, menos en el espacio. Pero al fin pasó a tomar la luz, la poca que podía recibir. En cambio, Emiliano me sigue todavía, nomás que no lo veo. A veces lo siento en este cuarto y a veces no. Cuando cierro los ojos le veo la cara.

Mi mamá empezó a llorar:

—Bendito sea Dios, bendito sea Dios que me llamaste, hija, a través de tantos años. Estaba perdida de mi gente pero al fin nos encontramos.

Sus hijos en el espacio la serenaron, le dijeron que se despidiera de mí. Todavía me insistió:

—Gracias, hija, que te acordaste de mí...

Son muchos los que están en las tinieblas de oscuridad y allí se quedan soterrados hasta que un alma caritativa los llama.

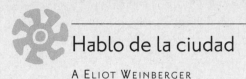

Hablo de la ciudad

A ELIOT WEINBERGER

novedad de hoy y ruina de pasado mañana, enterrada y resucitada cada día,

convivida en calles, plazas, autobuses, taxis, cines, teatros, bares, hoteles, palomares, catacumbas,

la ciudad enorme que cabe en un cuarto de tres metros cuadrados inacabable como una galaxia,

la ciudad que nos sueña a todos y que todos hacemos y deshacemos y rehacemos mientras soñamos,

la ciudad que todos soñamos y que cambia sin cesar mientras la soñamos,

la ciudad que despierta cada cien años y se mira en el espejo de una palabra y no se reconoce y otra vez se echa a dormir,

la ciudad que brota de los párpados de la mujer que duerme a mi lado y se convierte,

con sus monumentos y sus estatuas, sus historias y sus leyendas,

en un manantial hecho de muchos ojos y cada ojo refleja el mismo paisaje detenido, antes de las escuelas y las prisiones, los alfabetos y los números, el altar y la ley:

el río que es cuatro ríos, el huerto, el árbol, la Varona y el Varón vestidos de viento

—volver, volver, ser otra vez arcilla, bañarse en esa luz, dormir bajo esas luminarias,

flotar sobre las aguas del tiempo como la hoja llameante del arce que arrastra la corriente,

volver, ¿estamos dormidos o despiertos?, estamos, nada más estamos, amanece, es temprano,

estamos en la ciudad, no podemos salir de ella sin caer en otra, idéntica aunque sea distinta,

hablo de la ciudad inmensa, realidad diaria hecha de dos palabras: *los otros,*

y en cada uno de ellos hay un yo cercenado de un nosotros, un yo a la deriva,

hablo de la ciudad construida por los muertos, habitada por sus tercos fantasmas, regida por su despótica memoria,

la ciudad con la que hablo cuando no hablo con nadie y que ahora me dicta estas palabras insomnes,

hablo de las torres, los puentes, los subterráneos, los hangares, maravillas y desastres,

el Estado abstracto y sus policías concretos, sus pedagogos, sus carceleros, sus predicadores,

las tiendas en donde hay de todo y gastamos todo y todo se vuelve humo,

los mercados y sus pirámides de frutos, rotación de las cuatro estaciones, las reses en canal colgando de los garfios, las colinas de especias y las torres de frascos y conservas,

todos los sabores y los colores, todos los olores y todas las materias, la marea de las voces —agua, metal, madera, barro—, el trajín, el regateo y el trapicheo desde el comienzo de los días, hablo de los edificios de cantería y de mármol, de cemento, vidrio, hierro, del gentío en los vestíbulos y portales, de los elevadores que suben y bajan como el mercurio en los termómetros,

de los bancos y sus consejos de administración, de las fábricas y sus gerentes, de los obreros y sus máquinas incestuosas,

hablo del desfile inmemorial de la prostitución por calles largas como el deseo y como el aburrimiento,

del ir y venir de los autos, espejo de nuestros afanes, quehaceres y pasiones (¿por qué, para qué, hacia dónde?),

de los hospitales siempre repletos y en los que siempre morimos solos,

hablo de la penumbra de ciertas iglesias y de las llamas titubeantes de los cirios en los altares,

tímidas lenguas con las que los desamparados hablan con los santos y con las vírgenes en un lenguaje ardiente y entrecortado,

hablo de la cena bajo la luz tuerta en la mesa coja y los platos desportillados,

de las tribus inocentes que acampan en los baldíos con sus mujeres y sus hijos, sus animales y sus espectros,

de las ratas en el albañal y de los gorriones valientes que anidan en los alambres, en las cornisas y en los árboles martirizados,

de los gatos contemplativos y de sus novelas libertinas a la luz de la luna, diosa cruel de las azoteas,

de los perros errabundos, que son nuestros franciscanos y nuestros *bhikkus*, los perros que desentierran los huesos del sol,

hablo del anacoreta y de la fraternidad de los libertarios, de la conjura de los justicieros y de la banda de los ladrones,

de la conspiración de los iguales y de la Sociedad de Amigos del Crimen, del Club de los Suicidas y de Jack el Destripador,

del Amigo de los Hombres, afilador de la guillotina, y de César, Delicia del Género Humano, hablo del barrio paralítico, el muro llagado, la fuente seca, la estatua pintarrajeada,

hablo de los basureros del tamaño de una montaña y del sol taciturno que se filtra en el *polumo*,

de los vidrios rotos y del desierto de chatarra, del crimen de anoche y del banquète del inmortal Trimalción,

de la luna entre las antenas de la televisión y de una mariposa sobre un bote de inmundicias,

hablo de madrugadas como vuelo de garzas en la laguna y del sol de alas transparentes que se posa en los follajes de piedra de las iglesias y del gorjeo de la luz en los tallos de vidrio de los palacios,

hablo de algunos atardeceres al comienzo del otoño, cascadas de oro incorpóreo, transfiguración de este mundo, todo pierde cuerpo, todo se queda suspenso,

la luz piensa y cada uno de nosotros se siente pensado por esa luz reflexiva, durante un largo instante el tiempo se disipa, somos aire otra vez,

hablo del verano y de la noche pausada que crece en el horizonte como un monte de humo que poco a poco se desmorona y cae sobre nosotros como una ola,

reconciliación de los elementos, la noche se ha tendido y su cuerpo es un río poderoso de pronto dormido, nos mecemos en el oleaje de su respiración, la hora es palpable, la podemos tocar como un fruto,

han encendido las luces, arden las avenidas con el fulgor del deseo, en los parques la luz eléctrica atraviesa los follajes y cae sobre nosotros una llovizna verde y fosforescente que nos ilumina sin mojarnos, los árboles murmuran, nos dicen algo,

hay calles en penumbra que son una insinuación sonriente, no sabemos adonde van, tal vez al embarcadero de las islas perdidas, hablo de las estrellas sobre las altas terrazas y de las frases indescifrables que escriben en la piedra del cielo,

hablo del chubasco rápido que azota los vidrios y humilla las arboledas, duró veinticinco minutos y ahora allá arriba hay agujeros azules y chorros de luz, el vapor sube del asfalto, los coches relucen, hay charcos donde navegan barcos de reflejos,

hablo de nubes nómadas y de una música delgada que ilumina una habitación en un quinto piso y de un rumor de risas en mitad de la noche como agua remota que fluye entre raíces y yerbas,

hablo del encuentro esperado con esa forma inesperada en la que encarna lo desconocido y se manifiesta a cada uno:

ojos que son la noche que se entreabre y el día que despierta, el mar que se tiende y la llama que habla, pechos valientes: marea lunar,

labios que dicen *sésamo* y el tiempo se abre y el pequeño cuarto se vuelve jardín de metamorfosis y el aire y el fuego se enlazan, la tierra y el agua se confunden,

o es el advenimiento del instante en que allá, en aquel otro lado que es aquí mismo, la llave se cierra y el tiempo cesa de manar:

instante del *hasta aquí*, fin del hipo, del quejido y del ansia, el alma pierde cuerpo y se desploma por un agujero del piso, cae en sí misma, el tiempo se ha desfondado, caminamos por un corredor sin fin, jadeamos en un arenal,

¿esa música se aleja o se acerca, esas luces pálidas se encienden o apagan?, canta el espacio, el tiempo se disipa: es el boqueo, es la mirada que resbala por la lisa pared, es la pared que se calla, la pared,

hablo de nuestra historia pública y de nuestra historia secreta, la tuya y la mía,

hablo de la selva de piedra, el desierto del profeta, el hormiguero de almas, la congregación de tribus, la casa de los espejos, el laberinto de ecos,

hablo del gran rumor que viene del fondo de los tiempos,
murmullo incoherente de naciones que se juntan o dispersan, rodar
de multitudes y sus armas como peñascos que se despeñan,
sordo sonar de huesos cayendo en el hoyo de la historia,

hablo de la ciudad, pastora de siglos, madre que nos engendra
y nos devora, nos inventa y nos olvida.

Fragmento de *Oficio de tinieblas*

San Juan, el Fiador, el que estuvo presente cuando aparecieron por primera vez los mundos; el que dio el sí de la afirmación para que echara a caminar el siglo; uno de los pilares que sostienen firme lo que está firme, San Juan Fiador, se inclinó cierto día a contemplar la tierra de los hombres.

Sus ojos iban del mar donde se agita el pez a la montaña donde duerme la nieve. Pasaban sobre la llanura en la que pelea, aleteando, el viento; sobre las playas de arena chisporroteadora; sobre los bosques hechos para que se ejercite la cautela del animal. Sobre los valles.

La mirada de San Juan Fiador se detuvo en el valle que nombran de Chamula. Se complació en la suavidad de las colinas que vienen desde lejos (y vienen como jadeando en sus resquebrajaduras), a desembocar aquí. Se complació en la vecindad del cielo, en la niebla madrugadora. Y fue entonces cuando en el ánimo de San Juan se movió el deseo de ser reverenciado en este sitio. Y para que no hubiera de faltar con qué construir su iglesia y para que su iglesia fuera blanca, San Juan transformó en piedras a todas las ovejas blancas de los rebaños que pactan en aquel paraje.

El promontorio —sin balido, inmóvil— quedó allí como la seña de una voluntad. Pero las tribus pobladoras del valle de Chamula, los hombres tzotziles o murciélagos, no supieron interpretar aquel prodigio. Ni los ancianos de mucha edad, ni los varones de consejo, acertaron a dar opinión que valiera. Todo les balbuceó confuso, párpados abatidos, brazos desmayados en temeroso ademán. Por eso fue necesario que más tarde vinieran otros hombres. Y estos hombres vinieron como de otro mundo. Llevaban el sol en la cara y hablaban lengua altiva, lengua que sobrecoge el corazón de quien escucha. Idioma, no como el tzotzil que se dice también en sueños, sino férreo instrumento de señorío, arma de conquista, punta del látigo de la ley. Porque ¿cómo, si no en castilla, se pronuncia la orden y se declara la sentencia? ¿Y cómo amonestar y cómo premiar si no en castilla?

Pero tampoco los recién venidos entendieron cabalmente el enigma de las ovejas petrificadas. Comprendían sólo el mandato que obliga a trabajar. Y ellos con la cabeza y los indios con las manos, dieron principio a la construcción de un templo. De día cavaban la zanja para cimentar pero de noche la zanja volvía a rasarse. De día alzaban el muro y de noche el muro se derrumbaba. San Juan Fiador tuvo que venir, en persona, empujando él mismo las piedras, una por una; haciéndolas rodar por las pendientes, hasta que todas estuvieron reunidas en el sitio donde iban a permanecer. Sólo allí el esfuerzo de los hombres alcanzó su recompensa.

El edificio es blanco, tal como San Juan Fiador lo quiso. Y en el aire —que consagró la bóveda— resuenan desde entonces las oraciones y los cánticos del caxlán; los lamentos y las súplicas del indio. Arde la cera en total inmolación de sí misma; exhala su alma ferviente el incienso; refresca y perfuma la juncia. Y la imagen de San Juan (madera policromada, fino perfil) pastorea desde el nicho más eminente del altar mayor a las otras imágenes: Santa Margarita, doncella de breve pie, llovedora de dones; San Agustín, robusto y sosegado; San Jerónimo, el del tigre en las entrañas, protector secreto de los brujos; la Dolorosa, con una nube de tempestad enrojeciendo su horizonte; la enorme cruz del Viernes Santo, exigidora de la víctima anual, inclinada, a punto de desgajarse igual que una catástrofe. Potencias hostiles a las que fue preciso atar para que no desencadenasen su fuerza. Vírgenes anónimas, apóstoles mutilados, ángeles ineptos, que descendieron del altar a las andas y de las andas al suelo y ya en el suelo fueron derribados. Materia sin virtud que la piedad olvida y el olvido desdeña. Oído duro, pecho indiferente, mano cerrada.

Así como se cuentan sucedieron las cosas desde sus orígenes. No es mentira. Hay testimonios. Se leen en los tres arcos de la puerta de entrada del templo, desde donde se despide el sol.

Este lugar es el centro. A él se arriman los tres barrios de Chamula, cabecera de municipio, pueblo de función religiosa y política, ciudad ceremonial.

A Chamula confluyen los indios "principales" de los más remotos parajes, en los altos de Chiapas, donde se habla tzotzil. Aquí reciben su cargo.

El de más responsabilidad es el de presidente, y al lado suyo, el de escribano. Los asisten alcaldes, regidores, mayores, gobernadores y síndicos. Para atender el culto de los santos están los mayordomos y para organizar las festividades sacras los alféreces. Los "pasiones" se designan para la semana de carnaval.

Los cargos duran doce meses y quienes los desempeñan, transitorios habitantes de Chamula, ocupan las chozas diseminadas en las laderas y llanuras, atienden a su manutención labrando la tierra, criando animales domésticos y pastoreando rebaños de ganado lanar.

Concluido el término los representantes regresan a sus parajes revestidos de dignidad y prestigio. Son ya "pasadas autoridades".

Deliberaron en torno de su presidente y las deliberaciones quedaron asentadas en actas, en papel que habla, por el escribano.
Dirimieron asuntos de límites; aplacaron rivalidades; hicieron
justicia; anudaron y desanudaron matrimonios. Y, lo más importante, tuvieron bajo su custodia lo divino. Se les confió para que
nada le faltase de cuidado y de reverencia. Por esto, pues, a los
escogidos, a la flor de la raza, no les es lícito penetrar en el día
con el pie de la faena sino con el de la oración. Antes de iniciar
cualquier trabajo, antes de pronunciar cualquier palabra, el hombre que sirve de dechado a los demás debe prosternarse ante su
padre, el sol.

Amanece tarde en Chamula. El gallo canta para ahuyentar la
tiniebla. A tientas se desperezan los hombres. A tientas las mujeres se inclinan y soplan la ceniza para desnudar el rostro de la
brasa. Alrededor del jacal ronda el viento. Y bajo la techumbre de
palma y entre las cuatro paredes de bajareque, el frío es el huésped de honor.

Pedro González Winiktón separó las manos que la medita-
ción había mantenido unidas y las dejó caer a lo largo de su
cuerpo. Era un indio de estatura aventajada, músculos firmes. A
pesar de juventud (esa juventud tempranamente adusta de su
raza) los demás acudían a él como se acude al hermano mayor.
El acierto de sus disposiciones, la energía de sus mandatos, la
pureza de sus costumbres, le daban rango entre la gente de respeto y sólo allí se ensanchaba su corazón. Por eso cuando fue
forzado a aceptar la investidura de juez, y cuando juró ante la
cruz del atrio de San Juan, estaba contento. Su mujer, Catalina
Díaz Puiljá, tejió un chamarro de lana negra, grueso, que le
cubría holgadamente hasta la rodilla. Para que en la asamblea
fuera tenido en más.

De modo que a partir del 31 de diciembre de aquel año,
Pedro González Winiktón y Catalina Díaz Puiljá se establecie-
ron en Chamula. Les fue dada una choza para que vivieran; les

fue concedida una parcela para que la sembraran. La milpa estaba ahí, ya verdeando, ya prometiendo una buena cosecha de maíz. ¿Qué más podía ambicionar Pedro si tenía la abundancia material, el prestigio entre sus iguales, la devoción de su mujer? Un instante duró la sonrisa en su rostro, tan poco hábil para expresar la alegría. Su gesto volvió a endurecerse. Winiktón se consideró semejante al tallo hueco; al rastrojo que se quema después de la recolección. Era comparable también a la cizaña. Porque no tenía hijos.

Catalina Díaz Puiljá, apenas de veinte años pero ya reseca y agostada, fue entregada por sus padres, desde la niñez, a Pedro. Los primeros tiempos fueron felices. La falta de descendencia fue vista como un hecho natural. Pero después, cuando las compañeras con las que hilaba Catalina, con las que acarreaba el agua y la leña, empezaron a asentar el pie más pesadamente sobre la tierra (porque pisaban por ellas y por el que había de venir), cuando sus ojos se apaciguaron y su vientre se henchió como una troje repleta, entonces Catalina palpó sus caderas baldías, maldijo la ligereza de su paso y, volviéndose repentinamente para mirar tras de sí, encontró que su paso no había dejado huella. Y se angustió pensando que así pasaría su nombre sobre la memoria de su pueblo. Y desde entonces ya no pudo sosegar.

Consultó con los mayores; entregó su pulso a la oreja de los adivinos. Interrogaron las vueltas de su sangre, indagaron hechos, hicieron invocaciones. ¿Dónde se torció tu camino, Catalina? ¿Dónde te descarriaste? ¿Dónde se espantó tu espíritu? Catalina sudaba, recibiendo íntegramente el sahumerio de hierbas milagrosas. No supo responder. Y su luna no se volvió blanca como la de las mujeres que conciben, sino que se tiñó de rojo como la luna de las solteras y de las viudas. Como la luna de las hembras de placer.

Entonces comenzó la peregrinación. Acudía a los custitaleros, gente errante, sabedora de remotas noticias. Y entre los pliegues de su entendimiento guardaba los nombres de los parajes que era preciso visitar. En Cancuc había una anciana, dañera o ensalmadora, según la solicitaran. En Biqu'it Bautista, un brujo, sondeaba la noche para interpretar sus designios. En Tenejapa despuntaba un hechicero. Y allá iba Catalina con humildes presentes: las primeras mazorcas, garrafones de trago, un corderito.

Así para Catalina fue nublándose la luz y quedó confinada en un mundo sombrío, regido por voluntades arbitrarias. Y aprendió a aplacar estas voluntades cuando eran adversas, a excitarlas cuando eran propicias, a trastrocar sus signos. Repitió embrutecedoras letanías. Intacta y delirante atravesó corriendo entre las llamas. Era ya de las que se atreven a mirar de frente el misterio. Una "ilol" cuyo regazo es arcón de los conjuros. Temblaba aquel a quien veía con mal ceño; iba reconfortado aquel a quien sonreía. Pero el vientre de Catalina siguió cerrado. Cerrado como una nuez.

De reojo, mientras molía la ración de posol arrodillada frente al metate, Catalina observaba la figura de su marido. ¿En qué momento la obligaría a pronunciar la fórmula de repudio? ¿Hasta cuándo iba a consentir la afrenta de su esterilidad? Matrimonios como éste no eran válidos. Bastaría una palabra de Winiktón para que Catalina volviera al jacal de su familia, allá en Tzajal-hemel. Ya no encontraría a su padre, muerto hacía años. Ya no encontraría a su madre, muerta hacía años. No quedaba más que Lorenzo, el hermano, quien por la simplicidad de su carácter y la vaciedad de la risa que le partía en dos la boca, era llamado "el inocente".

Catalina se irguió y puso la bola de posol en el morral de bastimento de su marido. ¿Qué lo mantenía junto a ella? ¿El miedo? ¿El amor? La cara de Winiktón guardaba bien su secreto. Sin un ademán de despedida el hombre abandonó la choza. La puerta se cerró tras él.

Una decisión irrevocable petrificó las facciones de Catalina.

¡No se separarían nunca, ella no se quedaría sola, no sería humillada ante la gente!

Sus movimientos se hicieron más vivos, como si allí mismo fuera a entablar la lucha contra un adversario. Iba y venía en el interior del jacal, guiándose más por el tacto que por la vista, pues la luz penetraba únicamente al través de los agujeros de la pared y la habitación estaba ennegrecida, impregnada de humo. Aún más que el tacto, la costumbre configuraba los gestos de la india, evitándole rozar los objetos amontonados sin orden en tan reducido espacio. Ollas de barro, desportilladas, rotas; el metate, demasiado nuevo, no domado aún por la fuerza y la habilidad de la molendera; troncos de árboles en vez de sillas; cofres antiquísimos, de cerradura inservible. Y, reclinadas contra la fragilidad del muro, cruces innumerables. De madera una cuya altura alcanzaba y parecía sostener el techo; de palma entretejida las demás, pequeñas, con un equívoco aspecto de mariposas. Pendientes de la cruz principal estaban las insignias de Pedro González Winiktón, juez. Y, desperdigados, los instrumentos del oficio de Catalina Díaz Puiljá, tejedora.

El rumor de actividad, proveniente de los otros jacales, cada vez más distinto y apremiante, hizo que Catalina sacudiera la cabeza como para ahuyentar el ensueño doloroso que la oprimía. Apresuró sus preparativos: dentro de una red fue colocando cuidadosamente, envueltos en hojas para evitar que se quebraran, los huevos recolectados en los nidos la noche anterior. Cuando la red estuvo llena Catalina la cargó sobre su espalda. El mecapal que se le incrustaba en la frente parecía una honda cicatriz.

Alrededor de la choza se había reunido un grupo de mujeres que aguardaban en silencio la aparición de Catalina. Una por una desfilaron ante ella, inclinándose para dar muestra de respeto. Y no alzaron la frente sino hasta que Catalina posó en ella unos dedos fugaces mientras recitaba la cortés y mecánica fórmula de salutación.

Cumplida esta ceremonia echaron a andar. Aunque todas conocían el camino ninguna se atrevió a dar un paso que no fuera en seguimiento de la ilol. Se notaba en los gestos expectantes, rápidamente obedientes, ansiosamente solícitos, que aquellas mujeres la acataban como superior. No por el puesto que ocupaba su marido, ya que todas eran también esposas de funcionarios y alguna de funcionario con dignidad más alta que la de Winiktón, sino por la fama que transfiguraba a Catalina ante los ánimos temerosos, desdichados, ávidos de congraciarse con lo sobrenatural.

Catalina admitía el acatamiento con la tranquila certidumbre de quien recibe lo que se le debe. La sumisión de los demás ni la incomodaba ni la envanecía. Su conducta acertaba a corresponder, con parquedad y tino, el tributo dispensado. El don era una sonrisa aprobatoria, una mirada cómplice, un consejo oportuno, una oportuna llamada de atención. Y conservaba siempre en su mano izquierda la amenaza, la posibilidad de hacer daño. Aunque ella misma vigilaba su poder. Había visto ya demasiadas manos izquierdas cercenadas por un machete vengador.

Así pues Catalina iba a la cabeza de la procesión de tzotziles. Todas uniformemente cubiertas por los oscuros y gruesos chamarros. Todas inclinadas bajo el peso de su carga (la mercancía, el niño pequeño dormido contra la madre). Todas con rumbo a Ciudad Real.

La vereda —abierta a fuerza de ser andada— va serpenteando para trasponer los cerros. Tierra amarilla, suelta, de la que se deja arrebatar fácilmente por el viento. Vegetación hostil. Maleza, espinos retorciéndose. Y, de trecho en trecho, jóvenes arbustos, duraznos con su vestido de fiesta, duraznos ruborizados de ser amables y de sonreír, ruborizados de ser dichosos.

La distancia entre San Juan Chamula y Ciudad Real (o Jobel en lengua de indios), es larga. Pero estas mujeres la vencían sin fatiga, sin conversaciones. Atentas al sitio en que se coloca el pie y a la labor que cunde entre las manos: ruedas de pichulej a las que su actividad iba añadiendo longitud.

El macizo montañoso viene a remansarse en un extenso valle. Aquí y allá, con intermitencias, como dejadas caer al descuido, aparecen las casas. Construcciones de tejamanil, habitación de ladino que vigila sus sementeras o sus menguados rebaños, precario refugio contra la intemperie. A veces, con la insolencia de su aislamiento, se yergue una quinta. Sólidamente plantada, más con el siniestro aspecto de fortaleza o de cárcel que con el propósito de albergar la molicie refinada de los ricos.

Arrabal, orilla. Desde aquí se ven las cúpulas de las iglesias, reverberantes bajo la humedad de la luz.

Catalina Díaz Puiljá se detuvo y se persignó. Sus seguidoras la imitaron. Y luego, entre cuchicheos, prisa y diestros ademanes hicieron una nueva distribución de la mercancía que transportaban. Sobre algunas mujeres cayó todo el peso que podían soportar. Las otras simularon doblegarse bajo una carga excesiva. Éstas iban adelante.

Calladas, como quien no ve y no oye, como quien no está a la expectativa de ningún acontecimiento inminente, las tzotziles echaron a andar.

Al volver la primera esquina el acontecimiento se produjo y no por esperado, no por habitual, fue menos temible y repugnante. Cinco mujeres ladinas, de baja condición, descalzas, mal vestidas, se abalanzaron sobre Catalina y sus compañeras. Sin pronunciar una sola palabra de amenaza, sin enardecerse con insultos, sin explicarse con razones, las ladinas forcejeaban tratando de apoderarse de las redes de huevos, de las ollas de barro, de las telas, que las indias defendían con denodado y mudo furor. Pero entre la precipitación de sus gestos ambas contendientes cuidaban de no estropear, de no romper el objeto de la disputa.

Aprovechando la confusión de los primeros momentos algunas indias lograron escabullirse y, a la carrera, se dirigieron al centro de Ciudad Real. Mientras tanto las rezagadas abrían la mano herida, entregaban su presa a las "atajadoras" quienes, triunfantes, se apoderaban del botín. Y para dar a su violencia un aspecto legal lanzaban a la enemiga derribada un puñado de monedas de cobre que la otra recogía, llorando, de entre el polvo.

Voces chicanas #2

Daddy con unos Chesterfields enrollados en la manga

La directora era una mujer blanca
que un día llegó a mi salón de clases
para anunciar que un hombre que decía ser
mi padre
estaba en su oficina.

Más tarde, en el departamento de tío Manuel
Daddy dijo que Mami venía
en camino. (*Esto va en serio,*
pensé, Mami nunca falta al trabajo.)

Toda la tribu de Manuel reunida:
hijas de dientes podridos con niños
de diversas
texturas de cabello y apellidos;
David, un drogadicto,
el rostro feroz de un apache;
Daniel, de sonrisa agradable, no hizo

nada con su vida;
Abel y su hijo Caín;
Juanita mi madrina, la mayor,
nunca se casó.
Doce hijos crió mi tío,
su esposa murió con el 13ero.

Pero este tipo al otro lado de la mesa
es joven con acné,
el pelo engrasado hacia atrás. Fuma cigarrillos,
no pide permiso, habla inglés
con una sonrisa chueca: el encanto personificado.
Pasa el rato con los muchachos,
quienes lo llaman Brodock (todos tienen
apodos: Ash Can, Monskis, El Conde,
Joe the Boss, Ming): este hombre, a quien según mami
no le gusta trabajar,
toca el bongó y el mambo recio todo el día
mientras abuelita me aleja
de esos muchachos que improvisan, toman cerveza,
mientras sus mujeres trabajan en la línea de montaje.

En casa de tío Manuel, adonde Daddy me llevó en el autobús,
la radio en español ha anunciado
la muerte de doña Jovita.
La curandera de Guanajuato—
que cultiva yerbas
en latas de café—
había criado al tolteca mucho
después de que sus hijos habían crecido,
su hija única asesinada por el marido.
La curandera, según cuentan,

trajo al niño al mundo,
o, si prefieres,
la misma doña Jovita
lo tuvo a los 60.

Y Daddy, quien nunca me mira
y me habla al mismo tiempo
dice "murió Granny" y comienza a llorar.
Daddy es el único
que la llama Granny.

Y yo, la más delicada de sus hijos:
Ana María. Ana María aprende inglés en la escuela,
usa arracadas de oro en orejas perforadas por la madre,
le lleva flores a la Virgen cada primavera.

Anita conoce la yerba buena, la yerba santa, el epazote,
la manzanilla, la ruda, convoca a los espíritus
con abuelita, toca los dolores de aquellos
que llegan, manitas debajo
de aquellas manos arrugadas, que curan.

—*Murió Granny —dijo y lloró.*

El capataz blanco de Daddy,
quien no le cree que murió su mamá,
viene a ver a Daddy llorar sobre el ataúd.

Cada año Mami hace enchiladas para el cumpleaños de Daddy,
nunca tan buenas como recuerda que eran las de su mamá.
Ahora Mami toma el lugar de ella,
le dice a su hija a la cara:

"Eres como tu padre,
no te gusta trabajar,
una soñadora,
crees que algún día serás rica y famosa,
una artista, que pierde el tiempo
viajando,
con ropa fina que no tiene con qué pagar
¡descuidando a sus hijos y su hogar!"
El padre baja la vista.

Si yo hubiera tenido 19 y no 9
me hubiera jalado de los pelos,
gritado el nombre de ella, "¡No te vayas!
¡No me dejes con esta mami
que sale al trabajo antes del amanecer,
me deja una llave, una peseta para el almuerzo,
galletas saladas para el desayuno sobre la almohada
que las ratas me ganan antes de que yo despierte!
No me dejes
con esta mami que vaciará todos
tus botes, los baúles con los trajes
apolillados de tu difunto esposo,
los juguetes de cuerda del tolteca,
para meter literas en tu
cuarto, ¡en donde pegabas crucifijos
con chicle en una cabecera de fierro vieja!
(Un testimonio de tu fe:
sin embargo la Iglesia no te concedió una misa
al morir.)
¡No me dejes con este Daddy,
hablador, marihuano,
huarachero y zangolotero!"

La única mujer que significó algo en su vida.

—No creo que haya sido tu mamá —susurra tu esposa.
"¡Qué me importa!" contestas.
—Que ni eres mexicano...
"¡Qué me importa!" dices tú en nombre de
doña Jovita,
la madre sagrada
su comal y molcajete,
la revolución de Benito Juárez y Pancho Villa,
Guanajuato, papel picado, ónix, papel maché,
cuadros de toreros y calendarios aztecas.

Yo hablo inglés con una sonrisa chueca,
digo *"man"*, fumo cigarrillos,
tomo tequila, me apodero de tus ojos que me esquivan
con rapidez cuando te cuento de mis
viajes a México.
Le resto importancia a mis dedos elegantes,
el pelo que cae sobre un ojo,
el vestido de seda que acentúa los pechos:
y hago que el caló callejero quepa dentro de mis labios carnosos,
intento atrapar esa mirada esquiva,
te cuento de esos chachareros
que vi donde escuchamos esa salsa candente
en un antro local.
Y así, existo...

A los 15,
Mami se burló de mí por no perdonarte
cuando ella te pescó
con tu novia. De haber tenido 25,

te hubiera cacheteado, me hubiera largado,
hubiera buscado a doña Jovita quien nos amaba sin más razón
de que éramos sus hijos.

Los hombres tratan de llamarme la atención. Hablo con ellos
de política, religión, los fantasmas que he visto,
el rey de los timbales, México y Chicago.
Y se van.
Pero las mujeres se quedan. Las mujeres gustan de los cuentos.
Les gusta sentir unos brazos delgados alrededor de sus hombros,
el olor a cabello perfumado,
una mascada vistosa al cuello
la voz tranquilizadora que confirma su
cinismo acerca de la política, la religión y la gloriosa
historia que masacró a miles de esclavos.

Gracias al aroma seductor del mole
en mi cocina y la preparación misteriosa
de yerbas, las mujeres toleran *mi* aliento a cigarrillo
y a cognac, la cama sin hacer
y mi ineptitud para llevar un presupuesto:
a cambio de una promesa,
un viaje exótico,
una lección de tango,
una anécdota del gitano que me robó
en Madrid.

Ay, Daddy, con los Chesterfields
enrollados en una manga,
tienes por hijo a una mujer.

TRADUCIDO POR LILIANA VALENZUELA

Nunca te cases con un mexicano

Nunca te cases con un mexicano, dijo mi madre una vez y siempre. Lo decía por mi papá. Lo decía aunque ella también era mexicana. Pero ella nació aquí, en los Estados Unidos, y él nació allá y ya sabes que *no* es lo mismo.

Yo *nunca* me voy a casar. Con ningún hombre. He conocido a los hombres demasiado íntimamente. He sido testigo de sus infidelidades y los he ayudado a éstas. He desabrochado y desenganchado y accedido a sus maniobras clandestinas. He sido cómplice, he cometido delitos premeditados. Soy culpable de haber causado intencionalmente dolor a otras mujeres. Soy vengativa y cruel y capaz de cualquier cosa.

Lo admito, hubo una época en que lo que más quería era pertenecer a un hombre. Llevar puesto ese anillo de oro en la mano izquierda y que me llevara sobre su brazo como una joya fina, brillante a la luz del día. No tener que esconderme como lo hice en diferentes bares que parecían todos iguales, alfombras rojas con diseños de enrejado negro, papel tapiz con figuras de terciopelo, lámparas de madera en forma de rueda de carreta con pantallas simulando quinqués, de un color ámbar enfermizo como los vasos para bebidas que te regalan en las gasolineras.

Bares oscuros, restaurantes oscuros entonces. Y si no, mi apartamento, con su cepillo de dientes firmemente plantado en el lavabo como una bandera en el Polo Norte. La cama tan ancha porque él nunca se quedaba toda la noche. Claro que no. Prestados. Así es como he tenido a mis hombres. Sólo la nata descremada de la superficie. Sólo la parte más dulce de la fruta, sin la cáscara amarga que el vivir a diario con una esposa puede producir. Han venido a mí cuando querían entonces la pulpa dulce.

Así que, no. Nunca me he casado y nunca me casaré. No porque no pudiera, sino porque soy demasiado romántica para el matrimonio. El matrimonio me ha fallado, podrías decir. No existe el hombre que no me haya decepcionado, a quien pudiera confiar que me ame como yo amo. Es porque creo demasiado en el matrimonio que no me caso. Mejor no casarse que vivir una mentira.

Los hombres mexicanos, olvídalo. Durante mucho tiempo los hombres que limpiaban las mesas o que cortaban la carne tras el mostrador de la carnicería o manejaban el camión escolar que yo tomaba para ir todos los días a la escuela, ésos no eran hombres. No eran hombres a los que yo pudiera considerar como posibles amantes. Mexicanos, puertorriqueños, cubanos, chilenos, colombianos, panameños, salvadoreños, bolivianos, hondureños, argentinos, dominicanos, venezolanos, guatemaltecos, ecuatorianos, nicaragüenses, peruanos, costarricenses, paraguayos, uruguayos, me da igual. Nunca los vi. Eso es lo que me hizo mi madre.

Supongo que lo hacía para evitarnos a mí y a Ximena el dolor que ella sufrió. Habiéndose casado con un mexicano a los diecisiete. Habiendo tenido que aguantar todas las groserías que una familia en México le puede hacer a una jovencita por ser del otro lado y porque mi padre se había rebajado de nivel al casarse con ella. Si se hubiera casado con una mujer del otro lado, pero blanca, otra cosa hubiera sido. Eso sí hubiera sido un buen matrimonio, aun cuando la mujer blanca fuera pobre. Pero qué podía ser más ridículo que una joven mexicana que ni siquiera hablaba español, que ni siquiera era capaz de cambiar los platos en la comida, doblar bien las servilletas de tela o colocar correctamente los cubiertos.

En la casa de mi madre los platos siempre se apilaban en el centro de la mesa, los cuchillos y tenedores y cucharas parados en un bote, sírvanse. Todos los platos desportillados o cuarteados y nada hacía juego. Y sin mantel, siempre. Y con periódicos sobre la mesa cuando mi abuelo cortaba sandías y qué vergüenza le daba a ella cuando su novio, mi papi, venía a la casa y había periódicos sobre el piso de la cocina y sobre la mesa. Y mi abuelo, un señor mexicano fornido y trabajador, decía Pasa, pasa y come, y partía una tajada grande de esas sandías verde oscuro, una tajadota, no era codo con la comida. Nunca, ni aun durante la Depresión. Pasa, pasa y come, a quienquiera que tocara la puerta trasera. Los hombres desempleados se sentaban a la mesa a la hora de la comida y los niños mira que mira. Porque mi abuelo siempre se encargaba de que no les faltara. Harina y arroz, a granel y en costal. Papas. Costales grandes de frijoles pintos. Y sandías, compraba tres o cuatro a la vez, las rodaba debajo de su cama y las sacaba cuando menos lo esperabas. Mi abuelo había sobrevivido tres guerras, una mexicana, dos americanas y sabía lo que era pasarla sin comer. Sí sabía.

Mi papi, en cambio, no sabía. Es cierto, cuando apenas llegó a este país había trabajado desconchando almejas, lavando platos, sembrando alambradas; se había sentado en la parte trasera del autobús en Little Rock y el chofer había gritado, Tú —siéntate aquí, y mi padre se había encogido de hombros tímidamente y había dicho: *No speak English*.

Pero él no era un pobre refugiado, ni un inmigrante que huía de una guerra. Mi papá se escapó de la casa porque tenía miedo de enfrentar a su padre cuando sus calificaciones de primer año en la universidad comprobaban que había pasado más tiempo jugando que estudiando. Dejó atrás una casa en la Ciudad de México que no era ni rica ni pobre, pero que se creía mejor que ambas cosas. Un muchacho que se bajaba del camión si veía subirse a una muchacha que conocía y no llevaba dinero para pagarle el pasaje. Ése es el mundo que mi pa dejó atrás.

Me imagino a mi papi con su ropa de fanfarrón, porque eso es lo que era, un fanfarrón. Eso es lo que mi madre pensó al darse la vuelta para contestar a la voz que la invitaba a bailar. Un presumido, diría años después. Solamente un presumido. Pero nunca dijo por qué se casó con él. Mi padre en sus trajes azul tiburón, con el pañuelo almidonado en el bolsillo junto a la solapa, su fedora de fieltro, su saco de *tweed* de generosas hombreras y aquellos zapatones bostonianos con sus bigoteras en la punta y el talón. Ropa que costaba mucho. Cara. Eso es lo que decían las cosas de mi papá. Calidad.

Mi pa debió haber encontrado muy extraños a los mexicanos de los Estados Unidos, tan ajenos a los que conocía en su Ciudad de México, donde la sirvienta servía la sandía en un plato con cubiertos y servilleta de tela o los mangos con tenedores de punta especial. No así, comiendo con las piernas abiertas en el patio o en la cocina agachados sobre los periódicos. *Pasa, pasa y come.* No, nunca así.

Cómo me gano la vida depende. A veces trabajo como traductora. A veces me pagan por palabra y a veces por hora, según el trabajo.

Esto lo hago durante el día y de noche pinto. Haría cualquier cosa en el día sólo para seguir pintando.

También trabajo como maestra suplente para el Distrito

Escolar Independiente de San Antonio. Y eso es peor que traducir esos folletos de viaje con sus letras diminutas, créeme. No soporto a los niños. De ninguna edad. Pero sirve para pagar la renta.

De cualquier ángulo que lo veas, lo que hago para ganarme la vida es una forma de prostitución. La gente dice, "¿Una pintora? qué interesante" y quieren invitarme a sus fiestas, quieren que decore el jardín como una orquídea exótica de alquiler. ¿Pero acaso compran arte?

Soy anfibia. Soy una persona que no pertenece a ninguna clase. A los ricos les gusta tenerme cerca porque envidian mi creatividad; saben que *eso* no lo pueden comprar. A los pobres no les importa que viva en su barrio porque saben que soy tan pobre como ellos, aunque mi educación y mi modo de vestir nos mantenga en mundos distintos. No pertenezco a ninguna clase. Ni a los pobres, cuyo barrio comparto, ni a los ricos, que vienen a mis exposiciones y compran mi obra. Tampoco a la clase media, de la que mi hermana Ximena y yo huimos.

Cuando era joven, cuando apenas me había ido de casa y rentado ese apartamento con mi hermana y sus niños, justo después de que su marido se largara, pensaba que ser artista sería glamoroso. Quería ser como Frida o Tina. Estaba dispuesta a sufrir con mi cámara y mis pinceles en ese apartamento horrible que rentamos por $150 cada una porque tenía techos altos y esos tragaluces de vidrio que nos convencieron que tenía que ser nuestro. No importaba que no hubiera lavabo en el baño y que la tina pareciera un sarcófago y que la duela del piso no embonara y que el pasillo pudiera espantar a los mismos muertos. Pero esos techos de catorce pies de altura bastaron para que firmáramos el cheque del depósito en ese mismo instante. Todo nos parecía romántico. Ya sabes donde está, en Zarzamora encima de la peluquería con los posters de Casasola de la Revolución Mexicana. Letrero en neón de BIRRIA TEPATITLÁN a la vuelta de la esquina, dos cabras dándose de tumbos y todas esas panaderías mexicanas, Las Brisas para huevos rancheros y carnitas y barbacoa los domingos, y malteadas de leche y fruta fresca y paletas de mango y más letreros en español que en inglés. Creíamos que era magnífico. El barrio se veía lindo en el día, como Plaza Sésamo. Los niños jugando rayuela en la banqueta, mocosos benditos. Y las tlapalerías que todavía vendían plumeros de avestruz y las familias enteras que desfilaban a la iglesia de Nuestra Señora de Guadalupe los domingos, las niñas con sus vestidos esponjados de crinolina y sus zapatos de charol, los niños con sus zapatos *Stacys* de vestir y sus camisas brillantes.

Pero en la noche, no se parecía nada a donde crecimos, en el lado norte. Las pistolas resonaban como en el Viejo Oeste y yo y Ximena y los niños acurrucados en una misma cama con las luces apagadas, oyendo todo y les decíamos, Duérmanse niños, sólo son cohetes. Pero sabíamos que no era así. Ximena decía, Clemencia, tal vez deberíamos volver a casa. Y yo contestaba, ¡Cállate! Porque ella sabía tan bien como yo que no había hogar al cual regresar. No con nuestra madre. No con aquel hombre con quien se había casado. Luego que papi murió, era como si ya no importáramos. Como si mi madre estuviera demasiado ocupada en sentir lástima por sí misma, no sé. No soy como Ximena. Todavía no lo he resuelto después de tanto tiempo, ni siquiera ahora que nuestra madre ya falleció. Mis medios hermanos viven en aquella casa que debería haber sido nuestra, mía y de Ximena. Pero eso es —¿cómo se dice?— Para qué llorar sobre leche quemada ¿o desparramada? Ni siquiera sé cómo se dicen los refranes, aunque nací en este país. En mi casa no decíamos jaladas de ésas.

Una vez que papi nos faltó, era como si mi madre no existiera, como si ella también se hubiera muerto. Yo antes tenía un pajarito pinzón que se torció una patita roja entre las rejas de la jaula, quién sabe cómo. La pata nada más se secó y se le cayó. Mi pájaro vivió mucho tiempo sin ella, sólo con un muñoncito rojo por pata. En realidad estaba bien. El recuerdo de mi madre es así, como si algo que ya estuviera muerto se me hubiera secado y caído y yo no lo hubiera extrañado. Como si nunca hubiera tenido una madre. Y tampoco me avergüenza decirlo. Cuando se casó con ese bolillo y él y sus niños se cambiaron a la casa de mi papá, fue como si ella hubiera dejado de ser mi madre. Como si nunca hubiera tenido madre.

Mi madre, siempre enferma y demasiado preocupada por su propia vida, nos hubiera vendido al diablo si hubiera podido. "Es que me casé tan joven, mi'ja", decía. "Es que tu padre era mucho mayor que yo y nunca pude disfrutar de mi juventud. *Honey*, trata de comprenderme...". Entonces yo dejaba de escucharla.

Aquel hombre al que conoció en el trabajo, Owen Lambert, el encargado del laboratorio de revelado de fotografía con el que se veía aun cuando mi papi todavía estaba enfermo. Incluso entonces. Eso es lo que no le puedo perdonar.

Cuando mi papá tosía sangre y flemas en el hospital, con media cara congelada y la lengua tan gorda que no podía hablar, se veía tan tan pequeño con todos esos tubos y bolsas de plástico que colgaban a su alrededor. Pero lo que más recuerdo es el olor, como si la muerte ya estuviera sentada en su pecho. Y recuerdo al doctor que raspaba la flema de la boca de mi pa con un paño blanco y mi papi sentía náuseas y yo quería gritar: Basta, ya no, es mi papi. Hijo de la chingada. Hágalo vivir. Papi, no. Todavía no, todavía no, todavía no. Y cómo no me podía sostener, no me podía sostener. Como si me hubieran golpeado o me hubieran sacado las entrañas por la nariz, como si me hubieran rellenado de canela y clavo y nada más me quedé parada ahí con los ojos secos al lado de Ximena y de mi madre, Ximena entre nosotras porque a mi madre no la quería a mi lado. Todos repitiendo una y otra vez los Avemarías y Padrenuestros. El cura rociando agua bendita, mundo sin fin, amén.

* * *

Drew, ¿te acuerdas cuando me llamabas tu Malinalli? Era una broma, un juego privado entre nosotros, porque te veías como un Cortés con esa barba tuya. Mi piel oscura junto a la tuya. Hermosa, dijiste. Dijiste que era hermosa y cuando lo dijiste, Drew, lo era.

Mi Malinalli, Malinche, mi cortesana, dijiste y me jalaste hacia atrás por la trenza. Me llamabas por ese nombre entre traguitos de aliento y esos besos en carne viva que dabas, riéndote desde esa barba negra tuya.

Antes del amanecer, ya te habías ido, igual que siempre, aun antes de que me diera cuenta. Y era como si te hubiera imaginado, solamente las marcas de tus dientes en mi panza y mis pezones me convencían de lo contrario.

Tu piel pálida, pero tu pelo más oscuro que el de un pirata. Malinalli, me llamabas, ¿te acuerdas? Decías *Mi doradita* en español. Me gustaba que me hablaras en mi idioma. Podía amarme a mí misma y pensar que era digna de ser amada.

Tu hijo. ¿Sabe él lo mucho que tuve que ver con su nacimiento? Soy yo quien te convenció para que lo dejaras nacer. Le dijiste que mientras su madre estaba acostada boca arriba pariéndolo, yo estaba acostada en la cama de ella haciéndote el amor.

No eres nada sin mí. Te formé de saliva y polvo rojo. Y si quiero, puedo extinguirte entre el índice y el pulgar. Soplarte hasta el fin del mundo. Eres solamente una mancha de pintura a la que puedo escoger dar a luz sobre el lienzo. Y cuando te rehice, dejaste de ser parte de ella, fuiste todo mío. El paisaje de tu cuerpo tirante como un tambor. El corazón bajo esa piel resonando monótonamente una y otra vez. Ni una pulgada de ti le devolví.

Te pinto y repinto como me place, aun ahora. Después de tantos años. ¿Lo sabías? Tontito. Crees que seguí adelante con mi vida, cojeando, suspirando y sollozando como el lloriqueo de una canción ranchera cuando regresaste con ella. Pero he estado esperando. Haciendo que el mundo te vea con mis ojos. Y si eso no es poder, ¿entonces qué es?

Por las noches prendo todas las velas de la casa, las de la Virgen de Guadalupe, las del Niño Fidencio, Don Pedrito Jaramillo, Santo Niño de Atocha, Nuestra Señora de San Juan de los Lagos y especialmente Santa Lucía, con sus ojos hermosos sobre un plato.

Tus ojos son hermosos, dijiste. Dijiste que eran los ojos más negros que jamás habías visto y besaste cada uno como si fueran capaces de conceder milagros. Y cuando te fuiste, quise sacarlos con una cuchara, ponerlos en un plato bajo estos cielos azules: Alimento para los cuervos.

El niño, tu hijo. El que tiene la cara de esa pelirroja que es tu esposa. El niño de pecas rojas como el alimento de peces que flota sobre la piel del agua. Ese niño.

He estado esperando pacientemente como una araña todos estos años, desde que tenía diecinueve y él era sólo una idea revoloteando en la cabeza de su madre y soy yo quien le dio permiso e hice que sucediera, te das cuenta.

Porque tu padre quería dejar a tu madre y vivir conmigo. Tu madre sollozaba por un hijo, por lo menos *eso*. Y él siempre decía, Más tarde, ya veremos, más tarde. Pero desde el principio era conmigo con quien quería estar, era conmigo, dijo.

Quiero decirte esto por las noches cuando vienes a verme. Cuando estás hablas y hablas sobre qué tipo de ropa te vas a comprar y de cómo eras antes cuando entraste al *high school* y cómo eres ahora que ya casi terminas. Y de cómo todos te conocen como un rockero y de tu banda y de la nueva guitarra roja que te acaban de comprar porque tu madre te dio a escoger, la guitarra o el coche, pero no necesitas un coche, verdad, porque yo te llevo a todas partes. Podrías ser mi hijo si no fueras tan güerito.

Esto sucedió. Hace mucho tiempo. Antes de que nacieras. Cuando eras apenas una palomilla dentro del corazón de tu madre. Yo era alumna de tu padre, sí, como ahora tú eres el mío. Y tu padre me pintaba y me pintaba porque decía, yo era su *doradita*, toda dorada y tostada por el sol y ésas son las mujeres que más le gustan, las morenas como la arena del río, sí. Y me tomó bajo su ala y bajo sus sábanas, ese hombre, ese maestro, tu padre. Me sentía honrada de que él me hubiera hecho el favor. Así de joven estaba.

Sólo sé que estaba acostada con tu padre la noche en que tú naciste. En la misma cama en que fuiste concebido. Estaba acostada con tu padre y me importaba un carajo aquella mujer, tu madre. Si hubiera sido una morena como yo, me habría costado un poco más de trabajo vivir con mi conciencia, pero como no lo es, me da lo mismo. Yo estuve ahí primero, siempre. Siempre he estado ahí, en el espejo, bajo su piel, en la sangre, antes de que tú nacieras. Y él ha estado aquí, en mi corazón, desde antes de que lo conociera. ¿Entiendes? Él siempre ha estado aquí. Siempre. Se disuelve como flor de Jamaica, explota como una cuerda reducida al polvo. Ya no me importa lo que está o no está bien. No me importa su esposa. Ella no es *mi* hermana.

Y no es la última vez que me he acostado con un hombre la noche en que su esposa daba a luz. ¿Por qué lo hago, me pregunto? Acostarme con un hombre cuando su mujer está dando vida, está siendo chupada por una cosa con los ojos todavía cerrados. ¿Por qué lo hago? Siempre me ha dado un poco de júbilo enloquecido el poder matar a esas mujeres así, sin que lo sepan. Saber que he poseído a sus maridos cuando ellas estaban ancladas a cuartos azules de hospital, sus tripas jaloneadas de adentro para afuera, el bebé chupando sus pechos mientras su marido chupaba los míos. Todo esto mientras todavía les dolían las puntadas en el trasero.

Una vez, borracha de margaritas, le hablé por teléfono a tu padre a las cuatro de la madrugada, desperté a la perra. Bueno, chirrió. Quiero hablar con Drew. Un momento, dijo en su inglés de salón más educado. Un momento. Me reí de eso durante semanas. Qué pendeja de pasar el teléfono al tamal dormido a su lado. Discúlpame, cariño, es para ti. Cuando Drew murmuró bueno me estaba riendo tan fuerte que apenas podía hablar. ¿Drew? Esa perra estúpida de tu esposa, le dije, y es todo lo que pude decir. Esa idiota idiota idiota. Ninguna mexicana reaccionaría así. Discúlpame, cariño. Me cagué de la risa.

Tiene el mismo tipo de piel, el niño. Todas las venas azules pálidas y transparentes como las de su mamá. Una piel como las rosas de diciembre. Niño bonito. Pequeño clon. Pequeñas células divididas en ti y en ti y en ti. Dime, nene, qué parte de ti es tu madre. Intento imaginarme sus labios, su mentón, las piernas largas largas que se enredaban alrededor de este padre que me llevó a su cama.

Esto sucedió. Estoy dormida. O pretendo estar. Me estás observando, Drew. Siento tu peso cuando te sientas en la esquina de la cama, vestido y a punto de irte, pero ahora nada más me estás viendo dormir. Nada. Ni una palabra. Ni un beso. Sólo estás sentado. Me estás observando, inspeccionando. ¿En qué piensas?

No he dejado de soñarte. ¿Lo sabías? ¿Te parece extraño? Sin embargo, nunca lo platico. Me lo quedo adentro como hago con todo lo que pienso acerca de ti.

Después de tantos años.

No quiero que me veas. No quiero que me observes mientras duermo. Voy a abrir los ojos y te voy a asustar para que te vayas.

Eso. ¿Qué te dije? *¿Drew? ¿Qué pasa?* Nada. Ya sabía que ibas a decir eso.

Mejor no hablemos. No servimos para eso. Contigo soy inútil con las palabras. Es como si de alguna manera tuviera que aprender a hablar de nuevo, como si todavía no se hubieran inventado las palabras que necesito. Somos cobardes. Regresa a la cama. Por lo menos ahí siento que te tengo por un rato. Por un momento. Por un suspiro. Te dejas ir. Ansías y jalas. Desgarras mi piel.

Casi no eres un hombre sin tu ropa. ¿Cómo lo explico? Eres tanto como un niño en mi cama. Tan sólo un niño grande que necesita que lo abracen. No voy a permitir que nadie te haga daño. Mi pirata. Mi esbelto niño de hombre.

Después de tantos años.

No lo imaginé, ¿verdad? Un Ganges, el ojo de la tormenta. Por un instante. Cuando nos olvidábamos, me jalabas y yo saltaba dentro de ti y te partía como una manzana. Era un estar abierto para que el otro viera tu esencia por un instante y se quedara con ella. Algo se retorció violentamente hasta desprenderse. Tu cuerpo no miente. No es callado como tú.

Estás desnudo como una perla. Perdiste tu hilo de humo. Eres tierno como la lluvia. Si te pusiera en mi boca te disolverías como nieve.

Estabas avergonzado de estar tan desnudo. Te apartaste. Pero te vi tal como eras cuando te abriste conmigo. Cuando te descuidaste y te dejaste ver por dentro. Agarré ese pedazo de aliento. No estoy loca.

Cuando te dormías, me jalabas hacia ti. Me buscabas en la oscuridad. No dormí. Cada célula, cada folículo, cada nervio, alerta. Verte suspirar y rodar y darte vuelta y pegarme a ti. No dormí. Te estaba observando a *ti* esta vez.

¿Tu madre? Solamente una vez. Años después de que tu padre y yo dejamos de vernos. En una exposición de arte. Una exhibición de fotografías de Eugène Atget. Hubiera podido pasarme horas contemplando aquellas imágenes. Había llevado a un grupo de alumnos.

Vi a tu padre primero. Y en ese instante sentí como si todos en aquella sala, todas las fotografías de tonos sepia, mis alumnos, los hombres en traje de negocios, las mujeres en tacones, los guardias, todos y cada uno, pudieran verme tal cual era. Tuve que huir y llevarme a mis alumnos a otra galería, pero hay algunas cosas que el destino te tiene preparadas.

Nos alcanzó en el área del guardarropa, del brazo de una Barbie pelirroja en abrigo de piel. Una de esas mujeres de Dallas que asustan, el cabello restirado en una cola de caballo, una cara grande y brillante como las mujeres que atienden los mostradores de cosméticos en Neiman. Eso recuerdo. Debe haber estado con él desde el principio, pero te juro que nunca la vi hasta ese segundo.

Podías notar por un ligero titubeo, solamente ligero, porque él es demasiado sofisticado para titubear, que estaba nervioso. En seguida camina hacia mí y yo no sabía qué hacer, nada más me quedé ahí parada, aturdida como esos animales que al cruzar la carretera en la noche se pasman ante los faros del coche.

Y no sé por qué, pero de repente me miré los zapatos y sentí vergüenza de lo viejos que parecían. Y llega hasta mí, mi amor, tu padre, con ese ademán suyo que hace que quiera golpearlo, que hace que quiera amarlo, y dice con la voz más sincera que hayas oído: "¡Ah, Clemencia! *Ésta* es Megan". No podría habérmela presentado de una manera más cruel. *Ésta* es Megan. Así nada más.

Sonreí como una idiota y le extendí la manita como un animal del circo —"Hola, Megan"— y sonreí demasiado como sonríes cuando no soportas a alguien. Luego me fui al carajo lejos de ahí, chachareando como un mono todo el viaje de regreso con mis alumnos. Cuando llegué a la casa me tuve que acostar con un paño frío en la frente y la televisión prendida. Todo lo que podía escuchar retumbando bajo el paño en esa parte profunda detrás de mis ojos: *Ésta* es Megan.

Y así me quedé dormida, con la televisión prendida y todas las luces de la casa encendidas. Cuando me desperté era por ahí de las tres de la mañana. Apagué las luces y la tele y fui por una aspirina, y los gatos, que se habían quedado dormidos conmigo en el sofá, me siguieron al baño como si supieran qué pasaba. Y luego me siguieron también a la cama, donde no les permito entrar, pero aquella vez nomás los dejé, con pulgas y todo.

Esto también sucedió. Te juro que no lo estoy inventando. Es la verdad. Era la última vez que iba a estar con tu padre. Nos habíamos puesto de acuerdo. Era lo mejor. Seguramente yo podía darme cuenta, ¿verdad? Por mi propio bien. Saber perder. Una jovencita como yo. No había yo entendido... responsabilidades. Además, nunca se podría casar conmigo. ¿No creíste...? *Nunca te cases con un mexicano. Nunca te cases con un mexicano. Nunca te cases con... una mexicana.* No, por supuesto que no. Ya entiendo. Ya entiendo.

Teníamos la casa a solas por unos días, quién sabe cómo. Tú y tu madre se habían ido a algún lugar. ¿Era Navidad? No me acuerdo.

Recuerdo la lámpara emplomada con vidrios nacarados sobre la mesa del comedor. Hice un inventario mental de todo. El diseño de flor de loto egipcia en las bisagras de las puertas. El pasillo oscuro y angosto donde una vez tu padre y yo hicimos el amor. La tina sobre cuatro garras en la que él había lavado mi pelo y me lo había enjuagado con una jícara de hojalata. Esta ventana. Ese mostrador. La recámara con su luz en la mañana, increíblemente suave, como la luz de una pulida moneda de diez.

La casa estaba impecable, como siempre, ni un pelo extraviado, ni una hojuela de caspa, ni una toalla arrugada. Hasta las rosas sobre la mesa del comedor contenían la respiración. Una especie de limpieza sin aliento que siempre me hacía querer estornudar.

¿Por qué me daba tanta curiosidad la mujer que vivía con él? Cada vez que iba al baño, me sorprendía abriendo el botiquín de las medicinas, mirando todas sus cosas. Sus lápices labiales Estée Lauder. Corales y rosas, por supuesto. Sus barnices de uñas —el violeta pálido era el más atrevido. Sus bolitas de algodón y sus pasadores rubios. Un par de pantuflas de piel de borrego color hueso, tan limpias como el día en que las compró. Sobre la percha de la puerta —una bata blanca con la etiqueta, HECHO EN ITALIA y un camisón de seda con botones de perla. Toqué las telas. Calidad.

No sé cómo explicar lo que hice después. Mientras tu padre andaba ocupado en la cocina, fui a donde había dejado mi mochila y saqué una bolsita de ositos de dulce que había comprado. Y mientras él hacía ruido con las ollas, recorrí la casa y fui dejando un rastro de ositos por los lugares donde sabía que *ella* los encontraría. Uno en su organizador de maquillaje de lucita. Uno embutido en cada botella de barniz de uñas. Desenrollé los lápices labiales caros a su extensión máxima e incrusté un osito en la punta antes de taparlos de nuevo. Hasta puse un osito de dulce en su estuche de diafragma, en el mismo centro de esa luna de hule luminiscente.

¿Para qué me molestaba? Drew podría echarse la culpa. O

podría inventar que era el vudú de la señora mexicana que hacía la limpieza. Ya me lo imaginaba. No importaba. Me dio una extraña satisfacción el vagar por la casa dejándolos en lugares donde sólo ella los veía.

Y justo cuando Drew llamaba "¡A cenar!" la vi en el escritorio. Una de esas muñecas babushkas de madera que Drew le había traído de Rusia. Ya lo sabía. Me había comprado una idéntica.

Tan sólo hice lo que hice, destapé la muñeca adentro de la muñeca adentro de la muñeca hasta que llegué al mismísimo centro, la bebé más pequeñita dentro de todas las demás y la cambié por un osito de dulce. Y luego volví a colocar las muñecas tal como las había encontrado, una dentro de otra, dentro de otra. Menos la más pequeña que me metí en el bolsillo. Toda la cena me la pasé metiendo la mano al bolsillo de mi chamarra de mezclilla. Cuando la tocaba me hacía sentir bien.

De regreso a casa, en el puente sobre el arroyo de la calle Guadalupe, detuve el coche, prendí la señal de emergencia, me bajé y tiré la muñequita de madera a aquel arroyo lodoso donde mean los borrachines y nadan las ratas. El juguetito de aquella Barbie cociéndose en la inmundicia. Me dio una sensación como nunca antes había tenido y no he tenido desde entonces.

Luego me fui a casa y dormí como los muertos.

Por las mañanas preparo café para mí y leche para el niño. Pienso en esa mujer y no puedo ver ni un rastro de mi amante en este niño, como si ella lo hubiera engendrado por inmaculada concepción.

Me acuesto con este niño, su hijo. Para que el niño me ame como yo amo a su padre. Para hacer que me desee, que sienta hambre, que se retuerza en su sueño como si hubiera tragado vidrio. Lo pongo en mi boca. Aquí, pedacito de mi corazón. Un niño con muslos duros y sólo un poquitín de pelusa y unas nalgas pequeñas, duras y aterciopeladas como las de su padre y esa espalda como corazón de San Valentín. Ven acá, mi cariñito. Ven con mamita. Toma un poco de pan tostado.

Puedo decir por la manera en que me mira, que lo tengo bajo mi poder. Ven, gorrión. Tengo la paciencia de la eternidad. Ven con mamita. Mi pajarito estúpido. No me muevo. No lo espanto. Lo dejo que picotee. Todo, todo para ti. Froto su vientre. Lo acaricio. Antes de cerrar de golpe mis fauces.

¿Qué hay en mi interior que me enloquece tanto a las dos de la madrugada? No puedo echarle la culpa al alcohol en mi sangre, cuando no lo hay. Es algo peor. Algo que envenena la sangre y me tumba cuando la noche se hincha y siento como si todo el cielo se recargara en mi cerebro.

¿Y si matara a alguien en una noche así? Y si me matara *a mí misma*, sería culpable de interponerme en la línea de fuego, una víctima inocente, acaso no sería una lástima. Caminaría con la mente llena de imágenes y de espaldas a los culpables. ¿Suicidio? No le sabría decir. No lo vi.

Excepto que no es a mí a quien quiero matar. Cuando la gravedad de los planetas está en su punto justo, todo se ladea y trastorna el equilibrio visible. Y es entonces que quiere salirse de mis ojos. Es entonces cuando me prendo del teléfono, peligrosa como una terrorista. No hay nada que hacer mas que dejar que pase.

Así que. ¿Qué crees? ¿Ya te has convencido de que estoy tan loca como un tulipán o como un taxi? ¿De que soy tan vagabunda como una nube?

A veces el cielo es tan grande y me siento tan pequeña en la noche. Ése es el problema de ser nube. Que el cielo es tan terriblemente grande. ¿Por qué es peor en la noche, cuando tengo tal urgencia de comunicarme y no hay un lenguaje con el cual dar forma a las palabras? Sólo colores. Imágenes. Y ya sabes que lo que tengo que decir no siempre es agradable.

Ay, amor, mira. Ya fui y lo hice. ¿De qué sirve? Bueno o malo, he hecho lo que tenía que hacer y necesitaba hacer. Y tú has contestado el teléfono y me has asustado como a un pájaro. Y probablemente ahora estás susurrando maldiciones y te volverás a dormir con esa esposa a tu lado, tibia, irradiando su calor propio, tan viva bajo la franela y las plumas y olorosa un poco a leche y crema de manos y ese olor conocido y querido para ti, ay.

Los seres humanos me pasan por la calle y quiero estirarme y rasguearlos como si fueran guitarras. Algunas veces la humanidad entera me parece bella. Quiero simplemente estirar la mano y acariciar a alguien y decirle, Ya, ya, ya pasó, cariñito. Ya, ya, ya.

TRADUCIDO POR LILIANA VALENZUELA

María de Covina

Tengo dos chaquetas, unas seis corbatas, tres pantalones de vestir, unos Florsheims que lustro a la madre, y hace tres semanas me compré un traje, con forro de seda, en Lemonde for Men. Venía con todo y chaleco. Ése fue el mejor detalle. Me encanta arreglarme, verme bien, de veras que sí. La onda es ésta: me gustan las mujeres. No, 'pérate. Me *encantan* las mujeres. Ya sé que eso no es la gran novedad, algo que no te diría cualquiera. Pero lo digo en serio, lo que pasa es que no sé cómo expresarlo mejor. No es que me porte de otra forma cuando estoy cerca de ellas. No soy agresivo ni nada de eso, persiguiéndolas, acosándolas. No me ando con jueguitos. No hago nada excepto tener una debilidad por ellas. No las invito a salir. Ya tengo a mi novia Diana. De todas formas, es como si estuviera borracho a su alrededor. Como si me pusieran tan pedo que no me puedo mover de allí. ¿Me entiendes? Así es que, pos sí, me encanta trabajar de noche en The Broadway. Hay perfume de mujer por todos lados, y ando mareado cuando estoy allí.

Aunque lo que voy a decir no suene bien, voy a decirlo: no

sólo soy yo, son ellas también, son ellas de vuelta, a la mejor
hasta ellas primero. Okey, ya sé que eso suena mal, así que mejor
me callo. Pero si no, ¿por qué me pusieron en el departamento de
Regalos? Yo no sabía nada de esas cosas, y luego me fijé en que
la mayoría de los clientes son mujeres. Y no es que ande de presumido, pero la neta es que yo vendo y ellas compran. Casi siempre son mujeres mayores, ricas, ahora me doy cuenta, porque
las cosas que tenemos en los estantes —cositas como jarrones y
estatuas y canastas y fruteros, de Rusia, Alemania, África, Dina-
marca, Francia, Argentina, de todas partes— son originales, y
cuestan. Estas señoras, quizá ya estén rucas, pero muchas de ellas
se ven bastante bien para ser mayores, vienen y me piden mi opinión. Sonríen cuando me preguntan qué escogería si fuera para
mí. Trato de ser sincero. Sonrío un montón. Sonrío porque estoy
contento.

    ¿Sabes qué? Aun si me equivocara, no le hace, qué importa.
Porque cuando bajo las escaleras eléctricas, allí en la planta baja
está Cindy en Cosméticos. Me dice—: ¿Va a pasar por ti tu
mami esta noche? —Cindy es casi rubia, muy bonita y muy acá.
Se apoya contra el mostrador para acercárseme. Trae sus blusas
un poquito escotadas. Está chichona para ser tan flaquita.

    —A lo mejor —lo digo—. A lo mejor no.

    —No te cases con ella todavía —esa voz de recámara suya.

    —¿Y a ti qué?

    —No, a mí nada —dice ella.

    —Hablas mucho —le digo—. Pero, ¿son puras habladas?

    —Ya sabes dónde encontrarme. ¿Qué esperamos?

    No se equivoca. Yo soy el hablador. No me engaño. Por ejem-
plo, ya casi cumplo diecinueve, pero hago de cuenta que tengo
veinte. Y me salgo con la mía. Parezco mayor. No estoy seguro
por qué eso sea cierto —he trabajado desde los trece— o por
qué quiero que lo sea. Me siento mayor cuando digo que lo soy.
Por la misma razón que les hago creer que sé mucho sobre el

sexo. Ya sabes, me las doy de que tengo mucha experiencia, como si fuera yo muy chingón. Muchas chavas, y que sé lo que les gusta. Siento como si fuera verdad cuando estoy cerca de ellas. Eso se cree la Cindy. Y quiero que se la crea, me gusta que se la crea, pero al mismo tiempo eso hace que ella me asuste. Ella no está fingiendo y me da miedo que me descubra: la neta es que mi única experiencia ha sido con Diana. Me da demasiada vergüenza admitirlo, y nunca lo hago, aun con ella.

Pero no sólo se trata de Cindy y no son puras habladurías y aunque suene así, de veras, no estoy tratando de presumir. Allá en Modas para Damas está Ana, una morena de ojos verdes, y piernas fornidas y bonitas. Es tímida. Bueno, no tan tímida. Quiere estar enamorada, quiere una boda, quiere un bebé. En Artículos para el Hogar está Brigit. Brigit es rusa y a veces me cuesta trabajo entenderla. Debías de verla. Tiene los huesos grandes de una negra, pero una piel como la nieve. Creo que tiene más edad de lo que aparenta. Ella saldría conmigo, estoy seguro. No sé cómo sería estar con ella, y me pregunto. Más allá, en el centro comercial, en Lemonde for Men, es donde trabaja Liz. Fue a ella a quien le compré mi traje. Liz es divertida. Le gusta reír. El sábado en que recogí mi traje comimos juntos y luego, una noche, cuando sabía que ella estaba trabajando, justo antes de cerrar, la llamé. Le dije que yo tenía hambre y que si quería salir a algún lugar después. Dijo que sí. Sólo nos despedimos de beso. La siguiente vez me dejó que la tocara. Le gusta y no le avergüenza que le guste. Pienso mucho en ella. En tocarla. Pero no quiero que esto suene tan gacho, porno o algo. Me gusta, es decir. Me gusta todo acerca de ella. No sé cómo expresarlo mejor.

—Eres un mentiroso —dice María. Es mi jefa. La subgerente de Regalos y Equipaje, Platería y Porcelana. Me preocupa que sepa cuántos años tengo en realidad y que por eso me lo diga. O que sepa que realmente no voy a la universidad durante el día.

No sé por qué no puedo ser sincero acerca de mi otro empleo. Trabajo para A-Tron de lunes a viernes durante el día. Como despachador. Es una buena chamba. Pero es mejor decir que estás estudiando para ser algo mejor. Voy a ir a la universidad el año que entra, después de que ahorre un poco de lana.

—¿Qué estás diciendo?

—Nada más quieres ligártelas —dice María de Covina—. Eres igual que todos los hombres.

Le he confiado muchas cosas, no estoy seguro por qué. Quizá porque me cacha hablando con ellas todo el tiempo. Las primeras veces pensé que se había enojado y me andaba checando porque me tardaba demasiado cuando me tomaba un descanso. Pero ella es buena onda. Nomás que parecía como si siempre nos estuviéramos encontrando, y ella me meneaba la cabeza, así que ahora le confío lo que estoy pensando. Le conté de Liz después de que nos vio ese primer sábado, almorzando en el centro comercial.

—No es cierto —le digo.

—No es *cierto* —dice quejumbrosa. Seguido me arremeda en son de burla. A veces se me acerca, y esta vez se me acerca un chorro, lo suficiente como para pasarme la mano alrededor y agarrarme una nalga—. No es *cierto.*

—*Wáchale,* Covina —le digo—. Ustedes los italianos creen que todo lo que pellizcan es un tomate blando, pero los mexicanos tenemos chiles que pican.

Le digo María de Covina porque vive en West Covina y llega aquí en carro. Le digo que es italiana porque no habla ni papa de español, y las italianas se pueden llamar María. Y no puedo dejarla en paz. En realidad ella es méxicoamericana, sólo que de esas princesitas pochas, consentidas. Pero hago como que no sé. Me repite su apellido una y otra vez. ¿Qué tipo de apellido crees que sea Mata? me pregunta. ¿Acaso Mata te suena italiano? Le digo, pos sí, a la mejor. Como el nombre de pila María, le digo.

Como el apellido Corona. A la mejor es eso, le digo, y tú nomás me estás provocando. No entiendo qué pretendes. ¿Por qué quieres que todo el mundo crea que eres mexicana, cuando no lo eres? En mi familia, todo el mundo preferiría no serlo. Así que me dice de cosas, y lo dice en serio porque esto de veras le molesta. *Stupid*, me dice. *Buttbreath*. Dímelo en español, le sugiero, y vamos a ver qué tanto sabes. Me dice, estúpido. Punto malo, le digo. ¿Y la otra palabra? No me responde. No lo sabes, ¿verdad? No tienes ni idea, ¿verdad? Es un juego que jugamos, y aunque parte de mí no puede creer que ella se lo tome tan en serio, otra parte se da cuenta de cómo mis burlas de veras la fastidian.

—Además, ningún chicano vive en West Covina.

—Sí viven.

Me da risa lo seria que suena. Es muy fácil con ella.

—Nunca he conocido a ninguno de venga de allí, jamás. Seguro es un lugar para puros ricos o algo así.

—Nunca has estado allí y te apuesto a que ni siquiera sabes dónde está.

—Yo ni nadie como yo.

—Es que mis papás nunca me enseñaron español.

—¿Lo hablaban en casa?

—No mucho.

—¿Ya ves? ¿Qué te dije?

—*Asshole.* —Me lo susurra al oído porque estamos en el piso de ventas y hay clientes alrededor.

—Cuando hablaban, si es que lo hacían, probablemente era en italiano y tú ni cuenta te dabas.

Nunca le cuento a mi novia Diana de estas otras chicas. Aunque ha estado enojada conmigo de todas formas. Antes salíamos más seguido, pero entre mis dos trabajos y sus clases, casi sólo nos vemos los fines de semana. Después de ir al cine regresamos a su casa, ya que sus papás se acuestan bien temprano. La acompaño a la puerta y nos besamos y luego me voy. Me estaciono en la calle muy transitada a la vuelta de la esquina y regreso a pie y me meto por su ventana. Es una recámara grande porque antes la compartía con su hermana, quien se fue a estudiar enfermería. Creció muy protegida, al estilo católico, pero no soy el primer novio de Diana, aunque soy el primero con el que hizo el amor. Me lo permitió la segunda vez que salimos porque creyó que yo lo esperaba. Porque dizque tenía tanta experiencia. Ella tiene dieciséis. No lo aparenta, pero se comporta de esa manera. Se preocupa. Le tiene miedo a todo lo que le gusta. La primera vez que llegó al orgasmo, me dijo hace dos meses, no sabía qué era eso en realidad, y se sintió tan bien, que llamó a la mejor amiga de su hermana, a quien no le cuesta trabajo hablar de cualquier tema y menos de sexo, y le preguntó si todo estaba bien.

Ella me deja que le haga ciertas cosas, y ahora a veces se me monta encima. Pero le preocupa que alguno de nosotros llegue a hacer demasiado ruido. A ella le sucedió un par de veces. La siento pulsar allí adentro bien duro. A ella le preocupa que después nos quedemos dormidos, y que su mamá o su papá se despierten antes de que nos demos cuenta. Eso nos pasó una vez, y salí de allí, pero ella ha estado bien preocupada desde entonces acerca de todo, cualquier ruidito, como si nos estuvieran escuchando.

La única cosa que hay en el cuarto que no es sólo para chicas es una estatua que le regalé de *El pensador*. Vino de Regalos. Tenía la base de madera desportillada y la estaban vendiendo a 20 por ciento de descuento. Yo la seguía mirando, tratando de decidir si comprarla o no. Está grande, pesada. Él se mira inteligente. Imaginé tenerla en mi propio departamento cuando llegue a tenerlo. Supongo que María y Joan, la gerente de nuestro departamento, se dieron cuenta lo mucho que yo la miraba, así que un día me la dieron, envuelta para regalo y todo, con moño y listón. Me sorprendí, hasta me dio vergüenza que me compraran un regalo, y uno tan caro, y no pensé que debiera aceptarlo, hasta que ellas me

explicaron que sólo les había costado un dólar: lo habían rebajado por daños y, tratándose de la gerente y la subgerente, firma-
ron. Ésta era una de esas noches en que Diana me venía a recoger
después del trabajo. Ella sospechaba de María, lo que me parecía
una locura ya que ella tenía veintiséis y era mi jefa y, luego, mientras bajábamos por las escaleras eléctricas, de Cindy, quien me
guiñó el ojo seductoramente, lo cual no parecía tanto una locura.
Así que allí, en el mismo estacionamiento, le di *El pensador* a
Diana y ha estado en su mesita de noche desde entonces.

—Tienen unas flores de cristal muy bonitas —le digo— y
sigo pensando en una manera de conseguírtelas. Ya sabes, baratas.

—Eso no es para mí —dice ella—. Esos son regalos para
abuelitas o para mamás.

—Bueno, entonces se las podría dar a tu mamá.

—Un regalo de parte tuya sería buena idea.

No estoy seguro de querer eso todavía.

—También se las podría dar a mi mamá. Tú sabes, para el Día
de las Madres.

—Es mejor que no lo hagas —dice ella—. Eso es robar.

—Joan vende cosas rebajadas todo el tiempo.

—Creo que deberías de dejar de pensar así.

—Pero es fácil —le digo—. Soy bueno para eso.

—¿Cómo sabes si eres bueno para eso?

—Yo sé para qué sirvo.

—Ya sabes que no me gusta que hables así.

—Ya *sabes* que no me *gusta* que *hables* así. —Últimamente he
estado imitando a María de Covina.

—Más vale que te vayas —dice ella.

—Estate quieta —le digo—. Estoy bromeando, nomás estoy
fastidiando.

—Deberías irte de todas formas —dice ella. Está desnuda,
buscando su ropa interior entre las sábanas, en la oscuridad—.
Me da miedo. Nos estamos arriesgando demasiado.

Yo no me arriesgo demasiado. Una vez sí le vendí algo a un amigo, por ejemplo, a un precio mucho más bajo de lo que decía la etiqueta. Pero eso fue en lugar de, digamos, nomás dárselo en la bolsa cuando comprara algo más a precio normal. Lo cual es robar. Yo no haría eso. Otra manera es, viene un cliente y compra un artículo, pero en lugar de hacer un recibo normal, lo registro en el talonario, el que va por triplicado tricolor, que usamos cuando hay que ir a entregar un artículo. Me espero hasta que haya una compra costosa. Le doy al cliente la copia blanca, pongo la copia verde en la caja registradora, relleno la copia rosada después, en lápiz azul para que se vea bien, como si fuera del esténcil. Puedo meter lo que yo quiera en una caja, pongo esa copia rosada con un nombre y una dirección, y la envío por correo. La verdad es que pienso en todo y no hago nada. Es sólo un jueguito mental. No hay nada aquí que yo quiera. Bueno, una vez quise un barco, para mí era un barco pirata, con mástiles y velas y sogas del grueso de un hilo. Lo iban a rematar porque no se había vendido en más de un año, y cosas como éstas las hacen añicos y las tiran a la basura en lugar de devolverlas; descartadas como una pérdida. Pensé en que debía llevármelo a casa en lugar de que lo destruyeran, pero María insistió en anotarlo en un papelito y vendérmelo a tres dólares. Se lo di a mi mamá.

—Si de veras quiere la maleta —le digo a la Sra. Huffy—, se la descuento por daños. —La Sra. Huffy vende equipaje. Ella y yo seguido trabajamos el mismo turno. A veces ella viene y vende regalos, y a veces yo vendo equipaje, pero por lo general cada quien se queda en su área. María se encarga de la platería y la porcelana. La maleta que le gusta a la Sra. Huffy será destrozada y arrojada a la basura porque ese modelo ya está descontinuado y no se puede devolver al fabricante para recibir un reembolso.

—Qué desperdicio sería tirarla. —La Sra. Huffy juguetea con sus anteojos todo el tiempo. Los trae en una cadena para no dejarlos por ahí olvidados. La mayor parte del tiempo no se sabe si ve mejor o peor con ellos puestos. A veces se pone los anteojos nerviosamente encima de su cabello, que es de un gris plateado, el mismo color de la cadena y el armazón.

—Para mí que es un malgasto.

—Ojalá mejor llamaran al Salvation Army. —Los anteojos le cuelgan como un collar.

La Sra. Huffy me hace pensar en cómo será Diana cuando sea mayor. Aún preocupada.

—Pero no lo harán. La van a tirar.

—Qué horror —dice ella.

—Podría nada más vendérsela.

Se pone los anteojos en la nariz y me mira fijamente.

—No puedes hacer eso. Yo no lo haría. Los de seguridad miran el recibo. —Cuando salimos del edificio por la noche, los guardas examinan nuestras pertenencias, y si compramos cualquier cosa de la tienda, checan el recibo para asegurarse de que corresponda.

—Vamos a conseguir una rebaja. Se lo pediré a María. —Todo está bien si la gerente o la subgerente dan el visto bueno.

—Eso no estaría bien. —Los anteojos en la cabeza.

—Muy bien, pues, pero yo creo que no es la gran cosa.

—¿Crees que ella estaría de acuerdo?

—Estoy seguro de que sí.

—No puedo. —Los anteojos en la nariz. Sosteniendo la maleta, desabrochándola, abrochándola—. No puedo pedirlo.

—Ya le dije que yo se lo voy a pedir. Sé que a ella no le importará.

—No sé.

—Como quiera. —Voy de camino de regreso a Regalos porque veo a una clienta.

—No sé —dice la Sra. Huffy—. ¿Estás seguro de que María estaría de acuerdo?

María me vio la otra noche en el estacionamiento con Cindy y no paraba de hacerme preguntas. ¿Entonces? me decía, ¿entonces? No pensé que debiera hablar de ello. Anda, ¿te las dieron, sí o no? No pensé que fuera correcto que yo hablara de ello. Pero ella siguió insistiendo y, finalmente, me pareció que estaba bien. Le dije de cómo Cindy y yo estábamos estacionados uno cerca del otro y ella dijo algo sobre un beso de las buenas noches. Se empezó a recargar contra mí bien duro, y yo nomás puse mi mano en una chiche y luego ella me enredó con una pierna aún más duro y se restregó contra mí hasta que me puso la mano encima. Ella estaba físicamente caliente, como sudando. Me puso la mano allá abajo, yo le puse la mano allá abajo, y luego nos metimos en su carro. No quería contarle el resto a Covina, no pensé que debiera. Pero ella sigue todavía, ¿Entonces? ¿Qué quieres decir, *entonces*? Me estoy demorando porque la siento muy cerca detrás de mí, y no estoy seguro. ¿Lo hiciste o no? dice ella. La tienda acaba de cerrar y yo estoy en mi caja registradora, vaciándola mientras hablamos, a punto de sacar mi charola para contar el dinero y ella está muy cerca detrás de mí. ¿Por qué no me quieres contar? dice ella. Tiene sus chiches recargadas contra mí, moviéndose un poquito y, no sé, no me importa pero también me da vergüenza. En caso de que alguien nos vea. Pero no digo nada. También estoy sorprendido. No sé por qué no se me había ocurrido. Ella tiene que vaciar su caja registradora, así que se va.

—No me gusta. —Diana está preocupada. Está en piyama.

—No es la gran cosa —le digo. Estamos hablando en voz baja en la oscuridad. No estoy seguro por qué está tan oscuro esta noche, pero así es. La sorprendí cuando llegué hasta su ventana. Tuve que repetir su nombre varias veces para despertarla.

—Más vale que le pares —dice ella. Aunque no puedo verlas, las flores de cristal que compré dañadas están en un florero al lado de *El pensador*. Le dije que no las quería ni para su mamá ni para la mía y una vez que las vio, lo hermosas que eran, las quiso.

—Te van a pescar.

—Te van a *pescar* —digo.

—¿Por qué haría María algo así? —pregunta—. No confío en ella.

Siento como si Diana en verdad está intuyendo a Cindy o a Liz. Le dije que tenía que trabajar el sábado por la noche y que por eso no podíamos salir. Siento que se debe a que he estado hablando demasiado de todo esto con Covina, y está flotando en el ambiente, que no estoy siendo muy listo, hablando de esas cosas en voz alta.

—Vamos, es una locura —le digo a Diana—. Ella es mucho mayor que yo y es la subgerente del departamento. Ella sabe lo que hace.

De pronto, ella se suelta a llorar.

—¿Qué te pasa? —le pregunto.

Está sollozando sobre la almohada.

—Estás haciendo demasiado ruido —le susurro—. Vas a despertar a tus papás.

—Tienes que irte —dice ella. Está hablando con una voz normal, lo cual es bien fuerte a estas horas de la noche. Tiene la cara toda mojada. Trato de besarla, pero ella me aparta—. Tienes que irte —me dice.

—¿No podemos hacer el amor? —Guardo silencio junto a la ventana abierta y, aunque mis ojos ya se ajustaron, está tan oscuro que apenas puedo distinguirla en la cama—. ¿No quieres hacer el amor?

Me siento mal. Me encantan las mujeres, pero me doy cuenta de que no quiero perder a Diana. La amo.

Covina niega con la cabeza cuando le cuento cómo se portó Diana. Los hombres mexicanos, dice ella.

Me gusta que me considere un hombre. Me gusta ser un hombre, aun si esto me hace sentir demasiado viejo para Diana. Estoy confundido. No sé qué hacer. Me pregunto si ella diría lo mismo si no creyera que tengo casi veintiuno.

Voy al depósito de la mercancía y me siento a la orilla del escritorio gris.

—La Sra. Huffy se muere de ganas por esa maleta. ¿Te molestaría firmar aquí? —Ya hice el recibo. En lugar de cuarenta y cinco dólares, lo hice por cuarenta y cinco centavos, por daños.

Covina se levanta y, sin besarme, ni nada, me pone el pecho en la cara. Tiene una mano por debajo de éste y la otra en mi cuello. Muy pronto se abre la blusa y se saca el brasier y los dos estamos muy excitados y ella alarga la mano y azota la puerta del depósito y mete sus rodillas entre las mías. No se lo diría, pero nunca nadie me ha hecho eso antes. Era excitante, y yo tenía miedo —estábamos *allí* en pleno depósito— y supongo que también me siento un poco escandalizado, pero no quiero que ella se entere. Ya sabes. La sigo a su departamento porque ella me lo pidió. Antes ni siquiera había pensado en si ella tenía su propio departamento. En realidad yo no quería ir. Y no me fue muy bien. Probablemente ella se dio cuenta de lo inexperto que soy en realidad, y luego cometí el error de decirle que estoy enamorado de Diana, y lo mal que me estoy sintiendo.

Así que estoy cansado cuando checo tarjeta porque me quedé con ella. Se me hizo tarde en la mañana para llegar a A-Tron, y no hubiera ido si no supiera que había un montón de pedidos que despachar. La Sra. Huffy ya está en Platería y Porcelana cuando llego al piso de ventas, tan preocupada que ni siquiera se puede quitar los anteojos cuando me ve, y Joan me detiene en medio de Regalos. Joan nunca trabaja por las noches.

Cuando la Sra. Huffy salió del trabajo con la maleta, un guarda abrió su paquete y le pidió el recibo, y el guarda dijo que se lo iba a quedar para asegurarse al día siguiente de que todo estuviera en regla. En lugar de, digamos, rayar la maleta cuando llegara a casa para que de veras se viera dañada, en lugar de esperar a que Joan se hiciera cargo para que nos dijera que nunca volviéramos a hacer algo así, la Sra. Huffy se espantó y devolvió la maleta en la mañana.

—La Srta. Mata me contó todo —dice Stemp. Stemp trabaja para la Jefatura de Policía de Los Ángeles, o solía hacerlo, o algo así. Ya sé quién es, pero nunca antes había hablado con él. Él nunca habla con nadie. Puede que sea el jefe de seguridad de The Broadway. Lleva un pantalón negro corriente y una camisa blanca corriente y una corbata sencilla azul y corriente. Se ve como si se fuera a mecer en su silla giratoria, pero no lo hace. Sólo la tiene reclinada hacia atrás, y estrecha las manos sobre su panza. Su oficina no tiene decoraciones, ni fotos ni cuadros ni espejos en las paredes. Sobre su escritorio gris hay la lámpara más barata que venden en Muebles, que queda al otro lado de Regalos, y uno de esos teléfonos negros pesados. Tiene una hoja de papel y una pluma enfrente.

—Me contó cómo usabas los formularios por triplicado y el servicio de entregas de cortesía y cómo le vendías mercancía a tus amigos. —Se me queda viendo por un largo rato, tan satisfecho como si acabara de echarse una comilona.

—Yo nunca hice nada así —digo. No puedo creer que María le hubiera contado de mis ideas—. No es cierto —digo.

—No es cierto —repite él. Menea la cabeza solamente con los ojos—. ¿Te das cuenta de que la Srta. Mata tenía una carrera por delante aquí?

—Ella no hizo nada. Me cousta que ella nunca hizo nada. Menea la cabeza de verdad.

—No tengo tiempo para esto. Ya tengo todo. —Me pasa el papel—. Firma y vete de aquí.

Leo su formulario. Enlista todas las maneras en que me llevé cosas del almacén y cómo María cooperó.

—No —digo—. María no cooperó, ella no hizo nada. Yo tampoco hice nada.

—Si prefieres puedo llamar a la policía ahora mismo. Podemos resolverlo de esa manera.

—Me supongo. Tendré que pensarlo.

Me despide después de que firmo un formulario admitiendo que le vendí una maleta de cuarenta y cinco dólares a la Sra. Huffy por cuarenta y cinco centavos. Me gustaba tanto ese trabajo. Realmente me encantaba estar aquí en The Broadway, y no se me ocurre qué haré ahora. Me dirijo al estacionamiento y estoy en mi carro, tratando de decidir si debo ir a casa de Diana o de María, si alguna de ellas querrá verme, cuando veo que Liz me hace señas con la mano. Me salgo del carro. ¿Por qué no me has llamado? quiere saber. Traigo puesto el traje que compré en su tienda. El chaleco está abotonado pero el saco no. Siempre me siento bien cuando lo traigo puesto.

TRADUCIDO POR LILIANA VALENZUELA

Fragmento de *Cruzando la frontera: La crónica implacable de una familia mexicana que emigra a Estados Unidos*

Hace varios años, escribí una serie de reportajes desde la frontera en Tijuana, la cual es, por mucho, el lugar de cruce más famoso a lo largo de los tres mil doscientos kilómetros que mide la frontera. En muchas ocasiones, pasé el tiempo cerca de la cancha, un campo de fútbol soccer que se encuentra a lo largo de la frontera, únicamente a kilómetro y medio del centro de la ciudad. Todo lo que había en aquel entonces era una cerca delgada, agujereada en tantos lugares que se perdía la cuenta. Los jeeps de la patrulla fronteriza estaban encaramados, día y noche, sobre un risco, a noventa metros al norte.

Durante el polvoriento calor del día, la cancha estaba vacía. Pero tan pronto como se ponía el sol, se convertía en una verdadera fiesta migrante. A un lado de la cerca se reunía una gran muchedumbre para organizar las expediciones de esa noche. Los migrantes provenían de todo México y América central y de lugares tan lejanos como China, Irán, Pakistán. Hordas de hombres solos, sin rasurar, con polvo en el cabello, llevando únicamente la ropa que tenían puesta o pequeños y corrientes maletines de vinilo que contenían únicamente unas cuantas pertenencias. Y familias, familias completas, desde abuelas con la cara arrugada y el blanco cabello trenzado, hasta bebés de brazos.

La presencia de esta muchedumbre hizo surgir una mini economía de vendedores ambulantes, los cuales explotaban las necesidades de compras de última hora de los migrantes. Los ambulantes vendían de todo, desde bebidas alcohólicas y zapatos para correr, hasta revistas pornográficas y pedazos de plástico para protegerse de la tormenta inesperada. Venerables matronas se inclinaban sobre anafres de carbón, meneando grandes y humeantes ollas llenas de pozole, o chisporroteante carne asada. Las prostitutas ofrecían citas de despedida.

La música emanaba estrepitosamente de los aparatos de sonido, conectados a través de media docena de extensiones eléctricas que terminaban en un enchufe dentro de la sala de estar de alguien que se encontraba a unos pocos metros de distancia, o conectadas directamente a la corriente eléctrica a través de alambres, colgando sobre nuestras cabezas, completamente deshilachados y echando chispas. Se jugaban partidos de fútbol soccer, batallas intensas entre regiones rivales procedentes de toda la república: Zacatecas contra San Luis Potosí, Michoacán contra Saltillo, Durango contra Tamaulipas.

¡Goooooooollllll!

En aquellos tiempos esto era una fiesta, parecida a una parrillada al aire libre, en un cuatro de julio, aniversario de la independencia de Estados Unidos; todos estaban celebrando, anticipando el cruce. En aquel entonces, las probabilidades eran mayores que cincuenta-cincuenta a que lograrías cruzar al primer intento. Y aún si fueses capturado por la migra, seguramente lo lograrías en tu segundo intento, muy probablemente esa misma noche.

Más tarde, después de que la gente había comido, anotado varios goles o un "rapidín" en los matorrales cercanos, los coyotes reunían grupos de veinticinco o más migrantes, algunas veces bastantes más. Los coyotes se reunían para echar pajas y decidir la ruta que tomaría cada grupo. En los cerros que circundan Tijuana se pueden ver cientos de antiguos senderos y profundos surcos trillados durante el transcurso de muchas décadas por un millón de pasos de migrantes.

Repentinamente, los grupos se ponen en movimiento, cientos de hombres, mujeres y niños se arremolinan cruzando los cerros salpicados de matorrales. La patrulla fronteriza entraría en acción, pero los gringos se verían rápidamente arrollados por la imponente marea.

¡Goooooooolllll!

Por supuesto, algunas veces era peligroso, particularmente a lo largo de la línea en Texas, donde los migrantes tenían que vadear las traicioneras corrientes del turbio Río Bravo. Pero en aquellos tiempos era más factible que los migrantes fueran asaltados o golpeados por bandidos fronterizos, a que murieran por exposición a los elementos en medio del desierto.

La frontera no era una frontera. La línea estaba rota. Era únicamente una idea, no era algo tangible.

Y luego, la idea se convirtió en una realidad. A principio de la década de los noventa, California se encontraba en una profunda recesión. Las plantas manufactureras de llantas Firestone y Goodyear cerraron, al igual que la última de las fábricas de hierro y acero, las compañías fabricantes de productos aeroespaciales habían despedido a decenas de miles de trabajadores. La gente estaba enojada, y el entonces gobernador, Pete Wilson, volvió los ojos hacia el pasado en busca de alguna inspiración. Recordó la época de la gran depresión y la "repatriación" de cientos de miles de trabajadores mexicanos. Recordó la época de la recesión que siguió a la posguerra y la "operación espalda mojada", mediante la cual se deportaron cientos de miles más. Y después la crisis envió hacia el norte una nueva oleada de refugiados. De pronto, Wilson, un republicano que siempre se había presentado como amigo de México y los mexicanos, un hombre que de hecho alguna vez contrató a una mujer indocumentada para hacer la limpieza de su casa, señaló con el dedo hacia el sur.

—¡Siguen viniendo! —declaró.

Ahora odiaba a los migrantes. Las hordas narcosatánicas estaban frente a la reja. Juró que pintaría una raya sobre la arena, la cual no sería cruzada jamás por ningún espalda mojada.

Los políticos norteamericanos han aparentado estar de acuerdo con la idea de "defender a la línea" en la frontera sur durante la mayor parte del siglo veinte, comenzando por la época de la imponente migración engendrada por la revolución mexicana de 1910 a 1917. Pero en 1994, la retórica se convirtió en construcciones de concreto, acero, lámparas de arco, cámaras de luz infrarroja y *goggles,* detectores sísmicos y de rayo láser, y hasta soldados norteamericanos con M-16 que proporcionaban "apoyo táctico" a una patrulla fronteriza que había sido incrementada en grandes números. La operación Guardián intentó detener los cruces ilegales que se efectuaban desde hacía décadas en la frontera entre Tijuana y San Diego, construyendo para este propósito un muro de acero de cuatro metros de altura que corre tierra adentro, a veinte kilómetros de la costa. De noche está iluminado por una intensa luz color ámbar. El resplandor que emiten las gigantescas torres de luz, encuadra a la línea a lo largo de varios metros en cada dirección, lo que significa que la luz gringa de hecho está cayendo sobre territorio mexicano; se le podría denominar luz ilegal, sin embargo el gobierno mexicano nunca ha presentado una denuncia a causa de ella, ni por la contaminación ocasionada por el ruido constante que producen los helicópteros que patrullan la frontera.

Los migrantes, sin embargo, sí se han quejado. Han apodado al gobernador "Pito" Wilson, pito por silbato, pero también por "pene". Durante la copa mundial de fútbol de 1994, Wilson

estuvo presente para inaugurar un partido que se jugó en el
Rose Bowl en Los Ángeles. Entre los cien mil espectadores que
se encontraban en las gradas, estaban por lo menos sesenta mil
mexicanos, salvadoreños, guatemaltecos, nicaragüenses, hondureños, colombianos, chilenos, uruguayos y brasileños; cada uno
de ellos era un migrante. Wilson se acercó al micrófono. Pero no
se pudo escuchar una sola palabra de lo que dijo, debido a los
abucheos, los chiflidos y las voces que coreaban "¡Pito! ¡Pito!"
formando grandes oleadas rítmicas.

¡Gooooooolllll!

Pete Wilson se ha ido, pero una cosa ha perdurado de su
legado nacionalista.

Después de años de ser blanco de cabildeos para que ayudara
al "estado dorado" a rechazar a los ilegales, el gobierno federal
los complació, construyendo un nuevo muro en Tijuana. Hoy en
día, para cruzar hacia California, tienes que irte hacia el lado este
del muro. Tienes que caminar a través de una oscuridad total, esca-
lando montañas que te impiden ver las luces de la ciudad de San
Diego. Efectúas una larga caminata al amparo de esa oscuridad.

Al este de Nogales, Arizona, mi automóvil Blazer traquetea por
el camino llamado Duquense Road, el cual está cubierto de
baches. En este punto, la línea consiste de poco más que unos
cuantos filamentos de alambre de púas de una altura de como un
metro. Por algún lugar cerca de aquí, Rosa Chávez cruzó hacia el
otro lado en compañía de Mr. Charlie.

El cielo color azul intenso de Arizona está salpicado con
cúmulos de nubes color blanco brillante. En California, la pálida
luz tiende a minimizar los contrastes; aquí, las sombras resaltan
en un severo relieve. Me encuentro en el Coronado National
Monument, llamado así en honor de Francisco Vázquez de
Coronado, un explorador español del siglo dieciséis quien buscó

en vano las legendarias calles pavimentadas con oro, las siete ciudades de Cibola. Su fuerza expedicionaria, formada por trescien-
tos treinta y nueve soldados, cuatro sacerdotes franciscanos, mil
cien indígenas y mil quinientas cabezas de ganado, partió de
Compostela, mil doscientos kilómetros al sur. A lo largo de toda
la ruta, los indígenas confirmaban la existencia de Cibola. Una y
otra vez les decían a los expedicionarios: está más al norte. Hay
quien conjetura que los indígenas mintieron con la esperanza de
empujar a los hombres blancos y sus caballos hacia terrenos des-
conocidos y peligrosos de donde nunca pudieran regresar.

Vázquez murió sin haber encontrado Cibola, pero sí exploró
estas despiadadas tierras de calor intolerable y mortífero frío,
trazando una ruta comercial decisiva hacia los territorios de la
corona española que se encontraban más al norte.

Actualmente, los migrantes mexicanos siguen los pasos de un
conquistador y explorador español, en busca de su propia versión de las siete ciudades. Este es un país grandioso y traicionero,
un paisaje de una belleza misteriosa, casi lunar, el perfecto telón
de fondo para una nueva película del Viejo Oeste de cine negro.
Aquí los bandidos de la frontera acechan a la espera de los
migrantes vulnerables y, por supuesto, está la patrulla fronteriza,
una policía mexicana corrupta, traficantes de droga, y agentes de
la DEA.

La añadidura más reciente a este cuadro son los vigilantes.
Docenas de rancheros de la región, cuyas tierras son transgredi-
das con regularidad por aquellos que cruzan la frontera, han
tomado las armas, literalmente. Al igual que la migra, a quienes
consideran como unos ineficientes por decir poco, se han prove-
ído de tecnología moderna tal como *goggles* de visión nocturna,
pero también cuentan con armamento más pesado; algunos
tienen rifles de asalto. El presidente de los ciudadanos preocupa-
dos del condado de Cochise construyó una estación de vigi-

lancia de siete metros de altura para poder patrullar mejor su propiedad.

Hacia cualquier lugar donde volteo hay evidencia de viajes de migrantes. Entre los matorrales encuentro botellas desechadas de agua purificada mexicana. Trozos de periódico embarrados de mierda. Una revista mexicana de muñequitos hecha pedazos. Un tubo apachurrado de pasta dental Colgate, mexicana. A todo lo largo de la barda de alambre de púas, cuelgan pequeñas banderas de ropa desgarrada que ondean en la brisa. El Coronado National Monument se ha convertido en un santuario al migrante. Los guardabosques bien podrían colocar letreros como se hace en una exposición.

Aquí no hay turistas. Hasta donde puedo adivinar, yo soy lo único que se mueve, el Blazer levantando una nube de polvo amarillo a lo largo de un camino que va aún más hacia arriba por las montañas Huachuca. Miro hacia abajo, hacia la frontera: un millón de arbustos salpican el valle a lo largo de docenas y docenas de millas hacia el sur. La barda está allí abajo, en alguna parte, pero es demasiado pequeña para que se pueda ver a kilómetro y medio de distancia.

Rodeo una curva y piso fuertemente los frenos: una camioneta está detenida a un lado del camino, un Dodge Sportsman de los años setenta. Miro fijamente al vehículo, como si fuera un muerto tirado sobre la carretera que pudiese volver a la vida. Únicamente se escucha el ruido de mi motor; la nube de polvo levantada por el Blazer ahora fluye hacia delante, pasando sobre mí.

La camioneta está descompuesta, no tiene la llanta posterior del lado izquierdo, el disco del freno está medio enterrado en la arena. Puedo ver que, allá adelante, a dieciséis kilómetros de distancia, se encuentra la llanta. Hay un profundo surco de más de cuarenta y cinco metros, a través de la tierra, hasta el lugar donde se quedó parada la camioneta; es posible que le haya tomado al conductor toda esa distancia hasta poder parar su vehículo, o trató de seguir avanzando. Probablemente fue esto último; todas las ventanas de la camioneta han sido destrozadas con rocas del tamaño de pelotas de fútbol.

Me vuelvo paranoico, preguntándome si los que perpetraron esta violencia todavía se encuentran cerca de aquí. Parece como si el incidente hubiese ocurrido únicamente hace algunas horas o quizás, hace apenas algunos minutos, todavía no hay trazas de polvo sobre la camioneta.

El interior de la camioneta está salpicado con mil fragmentos de vidrio mezclados entre las rocas que se estrellaron contra las ventanas. Un bikini de hombre color azul marino. Una cinta indígena bordada. Un volante que anuncia la presentación de una función ofrecida por la banda La Judicial, con la fotografía de un grupo de tercera categoría, vistiendo trajes rojos con borlas blancas, botas de piel de víbora, y sombreros Stetson color blanco. Una botella vacía de agua Santa María. Una caja de Alka-Seltzer sin abrir. Una mochila corriente de vinilo, el clásico equipaje del migrante, con un mal dibujado mapa del mundo como logotipo. Un rebozo purépecha, extendido sobre el suelo, con una roca del tamaño de una sandía encima de él.

Placas del estado de Arizona. Falta el tapón del tanque de gasolina; el conductor pegado a un trapo rojo. Sobre el panel exterior derecho, hay una mancha seca de color café oscuro. Parece ser sangre.

Los paneles del interior han sido rasgados, al igual que la mayor parte del tapete que cubre el piso de la camioneta. Los bandidos buscaban algo, probablemente drogas. Es imposible adivinar si encontraron lo que buscaban.

Llego a la cima del Coronado Pass, dejando atrás la escena del crimen. Hacia el sur está el imponente y escarpado pico San José; hacia el este la belleza parecida a la de una sabana, del valle del río San Joaquín, prometiendo un alivio templado después de las tierras baldías de Arizona. En algún lugar, entre las montañas y las planicies, se encuentra la frontera, invisible e implacable.

Laura Privette, agente del INS (servicio de inmigración y naturalización) es una mujer pequeña pero vigorosa, con grueso cabello indígena que lleva corto, muy a la moda. Es de piel morena, descendiente de inmigrantes. Es una indígena que ha asumido el papel de vaquero: esta noche, es una supervisora de campo para las operaciones de la patrulla fronteriza en la región de Nogales. Ha dejado su automóvil convertible BMW z3 plateado en el estacionamiento del cuartel y abordado un Ford Explorer BP para mostrarme cómo defiende Estados Unidos la línea.

El radio cruje. El despachador habla en clave: "Cinco-setenta actividad". Marihuana. Cada dos minutos nos informan de *hits* de los detectores de movimiento que se encuentran enterrados en el desierto a lo largo de la línea.

Privette me cae bien. Ninguna mujer asciende a través de los rangos de una agencia paramilitar (el más machista de los ambientes) sin haber probado su temple. Creció como mexicana en el sur de Arizona, donde hay muchísimos mexicanos pero muy poco espacio para ellos dentro de la clase media. Cuando era niña, vio en los noticieros nocturnos, al igual que en las calles, cómo trabajaba la patrulla fronteriza. El trabajo que desempeñaban le pareció algo heroico; al igual que cualquier chiquillo en los suburbios que sueña con ser bombero o astronauta, ella soñaba con trabajar en la línea, aplicando toda la fuerza de la ley en contra de los contrabandistas sin escrúpulos que lucraban con su cargamento humano y de drogas. Al igual que muchos otros agentes de la patrulla fronteriza, particularmente los hispanos, Privette siente empatía por los migrantes. Ella está convencida de que hay formas legales e ilegales para entrar a este país, salvoconductos y cruces peligrosos. Es inútil discutir con ella.

—Por el momento, las cosas van bastante bien —dice Privette. Contando con un presupuesto que se ha triplicado durante los últimos cinco años, la fuerza inhibidora INS ha visto cómo sus rangos se incrementaron con miles de agentes. Su equipo logístico es de lo más moderno que existe.

Privette conduce hacia la línea en una camioneta Explorer equipada con aire acondicionado, que tiene olor a nueva. La línea en Nogales está representada por una réplica exacta del muro de acero de cuatro metros de altura que impedía el paso de los migrantes por Tijuana. Después de haber proclamado el éxito de la operación Guardián en California, el INS procedió a crear la operación Salvaguardia en 1995, a lo largo de la frontera con Arizona, duplicando el número de agentes de la patrulla fronteriza, mejorando la calidad de su tecnología de vigilancia, y construyendo el muro.

Es el final de la tarde de un ardiente día a finales de la primavera. Todavía no hay mucho que ver; la actividad comienza después del anochecer. Conducimos por la avenida que llega hasta el puerto de entrada, parándonos a un lado de un canal recubierto de concreto. Muy cerca está un restaurante Church's Chicken, junto con un McDonald's, un Jack in the Box, y una camioneta que vende tacos, denominada "Paricutín", un negocio familiar mexicano con el nombre del volcán más reciente de México, el cual representa un gran orgullo para los michoacanos.

Hace tiempo, antes del gran incremento de la patrulla fronteriza, cuando unos cuantos agentes luchaban contra el vigoroso flujo de migrantes, quienes cortaban con gran facilidad la barda de alambrado, el restaurante Church's era una especie de lugar de paso para los migrantes. Mientras la patrulla fronteriza estaba ocupada cuidando la cerca, los contrabandistas llevaban a los migrantes a través de los túneles de drenaje que atraviesan la línea, saltaban hacia la calle, tomaban un refrigerio, y llamaban por teléfono a sus contactos para que recogieran el cargamento.

Actualmente, únicamente unos cuantos migrantes llegan por vía de los túneles. Sin embargo, sigue siendo una ruta popular para los migrantes que regresan a México, una forma por medio de la cual pueden evitar a los corruptos agentes aduanales mexicanos.

Las paredes del túnel están pintarrajeadas con generaciones de *graffiti*, la mayor parte fue pintada por Barrio Libre, una banda de chicos ilegales indigentes que han convertido a estos túneles fronterizos en su hogar. Mientras Privette hace un amplio gesto con su mano para explicar la escena, vemos a un grupo de dieciocho hombres corriendo rápidamente a través del deslave, en dirección al sur. Cuando nos descubren, la mayoría de ellos se levantan las camisas para cubrirse los rostros, pero no hay necesidad de preocuparse. La patrulla fronteriza rara vez se molesta en capturar a los migrantes que se dirigen de regreso a México.

A pesar de las leyes y la tecnología y los peligros del camino, la frontera aún puede ser violada en una docena de diversas maneras. Los contrabandistas emprendedores han fraguado un plan que le permite a un migrante ilegal cruzar la frontera bajo las mismas narices de la migra. En el puerto de entrada de San Diego-Tijuana, un número considerable de cruces se hacen a pie a través de un simple torniquete giratorio pasando frente a un solitario agente, el cual muchas veces no exige ni una identificación a personas que tienen tipo de "norteamericanos". "¿Nacionalidad?", pregunta el guardia. Si respondes "americano" en buen inglés norteamericano, puedes entrar como por tu casa.

A cambio de dos mil dólares el contrabandista hace las veces de maestro de actuación más que las de un coyote. Para empezar, el atuendo. Se deshace de los invariables harapos de poliéster de tu hogar en la provincia, cambiándolos por prendas de algodón cien por ciento norteamericano. Luego se pone a trabajar en cambiar tu acento y tu historia, la cual incluye la ciudad, el vecindario, las calles, la secundaria, los equipos deportivos, y todos los detalles que pertenecen a tu supuesto pueblo natal en Estados

Unidos. Si el agente de inmigración sospecha algo, simplemente te llevan de regreso a través de la línea, para intentarlo una vez más. Y volverlo a intentar. Las probabilidades están a tu favor, a largo plazo.

También existen otros caminos. Cada vez es más difícil y caro falsificar la así llamada *green card* (la cual en realidad no ha sido de color verde desde hace mucho tiempo) que prueba que eres un residente legal en Estados Unidos. Actualmente, el modelo "holográfico", "a prueba de falsificación" se parece más a una tarjeta de crédito que a un comprobante de residencia. Por lo tanto existe un activo negocio de compra y venta de otros documentos auténticos, incluyendo pasaportes, certificados de nacimiento, y tarjetas del seguro social, las cuales pueden "perderse" convenientemente, proporcionándole a los contrabandistas una ventana de oportunidad de semanas o meses para poderlos utilizar antes de que el dueño los reporte como perdidos.

Algún día probablemente sí existirá algún método a prueba de falsificaciones para permitir la entrada de los extranjeros al país, tal vez el escenario producto de la ciencia ficción de un escáner que identifique a partir de la singularidad del iris de la pupila humana. Esta clase de propuestas se están considerando seriamente en la actualidad. Pero por el momento ha habido una respuesta por parte de los contrabandistas para cada medida introducida por el INS.

La camioneta Explorer serpentea por el camino que conduce hacia los cerros que se encuentran al este de Nogales. La frontera evoluciona, el elevado muro de acero se convierte en una barda de alambre y, un poco más adelante, en una bardita de alambre de púas que apenas si llega hasta la cintura de una persona, cuyos filamentos han sido cortados en muchos lugares. Nos bajamos de la camioneta y la agente Privette pone una rodilla sobre el suelo, examinando las huellas de cascos y marcas de llantas que atraviesan la línea en todas direcciones. Este examen se denomina "cortadura de señales".

—Caballos, drogas —dice Privette en la manera minimalista de hablar de los oficiales que hacen cumplir con la ley—. Automóvil. Probablemente un grande y viejo Buick o Impala. Ilegales, tal vez diez o quince.

Se pone el sol. Los dedos largos y delgados de los arbustos de ocotillo se extienden hacia el naranja-dorado, tratando de alcanzar los jirones de zarcillos que parecen plumas doradas en el cielo que está obscureciendo. Allá abajo podemos ver el muro que divide en línea recta a los dos Nogales. Calles que comienzan en un lado de la línea y continúan por el otro. Parecería ser un inmenso barrio, dividido artificialmente.

No está sucediendo nada importante en los cerros, por lo que nos dirigimos de regreso hacia el pueblo.

Repentinamente, el radio despierta: "Ataques en el sector I-5". Aceleramos, cruzando a través de los barrios en las afueras de Nogales, pasando frente a hogares humildes con las puertas de entrada entreabiertas para permitir la entrada de la suave brisa del atardecer, los viejos meciéndose en sillas mecedoras y los niños corriendo por la calle. Nadie se sorprende ante la presencia de nuestra camioneta de la patrulla fronteriza. En este paisaje, las camionetas Explorer son tan omnipresentes como los ocotillos.

Nos detenemos a un lado de un túnel de desagüe a unos cuantos metros de la frontera, en donde ya se encuentra otra camioneta de la patrulla fronteriza, al mando de otro agente indígena. Su rostro color bronce brilla de sudor bajo la luz color ámbar de la lámpara de la calle.

—Los perdí de vista. Creo que llegaron a través de aquí. Eran como veinte.

Privette le ordena a su subalterno:

—Yo iré por arriba de la tierra, tu irás por abajo. —El agente, vestido de verde, con un transmisor-receptor portátil adherido a su hombro, sale corriendo, la luz de su linterna negra rebotando alocadamente en la oscuridad.

Corro tras él. Yo también he comprado una linterna (un modelo de uso rudo, cubierto de hule y resistente a los impactos) para estar preparado para una ocasión como ésta. Pero, por supuesto, la he olvidado en la camioneta Explorer. El agente de la patrulla fronteriza ya está dentro del túnel, como a cuarenta y cinco metros delante de mí, corriendo hacia el este. Únicamente puedo ver el distante y parpadeante haz de luz de su linterna. Todo a mi alrededor está completamente oscuro. Mis pasos reverberan extrañamente, expandiéndose en círculos concéntricos de sonido con un tono metálico. Pateo la basura invisible bajo mis pies. Ahora piso charcos de agua putrefacta. Charcos profundos.

La linterna que va delante de mí desacelera su frenética danza. En unos cuantos segundos llego hasta donde está el agente, frente a una abertura en el túnel. Arriba de nosotros se puede escuchar el tránsito, tránsito norteamericano.

—Los perdimos —dice, hablando a través del radio transmisor portátil.

—Quédate donde estás —responde la voz de Privette. Escuchamos pasos que corren, acercándose por arriba de nosotros. Privette voltea mirando hacia abajo, desde el nivel de la calle. Durante varios momentos únicamente se escucha el sonido de la jadeante respiración de todos.

Los dos agentes intentan localizar más "cortaduras de señales".

—No parece que hayan venido por este camino —dice el agente de sexo masculino—. Pueden haber brincado hacia la calle. Tal vez retrocedieron por la misma ruta.

Privette contesta:

—No, definitivamente llegaron por este camino. Veo huellas de zapatos tenis que pasan por aquí. Marca Adidas.

Los migrantes han desaparecido en la noche. Ha fallado, por lo menos en esta ocasión, el arsenal de alta tecnología de la patrulla fronteriza, cuyo valor es de más de un billón de dólares. La frontera no es una zona de guerra, de eso no hay duda. Pero la batalla que se desenvuelve a lo largo de la línea tiene todos los aspectos de un conflicto de baja intensidad entre dos adversarios, uno armado con equipo de reconocimiento de la más alta tecnología y el otro armado con la clase de ingenio que puede ser inspirado únicamente por la pobreza y el deseo.

Es un tributo al furor político contra las drogas y los inmigrantes, el que los dos Nogales, entre ambos, alberguen a uno de los despliegues más impresionantes de infraestructura de seguridad pública de todo el hemisferio norte. Hay que tomar en cuenta la batería de fuerzas que se han acumulado aquí para vigilar unos pueblos cuya población acumulada no alcanza los doscientos mil habitantes: la patrulla fronteriza norteamericana y la policía aduanal, la guardia nacional del estado de Arizona (que ayuda a la patrulla fronteriza a desempeñar su trabajo de "recopilación de inteligencia militar"), el departamento del alguacil de policía del condado de Santa Cruz y el departamento de policía local de Nogales, cuya réplica en el lado mexicano es la policía del estado de Sonora (los judiciales), la policía federal mexicana, el grupo Beta (un comando especial, controlado por la federación, que se encarga del crimen en la frontera), la policía local, y finalmente, los miembros del Talón de Aquiles, nombre quijotesco que se le da a aquellos que se encargan básicamente de mantener las calles de Nogales libres de personajes indeseables para conservar la tan importante industria turística (la cual incluye atracciones fronterizas como carreras de galgos, antros de apuestas, innumerables tiendas de curiosidades, y una gran cantidad de bares que no revisan los documentos de los adolescentes para impedir la entrada a menores de edad).

Algunas veces, la patrulla fronteriza casi te puede convencer de que está ganando la guerra. Por la noche, ya tarde, Privette me lleva al centro donde, según le han informado, ha sido detenido un gran grupo de ilegales. Cuando llegamos a bordo de nuestra camioneta, ellos están sentados sobre las bancas que están bajo la sombra de los árboles de la plaza. Un contrabandista descarado los condujo directamente por arriba del muro, tal vez con la ayuda de una escalera, convenciéndolos de que lograrían hacerlo, precisamente porque la patrulla fronteriza no estaría esperando que se efectuara un cruce directamente bajo sus propias narices.

Varios agentes interrogan a los ilegales en su español chapurreado, anotando la información en sus libretas.

—¿Nombre? ¿Edad? ¿Domicilio? Firme aquí, por favor.

—Yo no sé escribir —dice un anciano que lleva puesto un sombrero de vaquero.

—Entonces sólo pon una X.

Dieciocho hombres, dos mujeres. Ningún niño. Procedentes de Michoacán, de Guanajuato, de Sinaloa, de Zacatecas y Puebla. Tienen miradas de espanto, de silenciosa resignación, de aburrimiento indiferente. Un adolescente de bigote ralo me guiña un ojo. Regresaremos.

Privette se ha percatado de que no me ha mostrado esta noche lo mejor de su departamento, me lleva hasta la estación, donde se están registrando unos enervantes, después de un golpe. El agente que está de guardia es una mujer afroamericana joven y alegre llamada Eealey. En la habitación donde se ha acumulado la evidencia, Eealey vacía dos sacos de lona, que contienen, cada uno, varios paquetes de marihuana envueltos en plástico. Pesan dieciocho kilos cuando los pone sobre la báscula, pero ella no pudo arrestar a las "mulas", los que acarrean la droga.

"Fue un espectáculo impresionante allá afuera", dice Eealey.

Ella, conjuntamente con otro agente, llegaron después de haber recibido la noticia de un oficial que utilizaba una cámara de video, de que se iba a producir un probable cruce de enervantes. Alcanzaron a ver a dos muchachos que, sin tener hacia dónde correr, volvieron apresuradamente sobre sus pasos, regresando hacia la línea, deshaciéndose precipitadamente de su cargamento sobre terrenos norteamericanos. (Del otro lado tendrán que enfrentar una pena severa.) Eealey alcanzó a uno de ellos en el momento en que se echaba un clavado para arrastrarse bajo la barda. Lo cogió de una pierna, y el chico literalmente la arrastró parcialmente hasta territorio mexicano antes de que ella se diera cuenta de que esto se iba a convertir en un incidente internacional y prefirió soltarlo.

Esa noche, en Nogales, Sonora, visito un antro de mala reputación llamado Palas (español mexicano para la palabra *palace*). Sobre el escenario, se contorsionan mujeres procedentes de todos los rincones de México, mujeres que llegaron a la frontera pensando que podían ir a Estados Unidos, pero que de alguna manera se quedaron en el limbo. Muchas personas se quedaron frente a la línea, posponiendo sus sueños americanos, porque hay toda clase de negocios subterráneos en los que los chicos de provincia quedan atrapados. Muchas personas se dieron cuenta de que podían ganar más dinero jugando en el mercado negro del lado mexicano que cosechando fruta del lado norteamericano. Pero después surgió el muro.

Isis, de Puerto Vallarta, de piel dorada y ojos asiáticos (con aire de egipcia, ahora que lo pienso) me dice que el negocio iba bien hasta que el maldito muro fue construido hace algunos meses. Los coyotes y los narcotraficantes acostumbraban hacer fiestas aquí en el Palas que duraban toda la noche, aún cuando eran tipos que daban miedo, con grandes bigotes, grandes panzas, grandes pistolas y, a menudo, grandes gafetes, siguiendo la tradición mexicana de la corrupción.

—Pero ahora, con eso del muro, todo está muerto —dice Iris—. ¿No se dan cuenta los norteamericanos que esto es malo para el negocio?

Por la noche, cuando uno mira hacia México desde las alturas del lado norteamericano, el muro es tan sólo una mancha borrosa iluminada de color ámbar en una franja de luces de un pueblo pequeño que se extienden a través del valle en dirección al sur. Como Nogales, Arizona no es precisamente un modelo de prosperidad norteamericana y Nogales, Sonora (fortalecida en años recientes por la industria maquiladora patrocinada por gigantes como Sony y General Electric) no es la más pobre de las ciudades fronterizas mexicanas, el lado mexicano no parece necesariamente pertenecer al tercer mundo.

Los dos Nogales son uno solo, por lo menos geográficamente, pero también lo son en términos de infraestructura urbana fundamental tal como los canales de drenaje y los túneles que atraviesan las ciudades del norte y del sur. Si no existiera ese sistema de drenaje compartido, las repentinas tormentas eléctricas veraniegas que arrojan unos cinco centímetros de lluvia en el transcurso de una hora, causarían inundaciones en ambos lados. Si es que existen dos ciudades en este cruce fronterizo, estas son la Nogales que está sobre la tierra y la Nogales subterránea.

La ciudad que se encuentra debajo de la ciudad también está prosperando. Los túneles de drenaje son el hogar de todos los personajes que esperarías encontrar en un punto de cruce tan disputado como éste: contrabandistas de extranjeros y narcotraficantes, drogadictos arruinados, así como toda clase de facinerosos. Allá abajo, todos estos individuos, junto con los coyotes y los ilegales, se enfrentan contra los representantes de la ley de ambos lados de la línea.

El otro jugador que participa en este drama de la frontera es

Barrio Libre, la edad de cuyos miembros fluctúa entre los cinco y veinte años. Barrio Libre es como si fuera la familia para una muchacha embarazada de dieciséis años, un niño de nueve que ha vivido en la calle desde que tenía cuatro años, y varias docenas de jóvenes que pasan el tiempo gorreando las comidas y asaltando ocasionalmente a ilegales vulnerables cuando están cruzando a través del túnel.

Para los muchachos del túnel, como se les ha llamado, la batalla por la frontera es sencillamente una lucha por la supervivencia.

Algunos de ellos son fugitivos que huyen de situaciones familiares donde abusan de ellos. Otros fueron separados de sus padres durante el caos ocasionado por un arresto por la patrulla fronteriza. Otros más son sencillamente adolescentes indigentes, inquietos y rebeldes. Imposibilitados para ganarse la vida en el exterior (a causa de la migra y la policía mexicana que los persigue) han descendido hasta las entrañas de la tierra, a unos cuantos metros bajo los pasos de los turistas gringos, los altos ejecutivos mexicanos de la frontera, y muchachos inmaculados de su misma edad, vestidos con sus uniformes escolares de color azul y blanco.

El único otro lugar al que estos muchachos pueden llamar su hogar es un centro de paso ubicado sobre el lado mexicano que se llama Mi Nueva Casa, y fue aquí donde conocí por primera vez a algunos miembros de Barrio Libre. Mi Nueva Casa, patrocinada en gran parte por fundaciones norteamericanas, es una humilde casa de estuco que se encuentra a tan sólo noventa metros del muro de la frontera.

Un día típico comienza alrededor de las nueve de la mañana. Pero Ramona Encinas, la benévola matriarca del centro, comienza mucho más temprano a preparar el café y poner a hervir cazuelas llenas de frijoles y arroz. Los muchachos van entrando uno por uno o en grupos de dos y tres, sus caras están pálidas e hinchadas; un indicio evidente de que han dormido en

el túnel. Son recibidos con un efusivo "¡Buenos días!" por parte
de Ramona, una consejera llamada Loida Molina y su hijo de
veintitantos años, Isaac, (a quien se le conoce de manera colo-
quial en el centro como el "típico hermano mayor"), y Cecilia
Guzmán, una maestra. Hay abrazos y besos para las muchachas,
saludos de mano para los muchachos, aún cuando un par de ellos
están de pésimo humor y se dejan caer sobre uno de los gastados
sofás de la sala de estar, sin dirigirle la palabra a nadie.

Mi Nueva Casa es digna de su apelativo de casa: además de la
sala de estar con su aparato de televisión y sofás, también hay un
comedor con mesas plegadizas y alrededor de una docena de
sillas, el cual también hace las veces de cuarto de computación
(tres terminales que ofrecen carreras de coches y antiguos juegos
tipo Pac-Man), un baño donde los muchachos pueden tomar
una ducha si lo desean (o son obligados a hacerlo por el personal
del centro); la pequeña cocina donde Ramona recibe a todos; un
patio exterior en la parte de atrás donde las lavadoras están fun-
cionando constantemente para limpiar la ropa de los muchachos.
El espacio restante está ocupado por un centro de fútbol, un ves-
tidor (donde cuelgan docenas de camisas, pantalones, suéteres y
chamarras que son producto de donativos), y un salón de clases.

Después de tomar un ligero desayuno consistente en jugo o
leche con galletas, algunos de los muchachos acompañan a Cecilia para tomar la clase escolar del día de hoy. A través de la puerta
de alambre de mosquitero del salón de clases, se puede ver directamente hasta el otro lado de la calle, hasta donde está ubicada la
escuela primaria pública local y escuchar los gritos de los chicos
"comunes y corrientes".

En esta mañana en particular, varios de los muchachos llegan
tarde, después de las diez de la mañana. Fueron detenidos por la
migra en el lado norteamericano del túnel, el lugar que actualmente llaman hogar. Entra Pablo, un chico de trece años que
lleva puesta una camiseta con la imagen del Chupacabras, y su

amigo Jesús, de unos diez años, que lleva puesta una camisa talla extra grande de los Raiders. Ambos tienen cortes de pelo rasurado a la moda de los cholos con colas de caballo trenzadas, que cuelgan por la parte de atrás de sus cuellos. Sus zapatos están incrustados de lodo. Unos segundos después de su entrada, la habitación comienza a oler a muchacho sudoroso que no se ha bañado.

—Los "chiles verdes" nos pescaron —dice Jesús, utilizando el apodo que los muchachos le han puesto a los agentes de la migra, que visten uniformes verdes. Cuenta cómo los agentes de la patrulla fronteriza confiscaron sus únicas pertenencias: su linterna y la loción para después de afeitar; todavía no tiene vello facial, pero es útil para disimular el olor corporal. En este momento entra Toño, el más joven del grupo, con tan sólo nueve años, e inmediatamente levanta su camisa para mostrar con presunción unas cicatrices rosadas sobre un lado y sobre el abdomen, que son producto, según dice, de las mordidas propinadas por un perro pastor alemán perteneciente a la migra.

Los agentes en ambos lados de la frontera están de acuerdo en que los incidentes de crímenes perpetrados por los chicos del túnel han disminuido desde que se abrió Mi Nueva Casa. Lo que no dicen es que las agencias protectoras de la ley en ambos lados de la frontera han atacado rudamente a los muchachos, propinándoles lecciones que no se olvidan pronto. Son perseguidos con regularidad, como lo fueron esta mañana, por agentes de la patrulla fronteriza armados, y conduciendo potentes vehículos. Son perseguidos por policías que pertenecen al grupo Beta, cuyos gritos y amenazas reverberan de forma aterrorizante a lo largo de las paredes de concreto del túnel; varios chicos dicen que son golpeados regularmente por los miembros del Beta. También está el reporte, no confirmado, de un muchacho que fue violado por un agente mexicano.

Pero en Mi Nueva Casa los horrores del túnel están muy lejanos, aun cuando una entrada muy popular del subterráneo queda a sólo una cuadra y media, bajando por la calle. También existen incentivos para comportarse bien. Si los muchachos no dicen malas palabras, ni fuman, ni consumen drogas, o llevan consigo localizadores mientras están aquí, y si asisten regularmente a las clases impartidas por Cecilia, pueden ganar "beneficios", todos ellos anotados en un anuncio que está colgado en el comedor, arriba de las computadoras: amor y ternura, alimento, ropa, respeto, baño, juegos de computadora, televisión, videos, guitarras, y ¡mucho, mucho más!

Cecilia está completamente ocupada, aun cuando únicamente hay seis muchachos en clase hoy. Disipa un poco de su propia energía nerviosa mascando chicle mientras intenta lograr que Jesús se concentre en las tablas de multiplicar. Por supuesto, mi presencia distrae a los muchachos, pero también están obviamente nerviosos después de su enfrentamiento de esta mañana con la migra. Hacen girar una y otra vez sus lápices sobre el escritorio, suben y bajan sus rodillas.

Entra Gilberto, el más moderno del grupo, vestido todo de negro, su cabello perfectamente estilizado. Sobre su pecho cuelga un medallón de cerámica con la efigie de un niño Jesús clásicamente europeo, que está flotando entre querubines. Adoptando una pose muy agresiva, se mofa de Cecilia cuando ella le pregunta si quiere leche y galletas. Dice que quiere café.

En respuesta a una pregunta acerca de drogas en el túnel, responde: "Puedes obtener *crack* cada vez que los desees". Y mota y pastillas, y si no hay nada más, bueno, pues siempre hay el viaje de los chicos pobres; thiner para ser inhalado directamente de la lata o pintura en aerosol aspirada desde un pañuelo empapado en ella.

—Si perteneces a Barrio Libre, puedes conseguir cualquier cosa, en cualquier lugar —dice Gilberto. Barrio Libre cuenta con pandillas en Phoenix, Chicago, Las Vegas, Los Ángeles y Nogales, presume Gilberto.

Jesús habla acerca de la guerra entre los coyotes y los muchachos pertenecientes a Barrio Libre.

—Ellos piensan que nosotros interferimos con su negocio —dice—. Y lo estamos haciendo. —Cuando los chicos asaltan a los migrantes, se corre rápidamente la voz hasta llegar al otro lado, ocasionando que presuntos ilegales eviten los túneles y busquen grupos de coyotes que crucen la línea por otro lugar. Jesús cuenta un incidente reciente en el cual un coyote le disparó con lo que él dice era una pistola de 9 milímetros.

Gilberto justifica los asaltos: él únicamente está siguiendo el ejemplo de los adultos.

—Únicamente estamos pidiendo nuestra mordida, una pequeñez para poder comprarnos un refresco —dice. Pero existe suficiente evidencia de que cuando algunos muchachos miembros de Barrio Libre no obtienen lo que desean de los "chúntaros" ("semillas de paja", un apodo que se le da a los ilegales), son capaces de golpear con saña a sus víctimas.

Ya casi es mediodía, Cecilia ha hecho su mejor esfuerzo durante la mañana. Según se acerca la hora del almuerzo, los chicos comienzan a entrar y salir del salón de clases. Algunos se dirigen hacia afuera para jugar un partido de fútbol, otros lavan su ropa. Gilberto está frente al pizarrón, rotulándolo con las palabras Barrio Libre. Jesús se rasca los brazos, que están cubiertos de pequeñas protuberancias rojas, un salpullido que ha pescado allá abajo, en el túnel. Ahora Gilberto está girando alrededor de la habitación, inflando una bolsa de papel que recogió de la basura, representando una pantomima como si estuviese inhalando algo.

Pero hay un estudiante que todavía está decidido a continuar trabajando en clase, practicando su escritura en su cuaderno.

Cecilia me cuenta que hasta hace unos meses, José era uno de los alumnos más callados del grupo, era prácticamente analfabeta, pero ahora su escritura es meticulosa. Dibuja muy cuidadosamente las curvas de las letras "os" y "as", copiando un ejercicio de aliteración y asonancia: "Dolor, dulce dolor. Mi mamá me ama". Repite cada línea una y otra vez, hasta llenar toda la página.

La juventud indigente casi parecería ser una contradicción en México, en donde virtualmente cada madre o abuela es considerada como una santa y donde la unidad familiar es unas veces cariñosa, otras claustrofóbica y otras dictatorial, todopoderosa. Los hijos no casados generalmente siguen viviendo en casa aun cuando han dejado de ser adolescentes; muchos de ellos se quedan en casa aun después de haberse casado. Pero algo está sucediendo con la familia mexicana, y no es únicamente a causa de la crisis económica que se está desmoronando la institución; la migración también tiene mucho que ver con esta situación. Cientos de miles de hogares, tal vez hasta millones (nadie sabe cuántos) son ahora encabezados por uno de los dos padres o no cuentan con ninguno de los dos; mami y papi están trabajando en los campos del valle de San Joaquín o limpiando habitaciones de hotel en Dallas, y los chicos se quedan en México hasta que haya dinero suficiente para traerlos al otro lado.

Alguna vez los mismos chicos se van también para probar su suerte en el norte. Ocasionalmente huyen de sus casas; la mayoría de las veces son los mismos padres los que los animan. (Wense Cortéz realizó su primer viaje a Estados Unidos a los trece años; sus padres no hicieron nada por impedirlo.) Las separaciones familiares siempre son consideradas como algo temporal, pero cada vez más (y en proporción a la creciente dificultad para cruzar de ida y de regreso cuando así lo desean) son separaciones que duran años.

O pueden ser para siempre. El papi, que se ha ido desde hace dos años, de pronto tiene una nueva novia en Illinois o hasta una nueva familia en Illinois. O tal vez mami ya no regresará porque está cansada de la sofocante moralidad de su pequeño pueblo. En medio de todo el ajetreo y bullicio y el agobiante esfuerzo por abastecer a la familia, y entre los cambios culturales que acompañan los viajes de los migrantes, los chicos se pierden. Los valores de la familia mexicana, irónicamente se están perdiendo con cada esfuerzo que se hace por apoyar a la familia en México, trabajando en Estados Unidos.

Mi Nueva Casa no ofrece un refugio completo de veinticuatro horas. No puede hacerlo; los fondos asignados al programa son bastante anémicos. Mientras que hasta veintidós jóvenes pueden frecuentar el centro durante el día, las puertas se cierran a las cinco de la tarde, de lunes a sábado y el personal se va a casa a estar con sus familias. Entretanto, los muchachos regresan a su propia "familia" en los túneles.

A pesar de la obvia naturaleza binacional de los chicos indigentes que se están acumulando en la frontera, las políticas binacionales, tratado de libre comercio o no, esto no ha facilitado la recaudación de fondos y ni siquiera se pueden obtener donativos materiales. Recientemente le fue otorgada a Mi Nueva Casa una subvención de la fundación Kellogg, pero el dinero fue entregado con la condición de que sería utilizado únicamente para la investigación y el entrenamiento del personal en el lado norteamericano de la frontera. En más de una ocasión, los miembros del personal han tenido que introducir a México a hurtadillas, dentro de la cajuela de un automóvil, ropa donada en Estados

Unidos, ya que, si estos artículos fuesen declarados ante la aduana mexicana, el papeleo sería interminable. (Una mesa de ping-pong que fue donada a Mi Nueva Casa por un benefactor norteamericano, permaneció arrumbada durante más de un año en una bodega de la aduana mexicana.)

—Siempre han habido problemas en la frontera —dice un miembro del consejo de administración de Mi Nueva Casa—. El problema es que el número de personas que llegan hasta la frontera, incluyendo los muchachos, continúa aumentando. Las autoridades mexicanas se encuentran abrumadas.

Pero según dicen las autoridades norteamericanas encargadas de hacer cumplir la ley, el problema ha sido resuelto, gracias a Mi Nueva Casa. El centro de readaptación juvenil Santa Cruz dice que han observado una dramática disminución de arrestos de delincuentes juveniles en la frontera. Lo mismo opina la patrulla fronteriza.

—Todavía en 1994, teníamos muchísimo trabajo —dice un vocero de la patrulla fronteriza—. Pero Mi Nueva Casa ha hecho tremenda diferencia. Además, ahora tenemos los túneles perfectamente vigilados.

Esto no quiere decir que los túneles hayan sido cerrados o que no haya muchachos que estén viviendo en ellos. No hay forma de cerrar los túneles. Después de todo, están ahí para el drenaje. "Perfectamente vigilados" significa que la patrulla fronteriza envía a un grupo de agentes dos o tres veces a la semana para entrar al túnel y soldar la reja de acero que hace las veces de barrera entre el lado norteamericano y el mexicano. Según afirman los agentes de la patrulla fronteriza, la soldadura puede resistir una presión de cuatrocientas libras por pulgada cuadrada, lo que significa que una docena de muchachos la pueden romper con facilidad. Y, de hecho, la reja es forzada por los muchachos dos o tres veces a la semana, así como también por cualquier otra persona que quiera cruzar.

✳   ✳   ✳

Romel es uno de los veteranos de Barrio Libre. A sus diecisiete
años, ya es un anciano. Ha golpeado a otras personas y ha sido
golpeado, ha asaltado y ha sido asaltado, ha conocido la vida
dentro del túnel durante casi cuatro años. Ahora está dividido
entre esa forma de vida y un deseo cada vez más intenso por
encontrar un trabajo honrado. Por el momento, se está inclinando hacia el trabajo.

Romel está sentado en la sala de estar de Mi Nueva Casa, viendo
la versión original de Batman y Robin doblada al español. Su padre
fue un traficante de drogas que fue capturado por el FBI; Romel
vivió durante unos años con su madrastra en el estado de Washington, pero a la larga su familia política lo envió de regreso a
la frontera como si fuera una pieza de equipaje no reclamada.
En la frontera cayó dentro del túnel, dentro de Barrio Libre.
Admite francamente haber estado "tumbando", asaltando personas dentro del túnel para despojarlos de su dinero. Pero hay
algo en lo más profundo de su cerebro que lo ha estado moles-
tando últimamente.

—Estoy cansado de eso y... —busca las palabras— después
de todo son mi propia gente.

Después llega Iram, el amigo de Romel, un adolescente alto,
esbelto, bien parecido, quien todavía vive "allá abajo". Fastidia a
Romel acerca de su nueva vida. Finalmente, lo incita a bajar para
visitar el túnel.

Caminamos por las zigzagueantes calles turísticas del centro
de Nogales, cuidándonos de los agentes del grupo Beta, quienes,
según dice Romel, lo están buscando por la violación de una
muchacha en el túnel con la que él jura no ha tenido nada que
ver. Nos dirigimos hacia el sur, a lo largo de la avenida Obregón,
la calle principal de Nogales. Un antro de *strip* anuncia "chicas
sexis". Un ciego que toca el acordeón está sentado sobre la acera,

tocando a cambio de unas monedas. Un turista gringo de edad madura, que lleva puestos shorts, calcetines blancos y huaraches, observa con admiración un diseño en hierro forjado.

A una distancia de aproximadamente kilómetro y medio de la frontera dejamos la avenida Obregón, dando una vuelta hacia la izquierda y bajamos hasta un lote baldío lleno de hierbas. Los chicos dan nuevamente una vuelta a la izquierda, rodeando la esquina de un edificio de apartamentos, mirando todo el tiempo hacia atrás sobre sus hombros. Ahora estamos debajo del edificio, en un espacio de poco más de un metro por donde únicamente se puede avanzar gateando. Nuestras rodillas y espaldas se doblan incómodamente, caminamos a lo largo de un hilo de agua de un río que corre por el centro del túnel. *Esto no está tan mal*, me digo a mí mismo.

Pero el verdadero túnel comienza unos ciento ochenta metros más adelante, y ahí el espacio que hay es de apenas un metro de altura. Como si alguien hubiese bajado el interruptor, de pronto ha desaparecido todo rastro de luz. Romel enciende la única linterna que tenemos que está equipada con pilas que se están descargando rápidamente. La luz apenas si atraviesa la oscuridad. Caminando de lado, a tropezones, apenas si puedo ir al mismo paso que los muchachos.

El hedor me asalta: no se supone que esta sea una línea de aguas negras, pero obviamente hay fugas de los hogares y negocios que están arriba. El río se ensancha. Lo que a primera vista parecen ser charcos, son en realidad lagos en miniatura con una profundidad de sesenta centímetros, formados por mierda y orina. Escuchamos el goteo de más aguas negras que bajan. El aire es al mismo tiempo demasiado denso y demasiado enrarecido. Respiro trabajosamente y sudo profusamente, aun cuando aquí abajo hace más frío que en el exterior.

Logro preguntar tartamudeando y preocupado acerca de la duración de la pila.

—No te preocupes —dice Romel—. Aun cuando se apague
la linterna, yo te puedo decir exactamente dónde nos encontramos y cómo salir de aquí. Puedo entrar y salir de aquí sin necesidad de alumbrarme con una linterna. —Me pregunto si está
alardeando o si habla en serio, se extienden frente a nosotros
cientos de metros de túnel oscuro como la noche, antes de llegar
a la línea—. Cuidado con el cable de energía eléctrica, podría
estar cargado o podría ser que no, no quieres averiguarlo. Cuidado con esta viga. ¡Ouch!

Los distribuidores de concreto tienen incrustaciones que
parecen colecciones surrealistas de substancias pegajosas y basura
(gorras de béisbol y contenedores para huevos, ropa interior y
cepillos para el pelo) los cuales son arrastrados por el agua
cuando llueve. Mi pierna izquierda se dobla y caigo dentro de un
lago de mierda inclinándome hacia adelante, golpeando mi rodilla sobre algo puntiagudo. El agua hedionda salpica mi rostro.
Risitas burlonas de Iram y Romel. Mis pantalones de mezclilla
se han rasgado y mi rodilla me duele tanto como si un cuchillo
estuviese enterrado en la rótula.

Aquí abajo reina un silencio sepulcral, no hay brisa alguna, no
hay nada que ver, únicamente la sensación de que existen una
docena de cosas contra las que te podrías estrellar.

Nos acercamos a una fuente de luz que apenas si se distingue.
Es la tapa de un registro. A través de los dos agujeros del tamaño
de una moneda de medio dólar, penetra la luz formando dos
tubos perfectos color gris-blanco, dos pequeños reflectores que
chocan contra la arena y lodo que forman el piso del túnel.
Más allá, nuevamente la obscuridad. Estoy parado bajo la tapa
de hierro. Puedo ver y escuchar a los peatones que caminan por
la avenida Obregón, directamente arriba de nuestras cabezas. Un
vendedor ambulante mexicano está intentando convencer a un
turista para que se ponga un sombrero y pose junto con su
esposa al lado de un burro.

Un poco después, nos detenemos frente a otro túnel, que corre en forma perpendicular al primero. La línea internacional. Nos encaramamos sobre un tubo negro de desagüe de un grosor de tres pies. Iram señala con la linterna en dirección al este. A una distancia de veinticinco metros está la boca del túnel que va de norte a sur y te lleva hasta el restaurante Church's Chicken, en donde alguna vez vivió Romel y donde Iram y muchos otros chicos de Barrio Libre viven en la actualidad.

De pronto vemos unas luces brillantes destellar frente a nosotros. A través del aire inmóvil flotan murmullos ininteligibles, reverberando contra las paredes de concreto. Iram se pone nervioso.

—¡Romel, alguien está allá arriba! —dice. Las luces desaparecen. Unos pocos segundos después se escucha un terrible impacto metálico, tan fuerte que lo puedes sentir en la boca del estómago. De nuevo el silencio.

—Ese fue el sonido del túnel cuando se abre —dice Romel.

¿Pero quién lo ha abierto? ¿Otro miembro de Barrio Libre? ¿Algunos "polleros" que quieren darle una lección a los muchachos? ¿O se trata de la patrulla fronteriza en una de sus visitas al túnel, ansiosos por recolectar su cuota diaria de ilegales?

Romel e Iram esperan en silencio. Hacia el oeste, a una distancia de noventa metros, un velo de luz grisácea, una abertura hacia el nivel de la calle que forma parte de un proyecto de construcción del lado mexicano, tan sólo a cuadra y media de distancia de Mi Nueva Casa.

¿Nos sumergimos en la obscuridad o nos dirigimos hacia la luz?

Los muchachos salen corriendo, muertos de susto...

Un minuto después, solo, estoy trepando a través de trozos de concreto y varillas de hierro reforzado.

Me ciega la luz del sol que se refleja en las defensas de los automóviles y en las ventanas de las casas. En las alturas, el cielo sonorense de color azul intenso. Inmediatamente después un hombre con una boina roja y lentes obscuros de aviador me está preguntando adónde voy. Romel e Iram son empujados contra la pared, con las piernas abiertas. Tengo la serenidad de mostrar mi credencial de reportero y el agente del grupo Beta nos pone en libertad.

—Si no hubieses estado aquí —dice Romel un poco más tarde— nos habrían golpeado hasta el cansancio.

El siguiente día efectuamos otro viaje por el túnel, esta vez guiados por Toño, el niño de nueve años que conocí en Mi Nueva Casa, el que tiene las cicatrices ocasionadas por mordidas de perro. Seguimos la misma ruta que el día anterior, y esta vez no hay personas extrañas con luces deslumbrantes.

Nos dirigimos hacia la reja de acero que es soldada varias veces a la semana por la patrulla fronteriza. Al acercarnos escuchamos susurros del otro lado. Toño camina más lentamente, alumbra directamente hacia la puerta con su linterna. Ésta se abre rechinando; la patrulla fronteriza no la ha soldado todavía. Con los ojos entrecerrados a causa de la luz, vemos frente a nosotros los ojos vidriosos de un muchacho de doce años.

—¿De dónde son ustedes? —pregunta el chico.

—¡Barrio Libre! —responde rápidamente Toño. La puerta se abre por completo, revelando media docena de muchachos más. Todos se estrechan la mano.

Los muchachos me muestran la soldadura (parecería ser un mal trabajo de soldadura efectuado por Radio Shack): ésa es la reja que violan cada vez que se les ocurre. Me llevan a hacer un recorrido por los lugares cercanos, las paredes cubiertas de *grafitti*, ¡Barrio Libre! por un lado, ¡Beta! Por el otro; los agentes fronterizos mexicanos, para no ser menos que los muchachos, pintan sus propios garabatos.

Los miembros de Barrio Libre de mayor edad nos advierten que no nos internemos más por el túnel; algo está sucediendo en la profundidad del mismo. Cierran la puerta y corren de regreso al lado mexicano, maniobrando con rapidez con la ayuda de la tenue luz de sus linternas.

La última vez que visité el túnel, se armó un zafarrancho. Estaba parado en el lado norteamericano, junto con los muchachos, en la entrada del túnel, exactamente debajo de Church's Chicken. Estaban allí varios chicos a quienes yo no conocía. Y aquellos que sí conocía estaban drogados, muy drogados. Se pasaban unos a otros una lata de aerosol con un trapo. Había pintura dorada por todas partes, sobre las narices y bocas de los muchachos, sobre sus manos y sobre mi grabadora. Los chicos se tropezaban, giraban, pateaban en los charcos de agua, gritaban hasta enronquecer.

Me sorprendió ver a Romel entre el grupo, aún cuando tal vez no debería haberme sorprendido. Una vez que has vivido subterráneamente, es difícil mantenerte alejado. Trato de imaginarme a Romel como un hombre maduro de treinta años. No puedo hacerlo.

Algo estaba a punto de suceder; la combinación de pintura y el gran número de muchachos, alrededor de veinte en total, era algo sumamente volátil. Únicamente hacía falta una chispa.

Intercambiaban palabras burlonas al calor de las drogas. Romel nos informó que tenía la intención de robar un aparato de televisión de la casa de alguna persona del lado norteamericano.

—Órale, podríamos tener cablevisión, y camas y una estufa... —dijo Jesús muy entusiasmado. Romel pensaba que también debería haber una biblioteca con revistas de cómics, y juegos de Nintendo.

La fantasía fue interrumpida bruscamente por la repentina

aparición de un hombre de aproximadamente treinta años, que salía del túnel. Llevaba puesta una camisa blanca desabrochada sobre el pecho, pantalones blancos, botas modernas. Definitivamente no pertenecía a la migra, pero tampoco era el típico "chúntaro". Los muchachos lo rodearon de inmediato. Era un espectáculo extraño: un hombre maduro y fornido, atacado por chiquillos enclenques y adolescentes desnutridos, algo similar a un oso que es atacado por coyotes. Uno de los muchachos se dio cuenta que estaba metiéndose algo a la boca en el momento en que salía del túnel.

—¡Escúpelo! —gritó. Uno de los muchachos lo obligó a abrir las mandíbulas y sacó un billete de diez dólares, enrollado.

—¡Pertenece a los Beta, lo reconozco! —gritó alguien más. El hombre permaneció callado, sorprendentemente tranquilo tomando en cuenta las circunstancias. Los muchachos lo registraron de pies a cabeza, pero no encontraron nada más. ¿Era un narcotraficante? ¿Un ilegal? ¿Un coyote?

—¿Estás solo? —preguntó uno de los muchachos.

—No, hay otros que vienen detrás de mí —respondió, sin mostrar emoción alguna en la voz.

Comenzaba a creer que estaba mintiendo, tratando de ganar tiempo, pero de pronto, escuchamos ruidos que provenían de la profundidad del túnel y vimos el centellear de luces. Los muchachos corrieron hacia la oscuridad, y el hombre vestido de blanco se alejó, caminando lentamente, brincando hacia el nivel de la calle sin mirar hacia atrás. No había agentes de la patrulla fronteriza ni policías de Nogales por ningún lado. Los muchachos podían hacer lo que quisieran. Escuché cómo gritaban desde el túnel, "¡Barrio Libre!", y los sonidos de un forcejeo. Unos minutos después, los muchachos volvieron a aparecer, riendo, mostrando su botín: un collar de oro, un crucifijo de plata, aretes de brillantes en forma de conejitos, todo era genuino. Desafortunados chúntaros. Romel me llevó a un lado, respirando agitadamente. Dijo que las víctimas habían sido una docena de mujeres. Él sospechaba que el hombre vestido de blanco era su coyote. Probablemente les había ordenado esperar dentro del túnel mientras él inspeccionaba los alrededores de la boca del túnel. En la oscuridad, las mujeres no sabían hacia dónde correr. Permanecieron sentadas, acurrucadas una contra la otra, tan vulnerables como borreguitos, y los chicos se arrojaron sobre ellas.

—No pude hacer nada para impedirlo —dijo Romel.

Mientras yo me alejaba, los muchachos seguían inhalando y hablaban de una gran fiesta que se llevaría a cabo esa noche en el túnel. Cuando trepé hasta el nivel de la calle, vi que una camioneta Explorer de la patrulla fronteriza se estaba metiendo al estacionamiento de Church's. Volví la mirada hacia el túnel. Los muchachos corrían nuevamente para adentrarse en el túnel, desapareciendo en la oscuridad. Naco, Arizona es un puerto de entrada de poca importancia que se encuentra a ochenta kilómetros al este de Nogales. Mi padre estuvo estacionado en una cercana base del ejército, allá en los años cincuenta. "No había mucho que hacer en Naco", me contó. Sin embargo, me lo puedo imaginar tomándose varias cervezas bien frías en alguna cantina del otro lado en compañía de sus compañeros del ejército; él, el mexicano vestido del color verde del soldado norteamericano, un mexicano con documentos, un mexicano con pasaporte norteamericano. Finalmente, únicamente era mexicano por su piel morena y el recuerdo de la lucha de sus padres por lograr el éxito en Norteamérica.

Yo soy norteamericano de segunda generación por parte de mi padre y de primera generación por parte de mi madre, he regresado a la línea, nadando contra la corriente, atraído por los recuerdos, atraído por el presente y por el futuro. Veo cómo los mexicanos fluyen hacia Los Ángeles, los veo en las orillas del río Mississippi, en St. Louis. Veo su color moreno, veo mi propio color de piel. Supongo que mi simpatía puede resumirse sencillamente de la siguiente manera: cuando a ellos la política migratoria de los Estados Unidos les niega su "americanidad", siento como si mi propia identidad también hubiese sido negada. Ellos están haciendo exactamente lo mismo que hicieron los padres de mi padre, lo mismo que hizo mi madre. Ellos están haciendo exactamente lo mismo que hicieron todos los antepasados de los norteamericanos.

Aquí, en Naco, la frontera consiste únicamente de unos cuantos hilos rotos de alambre de púas. Hay un obelisco que señala el lugar donde se estableció la frontera en 1848, está inscrito en inglés por el lado norte y en español por el lado sur. Me siento mareado. ¡No hay muro alguno! Únicamente una vasta pradera, y esto es exactamente lo que es, una vasta pradera donde pasta el ganado transfronterizo. Al oeste de aquí, en la reservación O'odham, tampoco hay ni un muro ni una barda. Los nativos de O'odham han quedado atrapados en medio de una querella transnacional que nada tiene que ver con ellos. No son ni mexicanos, ni norteamericanos, son O'odham. Durante la mayor parte del siglo pasado y mitad del siglo dieciocho, la tribu ha transitado libremente a través de la línea, conjuntamente con su ganado. La patrulla fronteriza nunca los molesta; el territorio se encuentra tan alejado de las principales carreteras que los contrabandistas pocas veces piensan en cruzar por allí.

Los O'odham tienen hogares en ambos lados de la línea. "Aquí no existen dos lados", me explica un anciano. Sin embargo, desde hace unos años, la marea de migrantes mexicanos ha comenzado a cruzar por tierras de los O'odham debido al nuevo muro de Nogales. Y por lo tanto, también ha llegado hasta la reservación la patrulla fronteriza con sus camionetas Explorer y sus helicópteros. Los O'odham han encontrado en medio de su desierto, los cuerpos disecados de migrantes. Salto hacia un lado; ¡soy mexicano! Salto de nuevo hacia el otro lado; ¡soy norteamericano!

Bailoteo, cruzando una y otra vez la línea, riéndome de ella, maldiciéndola, y reconociendo la poderosa influencia de la idea misma de una línea que no puede existir, que no existe en la naturaleza, pero que sin embargo existe en términos políticos, o lo que es lo mismo, en términos humanos.

Justamente cuando me maravillo ante lo absurdo de esta idea, se detiene una camioneta Explorer y dos agentes de la patrulla fronteriza, uno asiático y uno caucásico, caminan lentamente hacia mí.

El agente asiático me pregunta, en un español bastante bueno:

—¿Qué hace usted aquí?

Yo le respondo en inglés, por supuesto.

Me informan que estoy violando el código de inmigración de Estados Unidos. Les muestro mis credenciales, y después de un breve intercambio de palabras entre los agentes y sus supervisores a través del radio, todo queda arreglado. Puedo seguir caminando a lo largo de la línea durante el tiempo que quiera, siempre y cuando permanezca de este lado; sucede que estas tierras son tierras públicas, por lo que soy libre de llevar a cabo cualquier actividad que me plazca, siempre y cuando sea legal. Pero también me informan que podría tener muchos otros encuentros iguales con agentes de la patrulla fronteriza ya que estaré activando detectores sísmicos a lo largo de todo el camino, razón por la cual fui interceptado por la patrulla fronteriza en primer lugar.

—Encontramos a muchos de ellos que pasan por aquí —dice uno de los agentes—. La mayoría de ellos son de Mitch-oh-ah-cahn.

Y es así como me subo al Blazer, lo enfilo en dirección al este, y conduzco hacia Douglas, Arizona, otro asediado pueblo fronterizo ubicado en la desolada frontera. Cientos de coyotes y decenas de miles de migrantes esperan en Agua Prieta, en el otro lado, y una patrulla fronteriza reforzada espera de este lado. Esto es sin mencionar a los furiosos rancheros gringos cuyas tierras son pisoteadas por la desbandada de migrantes.

En Douglas y Naco y Sonorita y El Paso y Laredo, a todo lo largo de los tres mil doscientos kilómetros de línea, sucede lo mismo todos los días. Los helicópteros arrojan listones de luz, y la migra hace funcionar sus *goggles* de visión nocturna y haces de rayos láser y detectores sísmicos y cámaras de video. Los adolescentes mexicanos, armados con resorteras, atacan tan a menudo a las camionetas de la patrulla fronteriza, que las Explorers actualmente tienen rejillas de metal para proteger todas sus ventanillas. Los vigilantes patrullan sus propiedades, con el dedo puesto en el gatillo de sus rifles de asalto. Unos cuantos activistas protestan en contra de los abusos a los derechos humanos que se cometen en ambos lados de la línea, y algunos predicadores compasivos comparan el cruce con el vado a través del río Jordán para llegar a Canaán.

Lo mismo sucede a lo largo de toda la frontera; es un asunto político, de dinero, de ideas, de deseo, de muerte, de vida.

TRADUCIDO POR GABRIELA ROTHSCHILD PLAUT

Nuevos talentos

Hagiografía del apóstata

A menudo, el hermano Jean Dégard despertaba en el ocaso tras un larguísimo sueño, y la luz crepuscular del desierto libio se abría paso en su ánimo hasta hacerle creer que un espíritu celeste, compadecido de su crimen y sus mortificaciones, le inundaba el alma con una incierta claridad perdida. Entrada la noche, sin embargo, los objetos recuperaban su justa proporción en la penumbra de la cueva, y le recordaban al ermitaño que no había renunciado al siglo para mendigar la luz divina, sino para enfrentar la tiniebla más estricta. De muy poco le habría servido en esos momentos el abrazo de un ángel o caer de hinojos ante una zarza ardiente que le ofreciese un perdón para el cual se sabía indigno. Lo que él necesitaba era tentar al diablo invocando la presencia de un ser negro a la altura de su mezquindad y sus miserias.

El día de su partida, el abad Gauthier le había buscado en su celda para disuadirle de abandonar el monasterio de La Clochette, asegurándole que nunca nadie había visto al diablo en aquel yermo donde un hombre sólo conseguiría compartir su soledad con saltamontes y cornejas, eso si se las arreglaba para sobrevivir a las cimitarras de los tuaregs. Pero la advertencia se había perdido sin eco en el alma del futuro ermitaño. Convencido de que su alma putrefacta atraería de cualquier modo a los espíritus aviesos, el hermano Dégard recordó al abad que sus manos estaban tintas en sangre, por lo que poco le importaban ahora el perdón de Dios y de los hombres. Lo que él buscaba era el olvido, y éste, añadió, sólo podría alcanzarlo no con las armas que el Creador le había negado cuando más las necesitaba, sino asumiendo la radical bajeza de su voluntad. Ahí donde sufriera un asesino, concluyó mientras reunía en un atado sus pocas pertenencias, habría por fuerza un demonio. Y con esto se alejó del monasterio una mañana más fría de lo habitual.

Una vez instalado en la cueva, Dégard se sentó a esperar que viniesen los demonios. Transcurrieron meses sin cuenta, días y noches de ayuno donde el asceta llegó a temer que, en efecto, el diablo hubiese olvidado aquel paraje donde alguien lo invocaba sin ser lo bastante impuro para merecerle. Dégard sentía pasar las horas recorriendo el paisaje con la mirada, invocando al diablo por cada uno de sus nombres conocidos o por aquellos que se había inventado él mismo en un galimatías de árabe y latín, trazando círculos arcanos en la arena y quemando incienso hasta agotar su provisión de fósforos. Su pecho lívido de campesino bretón terminó por curtirse a fuerza de exponerlo al aire esperando el picotazo de inexistentes súcubos, y su alma agusanada emergió en su piel en forma de ampollas que reventaban sangre, despojos líquidos, que él, en sus delirios, pensaba que eran sólo manifestaciones físicas del recuerdo irrenunciable de su crimen. El desierto, mientras tanto, seguía impávido, y Dégard entonces pensaba que la mayor astucia del diablo radicaba en su total indiferencia hacia quienes clamaban por él. No ser por nadie ni para nadie, no gozar siquiera de una perdición largamente ansiada. Eso era lo que más dolía al ermitaño. Y ése era también el motivo por el cual seguía aborreciéndose con la misma devoción con que maldecía la ausencia del demonio.

Cierta noche Dégard confundió las teas de una caravana con el anuncio de una estantigua que habría venido a buscarle desde el ultramundo, y salió de la cueva para recibirla. Su aspecto, sus gritos, sus babeantes maldiciones lograron en cambio que fuesen los tuaregs quienes lo confundieran con un demonio y se alejaran del paraje invocando a sus deidades protectoras. Fue entonces cuando Dégard, abandonado una vez más a sus soledades, comprendió que la indiferencia del desierto debía interpretarse más bien como un mensaje cifrado, una invitación a buscar él mismo en los páramos de su alma devastada los fragmentos necesarios para crear al demonio. De sus pecados, sólo de sus pecados, tendría que surgir una criatura monstruosa, construida con pedazos de su carne viva y amalgamada por la consistente materia de sus remordimientos. Sería él, en suma, el padre y el creador del mal, y sólo así podría enfrentar al demonio y reconocerse en su rostro.

En un principio el ermitaño pensó que la construcción del demonio sería sencilla, mas lo cierto es que su invocación tomó mucho más tiempo y esfuerzo de lo esperado. Para dar luz a la sombra no servían ya los nombres plurales ni las estrellas de tiza. Hacía falta abismarse en la memoria de las propias faltas o en ese hedor excrementicio que a veces Dégard confundía con un inquietante olor a santidad. Tal vez así, con un poco de paciencia, lograría que esa peste le devolviese sus orígenes y que la sombra se extendiese fuera de él.

Un día, al fin, los raptos del ermitaño dejaron de ser místicos para dar pie a la epilepsia. El demonio entonces espumeó entre sus comisuras y se sentó expectante en el fondo de la cueva. Su creador pasó horas observándolo, preguntándose por qué el huésped conservaba su estatuaria inmovilidad. Mezquino y contrahecho, envuelto en una chilaba que a Dégard le parecía demasiado similar a la de su víctima de antaño, el demonio se limitaba a sostenerle la mirada al tiempo que roía sin tregua el ala de un jilguero que parecía no acabarse nunca. Sus respuestas a la voz del ermitaño eran tan lacónicas que ni siquiera era posible distinguir su idioma, y Dégard sentía perder el juicio buscando la manera de arrancar de la apatía a su criatura.

Una tarde, a punto ya de resignarse al perdón, Dégard resolvió que la única manera de retar a su demonio era simulando la santidad, pues si antes había invocado al mal, ahora tendría que fraguar a un santo que despertase la ira del primero y le permitiese arrastrarse con él sobre la arena enfangada por su propia orina.

Crear a un santo fue para Dégard una labor mucho más ardua que la anterior, pues su invocación del demonio había terminado por despojarle casi por entero de sus últimas bondades. Por eso tuvo que reinstalarse en los tiempos de su niñez y remontar desde ahí su trayecto hasta el monasterio de La Clochette. Así, paulatinamente y con dolor, consiguió que un día el diablo en chilaba dejase de mondar el hueso del jilguero y se inclinase ante un hombre resurrecto cuya santidad le había sacado al fin del letargo.

Una vez creado el santo, las cosas cambiaron de manera dramática. Antes que un enfrentamiento físico, surgió entonces entre ellos uno más cerebral y devastador: al materializarse en la cueva, el santo decidió arrostrar al demonio con la lógica de su propia condición y orillarlo a un combate donde el alma de Dégard se devorase a sí misma. Una noche comenzó por plantear al demonio preguntas al parecer inofensivas y bizantinas que éste respondió utilizando ora las trampas más ordinarias, ora los sofismas más manidos. Satisfecho de que el demonio hubiese comprendido los términos de su juego, el santo entonces complicó las preguntas con el placer de quien emprende una partida de ajedrez contra sí mismo, procurando ser a la vez justo y malicioso para que el juego tenga sentido. Muy pronto los rigores y

las reglas del juego se definieron de tal manera que santo y demonio elaboraron al fin un reglamento tácito al cual debían sujetarse
por mutua conveniencia: desde su amoral objetividad, el ermitaño formulaba primero una pregunta teológica que él mismo,
en su papel de santo, intentaría responder con ayuda de una verdad que él mismo, asumiendo de inmediato su papel demoníaco,
se ocuparía luego de destruir con argumentos lo bastante convin-
centes para lograr que la lógica del santo original se tambalease.

La naturaleza del mal o el conocimiento, la existencia de Dios
y sus vínculos con la nada, la impotencia de un ser omnipotente
para crear una piedra tan grande que ni él mismo pudiese car-
garla, la predestinación y, sobre todo, la disyuntiva entre el
perdón y la culpa, fueron sólo algunos de los dilemas que transi-
taron en el interminable juego del hermano Jean Dégard. A
veces, la naturaleza misma de las preguntas motivaba que santo y
demonio pasaran semanas enteras sin llegar a un acuerdo, pues la
batalla era lógicamente equilibrada y las verdades alcanzadas por
la razón del santo podían siempre dar marcha atrás cuando los
argumentos diabólicos eran los adecuados. Siempre fueron más
atractivos para ellos los debates teológicos, y si alguna vez el
demonio intentó hacer trampa incluyendo en mitad de la partida
una tentación carnal o el recuerdo del crimen de Dégard, el juego
se fue al traste y ambos jugadores terminaron por intercambiar
disculpas para retomar un lance en el que ahora fincaban la tota-
lidad de sus existencias.

Con el transcurso de los meses, el hermano Dégard consiguió
disolver la memoria de su crimen en los entresijos del combate.
Su vida y los detalles más cruentos de su historial pasaron de
repente al territorio del olvido, donde tal vez se habrían extinto
si Dégard entonces no hubiese puesto en el tablero una pregunta
de la cual habría de arrepentirse. Ni el propio ermitaño entendió
jamás los motivos que le orillaron a hacerlo, si bien es posible
que en ello hubiese un cierto afán de terminar con un juego que,

en el fondo, sabía que no podía durar eternamente. Puede ser también que esa noche, traicionado por el recuerdo, Dégard haya reconocido en el rostro del demonio las facciones del hombre al que había asesinado, y pensó que deshaciéndose de él conseguiría anular el último obstáculo que le impedía ser feliz. Como quiera que haya sido, esa vez el ermitaño dejó que el santo tentase al demonio cuestionándole la existencia misma del mal. El debate se prolongó hasta el amanecer. Santo y demonio usaron sus mejores argumentos, rabiaron y reflexionaron hasta que Dégard se construyó una fe en la cual el demonio no existía y no había, por tanto, un infierno para castigar su crimen ni lavar la sangre de sus manos. Por su parte el demonio, al escuchar los argumentos del santo, comprendió la amenaza que se cernía sobre el juego, y encontró en su afán de permanencia una claridad casi divina con la cual pudo elaborar diáfanos argumentos conducentes a demostrar que era el santo, y no él, quien no existía.

El hermano Dégard nunca llegó a conocer las consecuencias del combate, pues ambas vías de demostración le llevaron sin remedio a concluir que ni el diablo ni el santo podían existir ni habían existido nunca. De ahí, entre otras cosas, que con frecuencia el abad Gauthier insista en afirmar que nunca nadie ha visto al demonio en aquel yermo donde un ermitaño sólo conseguiría compartir su soledad con saltamontes y cornejas.

TÍA LEONOR

La tía Leonor tenía el ombligo más perfecto que se haya visto. Un pequeño punto hundido justo en la mitad de su vientre planísimo. Tenía una espalda pecosa y unas caderas redondas y firmes, como los jarros en que tomaba agua cuando niña. Tenía los hombros suavemente alzados, caminaba despacio, como sobre un alambre. Quienes las vieron cuentan que sus piernas eran largas y doradas, que el vello de su pubis era un mechón rojizo y altanero, que fue imposible mirarle la cintura sin desearla entera.

A los diecisiete años se casó con la cabeza y con un hombre que era justo lo que una cabeza elige para cursar la vida. Alberto Palacios, notario riguroso y rico, le llevaba quince años, treinta centímetros y una proporcional dosis de experiencia. Había sido largamente novio de varias mujeres aburridas que terminaron por aburrirse más cuando descubrieron que el proyecto matrimonial del licenciado era a largo plazo.

El destino hizo que tía Leonor entrara una tarde a la notaría, acompañando a su madre en el trámite de una herencia fácil que les resultaba complicadísima, porque el recién fallecido padre de la tía no había dejado que su mujer pensara ni media hora de vida. Todo hacía por ella menos ir al mercado y cocinar. Le contaba las noticias del periódico, le explicaba lo que debía pensar de ellas, le daba un gasto que siempre alcanzaba, no le pedía nunca cuentas y hasta cuando iban al cine le iba contando la película que ambos veían: "Te fijas, Luisita, este muchacho ya se enamoró de la señorita. Mira cómo se miran, ¿ves? Ya la quiere acariciar, ya la acaricia. Ahora le va a pedir matrimonio y al rato seguro la va a estar abandonando".

Total que la pobre tía Luisita encontraba complicadísima y no sólo penosa la repentina pérdida del hombre ejemplar que fue siempre el papá de tía Leonor. Con esa pena y esa complicación entraron a la notaría en busca de ayuda. La encontraron tan solícita y eficaz que la tía Leonor, todavía de luto, se casó en año y medio con el notario Palacios.

Nunca fue tan fácil la vida como entonces. En el único trance difícil ella había seguido el consejo de su madre: cerrar los ojos y decir un Ave María. En realidad, varias Ave Marías, porque a veces su inmoderado marido podía tardar diez misterios del rosario en llegar a la serie de quejas y soplidos con que culminaba el circo que sin remedio iniciaba cuando por alguna razón, prevista o no, ponía la mano en la breve y suave cintura de Leonor.

Nada de todo lo que las mujeres debían desear antes de los veinticinco años le faltó a tía Leonor: sombreros, gasas, zapatos franceses, vajillas alemanas, anillo de brillantes, collar de perlas disparejas, aretes de coral, de turquesas, de filigrana. Todo, desde los calzones que bordaban las monjas trinitarias hasta una diadema como la de la princesa Margarita. Tuvo cuanto se le ocurrió, incluso la devoción de su marido que poco a poco empezó a darse cuenta de que la vida sin esa precisa mujer sería intolerable.

Del circo cariñoso que el notario montaba por lo menos tres veces a la semana, llegaron a la panza de la tía Leonor primero una niña y luego dos niños. De modo tan extraño como sucede sólo en las películas, el cuerpo de la tía Leonor se infló y desinfló las tres veces sin perjuicio aparente. El notario hubiera querido levantar un acta dando fe de tal maravilla, pero se limitó a disfrutarla, ayudado por la diligencia cortés y apacible que los años y la curiosidad le habían regalado a su mujer. El circo mejoró tanto que ella dejó de tolerarlo con el rosario entre las manos y hasta llegó a agradecerlo, durmiéndose después con una sonrisa que le duraba todo el día.

No podía ser mejor la vida en esa familia. La gente hablaba siempre bien de ellos, eran una pareja modelo. Las mujeres no encontraban mejor ejemplo de bondad y compañía que la ofrecida por el licenciado Palacios a la dichosa Leonor, y cuando estaban más enojados los hombres evocaban la pacífica sonrisa de la señora Palacios mientras sus mujeres hilvanaban una letanía de lamentos.

Quizá todo hubiera seguido por el mismo camino si a la tía Leonor no se le ocurre comprar nísperos un domingo. Los domingos iba al mercado en lo que se le volvió un rito solitario y feliz. Primero lo recorría con la mirada, sin querer ver exactamente de cuál fruta salía cuál color, mezclando los puestos de jitomate con los de limones. Caminaba sin detenerse hasta llegar donde una mujer, inmensa, con cien años en la cara, iba moldeando unas gordas azules. Del comal recogía Leonorcita su gorda de requesón, le ponía con cautela un poco de salsa roja y la mordía despacio mientras hacía las compras.

Los nísperos son unas frutas pequeñas, de cáscara como terciopelo, intensamente amarilla. Unos agrios y otros dulces. Crecen revueltos en las mismas ramas de un árbol de hojas largas y oscuras. Muchas tardes, cuando era niña con trenzas y piernas de gato, la tía Leonor trepó al níspero de casa de sus abuelos. Ahí se sentaba a comer deprisa. Tres agrios, un dulce, siete agrios, dos dulces, hasta que la búsqueda y la mezcla de sabores eran un juego delicioso. Estaba prohibido que las niñas subieran al árbol, pero Sergio, su primo, era un niño de ojos precoces, labios delgados y voz decidida que la inducía a inauditas y secretas aventuras. Subir al árbol era una de las fáciles.

Vio los nísperos en el mercado, y los encontró extraños, lejos del árbol pero sin dejarlo del todo, porque los nísperos se cortan con las ramas más delgadas todavía llenas de hojas.

Volvió a la casa con ellos, se los enseñó a sus hijos y los sentó a comer, mientras ella contaba cómo eran fuertes las piernas de su abuelo y respingada la nariz de su abuela. Al poco rato, tenía en la boca un montón de huesos lúbricos y cáscaras aterciopeladas. Entonces, de golpe, le volvieron los diez años, las manos ávidas, el olvidado deseo de Sergio subido en el árbol, guiñándole un ojo.

Sólo hasta ese momento se dio cuenta de que algo le habían arrancado el día que le dijeron que los primos no pueden casarse entre sí, porque los castiga Dios con hijos que parecen borrachos. Ya no había podido volver a los días de antes. Las tardes de su felicidad estuvieron amortiguadas en adelante por esa nostalgia repentina, inconfesable.

Nadie se hubiera atrevido a pedir más: sumar a la redonda tranquilidad que le daban sus hijos echando barcos de papel bajo la lluvia, al cariño sin reticencias de su marido generoso y trabajador, la certidumbre en todo el cuerpo de que el primo que hacía temblar su perfecto ombligo no estaba prohibido, y ella se lo merecía por todas las razones y desde siempre. Nadie, más que la desaforada tía Leonor.

Una tarde lo encontró caminando por la 5 de Mayo. Ella salía de la iglesia de Santo Domingo con un niño en cada mano. Los había llevado a ofrecer flores como todas las tardes de ese mes: la niña con un vestido largo de encajes y organdí blanco, coronita de paja y enorme velo alborotado. Como una novia de cinco años. El niño, con un disfraz de acólito que avergonzaba sus siete años.

—Si no hubieras salido corriendo aquel sábado en casa de los abuelos, este par sería mío —dijo Sergio, dándole un beso.

—Vivo con ese arrepentimiento —contestó la tía Leonor.

No esperaba esa respuesta uno de los solteros más codiciados de la ciudad. A los veintisiete años, recién llegado de España, donde se decía que aprendió las mejores técnicas para el cultivo de aceitunas, el primo Sergio era heredero de un rancho en Veracruz, de otro en San Martín y otro más cerca de Atzalan.

La tía Leonor notó el desconcierto en sus ojos, en la lengua con que se mojó un labio, y luego lo escuchó responder:

—Todo fuera como subirse otra vez al árbol.

La casa de la abuela quedaba en la 11 Sur, era enorme y llena de recovecos. Tenía un sótano con cinco puertas en que el abuelo pasó horas haciendo experimentos que a veces le tiznaban la cara y lo hacían olvidarse por un rato de los cuartos de abajo y llenarse de amigos con los que jugar billar en el salón construido en la azotea.

La casa de la abuela tenía un desayunador que daba al jardín y al fresno, una cancha para jugar frontón que ellos usaron siempre para andar en patines, una sala color de rosa con un piano de cola y una exhausta marina nocturna, una recámara para el abuelo y otra para la abuela, y en los cuartos que fueron de los hijos varias salas de estar que iban llamándose como el color de sus paredes. La abuela, memoriosa y paralítica, se acomodó a pintar en el cuarto azul. Ahí la encontraron haciendo rayitas con un lápiz en los sobres de viejas invitaciones de boda que siempre le gustó guardar. Les ofreció un vino dulce, luego un queso fresco y después unos chocolates rancios. Todo estaba igual en casa de la abuela. Lo único raro lo notó la viejita después de un rato:

—A ustedes dos, hace años que no los veía juntos.

—Desde que me dijiste que si los primos se casan tienen hijos idiotas —contestó la tía Leonor.

La abuela sonrió, empinada sobre el papel en el que delineaba una flor interminable, pétalos y pétalos encimados sin tregua.

—Desde que por poco y te matas al bajar del níspero —dijo Sergio.

—Ustedes eran buenos para cortar nísperos, ahora no encuentro quién.

—Nosotros seguimos siendo buenos —dijo la tía Leonor, inclinando su perfecta cintura.

Salieron del cuarto azul a punto de quitarse la ropa, bajaron al jardín como si los jalara un hechizo y volvieron tres horas después con la paz en el cuerpo y tres ramas de nísperos.

—Hemos perdido práctica —dijo la tía Leonor.

—Recupérenla, recupérenla, porque hay menos tiempo que vida —contestó la abuela con los huesos de níspero llenándole la boca.

TÍA NATALIA

Un día Natalia Esparza, mujer de piernas breves y redondas chichis, se enamoró del mar. No supo bien a bien en qué momento le llegó aquel deseo inaplazable de conocer el remoto y legendario océano, pero le llegó con tal fuerza que hubo de abandonar la escuela de piano y lanzarse a la búsqueda del Caribe, porque al Caribe llegaron sus antepasados un siglo antes, y de ahí la llamaba sin piedad lo que nombró el pedazo extraviado de su conciencia.

El llamado del mar se hizo tan fuerte que ni su propia madre logró convencerla de esperar siquiera media hora. Por más que le rogó calmar su locura hasta que las almendras estuvieran listas para el turrón, hasta que hubiera terminado el mantel de cerezas que bordaba para la boda de su hermana, hasta que su padre entendiera que no era la putería, ni el ocio, ni una incurable enfermedad mental lo que la había puesto tan necia en irse de repente.

La tía Natalia creció mirando los volcanes, escudriñándolos en las mañanas y en las tardes. Sabía de memoria los pliegues en el pecho de la Mujer Dormida y la desafiante cuesta en que termina el Popocatépetl. Vivió siempre en la tierra oscura y el cielo frío, cocinando dulces a fuego lento y carne escondida bajo los colores de salsas complicadísimas. Comía en platos dibujados, bebía en copas de cristal y pasaba horas sentada frente a la lluvia, oyendo los rezos de su mamá y las historias de su abuelo sobre dragones y caballos con alas. Pero supo del mar la tarde en que unos tíos de Campeche entraron a su merienda de pan y chocolate, antes de seguir el camino hacia la ciudad amurallada a la que rodeaba un implacable océano de colores.

Siete azules, tres verdes, un dorado: todo cabía en el mar. La plata que nadie podría llevarse del país: entera bajo una tarde nublada. La noche desafiando el valor de las barcas, la tranquila conciencia de quienes las gobiernan. La mañana como un sueño de cristal, el mediodía brillante como los deseos.

Ahí, pensó ella, hasta los hombres debían ser distintos. Los que vivieran junto a ese mar que ella imaginó sin tregua a partir de la merienda del jueves, no serían dueños de fábricas, ni vendedores de arroz, ni molineros, ni hacendados, ni nadie que pudiera quedarse quieto bajo la misma luz toda la vida. Tanto habían hablado su tío y su padre de los piratas de antes, de los de ahora, de Don Lorenzo Patiño abuelo de su madre, al que entre burlas apodaron Lorencillo cuando ella contaba que había llegado a Campeche en su propio bergantín. Tanto habían dicho de las manos callosas y los cuerpos pródigos que pedían aquel sol y aquella brisa; tan harta estaba ella del mantel y del piano, que salió tras los tíos sin ningún remordimiento. Con los tíos viviría, esperó su madre. Sola, como una cabra loca, adivinó su padre.

No sabía por dónde era el camino, sólo quería ir al mar. Y al mar llegó después de un largo viaje hasta Mérida y de una terrible caminata tras los pescadores que conoció en el mercado de la famosa ciudad blanca.

Eran uno viejo y uno joven. El viejo, conversador y marihuano; el joven, considerando todo una locura. ¿Cómo volvían ellos a Holbox con una mujer tan preguntona y bien hecha? ¿Cómo podían dejarla?

—A ti también te gusta —le había dicho el viejo— y ella quiere venir. ¿No ves cómo quiere venir?

La tía Natalia había pasado toda la mañana sentada en la pescadería del mercado, viendo llegar uno tras otro a hombres que cambiaban por cualquier cosa sus animales planos, de huesos y carne blanca, sus animales raros, pestilentes y hermosos como debía ser el mar. Se detuvo en los hombros y el paso, en la voz afrentada del que no quiso regalar su caracol.

—Es tanto o me lo regreso —había dicho.

"Tanto o me lo regreso", y los ojos de la tía Natalia se fueron tras él.

El primer día caminaron sin parar, con ella preguntando y preguntando si en verdad la arena del mar era blanca como el azúcar y las noches calientes como el alcohol. A veces se sentaba a sobarse los pies y ellos aprovechaban para dejarla atrás. Entonces se ponía los zapatos y arrancaba a correr repitiendo las maldiciones del viejo.

Llegaron hasta la tarde del día siguiente. La tía Natalia no lo podía creer. Corrió al agua empujada por sus últimas fuerzas y se puso a llorar sal en la sal. Le dolían los pies, las rodillas, los muslos. Le ardían de sol los hombros y la cara. Le dolían los deseos, el corazón y el pelo. ¿Por qué estaba llorando? ¿No era hundirse ahí lo único que deseaba?

Oscureció despacio. Sola en la playa interminable tocó sus piernas y todavía no eran una cola de sirena. Hacía un aire casi frío, se dejó empujar por las olas hasta la orilla. Caminó por la playa espantando unos mosquitos diminutos que le comían los brazos. No muy lejos estaba el viejo con los ojos extraviados en ella.

Se tiró con la ropa mojada sobre la blanca cama de arena y sintió acercarse al anciano, meter los dedos entre su cabello enredado y explicarle que si quería quedarse tenía que ser con él porque todos los otros ya tenían su mujer.

—Con usted me quedo —dijo y se durmió.

Nadie sabe cómo fue la vida de la tía Natalia en Holbox. Regresó a Puebla seis meses después y diez años más vieja, llamándose la viuda de Uc Yam.

Tenía la piel morena y arrugada, las manos callosas y una extraña seguridad para vivir. No se casó nunca, nunca le faltó un hombre, aprendió a pintar y el azul de sus cuadros se hizo famoso en París y en Nueva York.

Sin embargo, la casa en que vivió estuvo siempre en Puebla, por más que algunas tardes, mirando a los volcanes, se le perdieran los sueños para írsele al mar.

—Uno es de donde es —decía, mientras pintaba con sus manos de vieja y sus ojos de niña—. Por más que no quieras, te regresan de allá.

La hora de la identidad acumulativa: ¿Qué fotos tomaría usted en la ciudad interminable?

En el terreno visual, la Ciudad de México es, sobre todo, la demasiada gente. Se puede hacer abstracción del asunto, ver o fotografiar amaneceres desolados, gozar el poderío estético de muros y plazuelas, redescubrir la perfección del aislamiento. Pero en el Distrito Federal la obsesión permanente (el tema insoslayable) es la multitud que rodea a la multitud, la manera en que cada persona, así no lo sepa o no lo admita, se precave y atrinchera en el mínimo sitio que la ciudad le concede. Lo íntimo es un permiso, la "licencia poética" que olvida por un segundo que allí están, nomás a unos milímetros, los contingentes que hacen de la vitalidad urbana una opresión sin salida.

El reposo de los citadinos se llama tumulto, el torbellino que instrumenta armonías secretas y limitaciones públicas. ¿Y qué es hoy, desde ángulos descriptivos, la Ciudad de México? El gran hacinamiento, el arrepentimiento ante la falta de culpa, el espacio inabarcable donde casi todo es posible a causa de "el Milagro", esa zona de encuentro del trabajo, la tecnología y el azar. En la capital, éstas son algunas de las imágenes más frecuentes:

- las multitudes en el Metro (casi seis millones de usuarios al día) se comprimen para cederle espacio a la idea misma de espacio.
- las multitudes en el Estadio de Ciudad Universitaria hacen su examen de inscripción.
- la economía subterránea desborda las aceras, y hace del tianguis la subsistencia de la calle. En torno a los semáforos, los vendedores ambulantes anegan al cliente con ofertas de klínex, utensilios de cocina, juguetes, malabarismos. De tan extrema, la simple indefensión resulta artística, mientras un joven hace del fuego (la ingestión y la devolución) el eje de su gastronomía.
- las piñatas donde se resguardan los elementos de la tradición: el Demonio, el Nahual, las Tortugas Ninja, Batman, el Pingüino.
- la Basílica de Guadalupe.
- el hervidero de vehículos. De golpe parece que todos los automóviles de la tierra se concentrasen en un punto para avanzar sin avanzar, mientras el embotellamiento es ya segunda naturaleza del ser humano, es el afán de llegar tarde y a buen paso al Juicio Final, es la prisión en crujías móviles, es el cubículo donde se estudia la radio, universidad del aquietamiento. Entre las dos y las seis de la mañana, hay un respiro, la especie parece aletargada... y de pronto todo se reanuda.
- las azoteas, continuación de la vida agraria en donde se puede, extensión natural del rancho, reducto de la Reforma Agraria. En las azoteas se concentran las evocaciones y las necesidades, hay gallinas y chivos, hay gritos a los helicópteros porque espantan a las vacas y los labriegos que las ordeñan, hay la ropa tendida a modo de maíz crecido, hay cuartos en donde caben familias que se reproducen sin dejar de caber, los hijos y los

nietos van y regresan, los compadres y las comadres se instalan
por unos meses, y el cuarto se amplía, digo es un decir, hasta
contener al pueblo entero de donde emigró su primer habitante.

A estas imágenes elegidas hay que añadir el Museo de Antropología, el Zócalo a cualquier hora, la Catedral, y tal vez, una
escena de violencia con la policía que golpea vendedores ambulantes, o la policía que detiene jóvenes y los levanta del cabello, o
la policía que asegura no haber golpeado a nadie. Así va el repertorio típico, y si no incluí a los mariachis en la Plaza Garibaldi, es
por un imperativo acústico: este texto no lleva música de acom-
pañamiento. El tumulto despliega sus propuestas estéticas y la
ciudad popular entrega sus rituales.

DE LOS ORGULLOS QUE DAN (O DEBERÍAN DAR) ESCALOFRÍOS

Estaba escrito que yo debería serle leal a la pesadilla de mi elección.

JOSEPH CONRAD, *El corazón de las tinieblas*

¿Adónde se fue el chovinismo del "Como México no hay dos"?
No muy lejos desde luego, y volvió protagonizando el chovinismo de la catástrofe y del estallido demográfico. Enumero
algunos *orgullos* (compensaciones psicológicas):

• México es la ciudad más poblada del mundo (¡La Super-
Calcuta!)
• México es la ciudad más contaminada del planeta (¡El laboratorio de la extinción de las especies!)
• México es la ciudad en donde lo insólito sería que un acto, el
que fuera, fracasase por inasistencia. Público es lo que abunda,
y en la capital, a falta de cielos límpidos, se tienen, y a rauda-
les, habitantes, espectadores, automovilistas, peatones.

• México es la ciudad donde lo invisible tiene sus compensaciones, la primera de ellas el nuevo status de la sobrevivencia.

¿Qué es una mentalidad apocalíptica? Hasta donde veo, lo antagónico a lo que se observa en la Ciudad de México. Allí, en medio de cifras pavorosas que cada quien inventa (y que suelen quedarse cortas), muy pocos se van porque, sociedad laica a simple vista, muy pocos toman en serio las predicciones del fin del mundo, de *este* mundo. ¿Y cuáles son los poderes retentivos de la megalópolis que, sin duda, ha tocado su techo histórico? ¿De qué manera conciliar el sentimiento del límite con los planes a mediano y largo plazo de cada uno de los capitalinos? ¿Sólo la ansiedad centralista determina la intensidad del arraigo?... Para muchos, el mayor encanto de la capital de la República Mexicana es su (verdadera y falsa) condición "apocalíptica". He aquí —presumiblemente— a la primera megalópolis que caerá víctima de su propia desmesura. ¡Cómo fascinan las profecías bíblicas, las estadísticas lúgubres y la selección catastrofista de experiencias personales! En las reuniones se discute si se vive la inminencia del desastre o en medio de las ruinas, y el humor colectivo describe los paisajes urbanos con el entusiasmo de un testigo de primera fila del Juicio Final: *¡Qué horror, tres horas en mi automóvil para recorrer dos kilómetros!/ ¿Ya oíste hablar de los que caen desmayados por la contaminación?/ Falta el agua en muchas partes/ Nada más de viviendas se necesitan otros tres millones...*
Siempre se vuelve a la gran explicación: pese a los desastres, veinte millones de personas *no renuncian a la ciudad y al Valle de México, porque no hay otro sitio adonde quieran ir y, en rigor, no hay otro sitio adonde puedan ir.* En el origen del fenómeno, el centralismo, la concentración de poderes que, sin embargo, tiene algunas ventajas, la primera de las cuales es la identificación entre libertad y tolerancia. "No tengo ganas de hacer juicios morales porque eso me lle-

varía a conocer a mis vecinos". Al tradicionalismo lo destruyen el
apretujamiento, el trueque de la familia tribal por la familia
nuclear, el anhelo de individualización extrema que acompaña
a la anomia, los grados del desarrollo cultural, la carencia de
valores democráticos que obliga a las personas a (en algo) demo-
cratizar su vida. "Lo que debe suprimirse" se convierte paulatinamente en "Lo que a mí no me gusta".

Quedarse en la capital de la república es afrontar los riesgos
de la contaminación, el ozono, la inversión térmica, el plomo en
la sangre, la violencia, la carrera de ratas, la falta de significación
individual. Irse es perder las ventajas formativas e informativas
de la extrema concentración, las sensaciones de modernidad (o
de postmodernidad) que aportan el crecimiento y las zonas
ingobernables de la masificación. A la mayoría, así lo niegue con
quejas y promesas de huida, le alegra quedarse, atenida a las
razones de la esperanza: *Esto se compondrá de algún modo/ Lo peor
nunca llega/ Antes de la catástrofe, lograremos huir.* De hecho, la argu-
mentación se unifica: todo, afuera, está igual o peor. ¿Adónde ir
que no nos alcancen la violencia urbana, la sobrepoblación, los
desechos industriales, el Efecto Invernadero?

Entre los más incrédulos, los escritores. No hay antiutopías,
la ciudad no es el gran peso opresivo (eso lo siguen siendo las
regiones) sino la libertad posible a costo muy alto; en la práctica,
nada más alejado del ánimo capitalino que las profecías de Carlos Fuentes en *Cristóbal Nonato* y en el relato "Andrés Aparicio",
de *Agua quemada*. Según Fuentes, la ciudad ha llegado a su límite.
Reflexiona uno de sus personajes:

> Le daba vergüenza que un país de iglesias y pirámides edifica-
> das para la eternidad acabara conformándose con la ciudad
> de cartón, caliche y caca. Lo encajaron, lo sofocaron, le quita-
> ron el sol y el aire, los ojos y el olfato.

Incluso el universo de *Cristóbal Nonato* (desolación ecológica, política, social, lingüística) se deja invadir por el relajo. En el fondo, si la catástrofe es muy cierta, el catastrofismo es la fiesta de los incrédulos, donde se funden la irresponsabilidad, la resignación y la esperanza, y en donde —doctrina no tan secreta de la Ciudad de México— cunden las sensaciones del fin del mundo, con las aglomeraciones que son el infierno, de lo contiguo, y la apoteosis de las turbas que consumen el aire y el agua, y que de tan numerosas parecen flotar sobre la tierra. Y a esta confianza la complementan la resignación, el cinismo y la paciencia. A la ciudad con signo apocalíptico la habitan quienes, a través de su conducta sedentaria, se manifiestan como optimistas radicales.

En la práctica gana el ánimo contabilizador. En última instancia, parecen mayores las ventajas que los horrores. Y éste es el resultado: *México, ciudad post-apocalíptica.* Lo peor ya ocurrió (y lo peor es la población monstruosa cuyo crecimiento nada detiene), y sin embargo la ciudad funciona de modo que a la mayoría le parece inexplicable, y cada quien extrae del caos las recompensas que en algo equilibran las sensaciones de vida invivible. El odio y el amor a la ciudad se integran en la fascinación, y la energía citadina crea sobre la marcha espectáculos únicos, el "teatro callejero" de los diez millones de personas que a diario se movilizan en el Metro, en autobuses, en camiones, en camionetas, en motocicletas, en bicicletas, en autos. Y el show más categórico es la pérdida del miedo al ridículo de una sociedad antes tan sojuzgada por el "¿Qué dirán?" La mezcla incesante es también propuesta estética, y al lado de las pirámides de Teotihuacán, de los altares barrocos y de las zonas del México elegante, la ciudad popular proyecta la versión más favorecida —la brutalmente masificada— del siglo venidero.

DE LAS VENTAJAS DE LA DESVENTAJA

Todavía en 1960 ó 1965 el término *masas* es sólo despreciativo, porque, según el mercado de valores semántico, *masas* es el sinónimo de los seres que carecen, entre otras cosas, de moral, de freno a los instintos, de educación, de vestuario apropiado. A la-oscuridad-iluminada-por-el-rechazo se le ha llamado "la gleba", "el pópolo", "la leperuza", "el peladaje", "la grey astrosa", "el populacho", "el infelizaje", el conjunto amenazador o, las menos de las veces, compadecible que, según los conservadores, halla su justa descripción en un libro-epitafio: *La rebelión de las masas* de José Ortega y Gasset, heredero de *Psicología de la multitud*, de Gustave Le Bon, el ensayo donde se localiza al arquetipo que destruirá la civilización: el hombre-masa inhabilitado para la autonomía psicológica, enemigo de lo que no comprende (todo) y rencoroso ante lo sobresaliente. Gracias a *La rebelión de las masas* (no que se lea, sí que se intuye), la élite afina su desprecio por el mar de semblantes cobrizos, por los invasores ocasionales de su panorama visual. ¡Cómo se multiplican! La fertilidad demográfica los acompaña y les permite convertirse en el alud amenazador y pintoresco que sumerge a las ciudades en la uniformidad. Y de acuerdo a los criterios de la derecha, la gran rebelión de las masas es su existencia misma.

Fe de erratas o rectificaciones: en donde decía *Pueblo* dice *Público;* en donde se hablaba de *la Sociedad* crecen por vía partenogénica *las Masas;* donde se ponderaba a *la Nación* o *el Pueblo* se elogia a *la Gente;* en donde *la Gente* era la vaguedad numerosa se habla de *la Gente,* proyección de la primera persona. (Para entender de modo cabal las expresiones "La Gente dice, La Gente piensa que...", colóquese "Yo digo, yo creo...") La élite se resigna, da por concluido su libre disfrute de las ciudades y se adentra en los *ghettos* del privilegio: "Aquí todo funciona tan bien que parece que no viviéramos aquí". Y *lo exclusivo* quiere compensar por la desaparición de lo urbano.

Al cambio de vocabulario lo acelera la vivencia de la sociedad de masas, las realidades, presiones y pasiones del diluvio poblacional. Y cuando se habla de "sociedad de masas" se alude a lo inevitable: todos los que debían nacer han nacido, y los que siguen naciendo, importantes para cada familia, no alteran demasiado el paisaje.

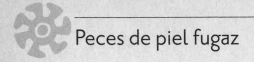

Peces de piel fugaz

El borde es una boca finísima, una escisión aguda y deslumbrante —el negro como una forma de luz que marca orillas, espacios entorpecidos, fuegos limítrofes—. A medida que avanzo el agua cambia.

La fiesta estaba impregnada de pequeños monos inabordables. Alguien incrustó sobre el lodo una estructura cuadriculada de ramas huecas y fue como abrir un espejo a las ansias de nado.

Todo se esparce en amarillos. Los monos saltan.

Antes, cuando miraba el tiempo como se palpa suavemente una seda, como se engullen peces pequeños. El sol desgajaba del aire haces de polvo.

Es un espacio abrupto pero preciso; a partir de entonces los árboles. Hacia abajo las ganas irrefrenables.

Los monos, como dijeron todos, eran salvajes; cuerpecillos tirantes y amarillentos. El juego era portentoso, desarraigado; las manos llenas de lodo.

El agua brilla, pez lento y adormecido; en sus ojos la noche es un impulso vago y oscilatorio, una tajada oscura, borde brevísimo, lo delinea.

Pero empezar aquí con el consuelo de ver a todos enardecidos, y mirar de improviso sus dedos híbridos, infantiles.

Vocecitas hirvientes que revientan desiertas.

Al margen hay un abismo de tonos, de nitidez, de formas. Habría que entrar levemente, oscuramente en ese instante de danza.

Hay una grieta aquí, en este lapso. En la cueva las raíces se adhieren con fanática astucia, las ramas se desdoblan con gracia.

Es en vez de morder la espesura reciente, o separar las sombras —espumosas y leves— con un esguince de fauno. De cerca, llueve.

Atrás los paraguas se extienden sobre las olas. Los hay de colores lentos y de formas hirientes. Las horas se arremolinan. Y tengo fe, porque así como dicen de los estanques.

Pequeños peces de hiedra tornasolados.

Había gatos, insectos, tigres; y cuando quisieron abrir las puertas, y todo, desde el templo de entrada estaba concentrado en dos líneas; dos fragmentos de feria.

Bailan en las orillas.

Y retroceden, porque asomarse es la atracción sin muelles. Donde apoyar la calma de mirar desde lejos sin arriesgar el tacto.

Son alusivos los desenlaces. Las sombras se abren a veces lentamente. Región umbral de nostalgias reblandecidas, de palabras limpias y secas.

Pero es la tierra de sal. Nadie que vuelva o que mida. Agua que drena en la certidumbre y en el olvido remansos breves de mar.

Queda entonces tan lejos. Y sus manitas flacas y frías como una aguda destreza emergida de espacios inexpugnables.

De aquí, los troncos y la maleza brillan su nitidez intacta. Virgen que exhala una cadencia tibia y ensimismada. Los peces saltan.

Los monos saltan. En el fondo la luz se angosta y los cuerpos empequeñecen. Entonces se desprende la asfixia; una sed amplia y albuminosa.

Beben pausados sorbos de té.

Y si uno hunde la cara para ver más de cerca.

También rastrearon las carpas. El circo; toda la orilla era como un incendio, los animales se escurrieron en zanjas y plataformas.

Para sostenerse, tal vez. Lo difícil. A veces sus irrupciones abren un espacio naranja.

Es hermoso palpar entonces las aguas. El cielo se reconcentra en azules profundos. Los verdes crecen hasta tocarlas.

Estira sus bracitos elásticos en un giro aliviante.

Las raíces inhalan. Basta deslizar poco a poco los dedos sobre las rocas para saberlas lisas y despobladas. Árboles de cristal.

Y es el instante de inusitar la lancha por la quilla y deslindar el filo. Los dedos largos y finos.

Sus ojos límpidos.

Este estupor de seda que se derrama. Pero empezar aquí.

La fiesta —sombra finísima— lenta. De la cueva se desprenden sus voces como suaves racimos. Piedras jugosas. Desde el zumo del circo.

Y es el instante; pero empezar aquí. Sus ojos ávidos, insondables. En sus bordes escuetos, las voces, las aguas cambian. Peces de piel fugaz.

NOTAS SOBRE LOS AUTORES

Rudolfo Anaya (n. 1937) nació en Pastura, Nuevo México y es el autor de múltiples novelas y obras de teatro, al igual que colecciones de cuentos, poemas y crítica literaria. Recibió su bachillerato y maestría en la Universidad de Nuevo México, donde actualmente es Profesor Emérito de Inglés. Se considera que su novela de 1972, *Bless Me, Última,* marca un hito en la ficción latina de los Estados Unidos y continúa siendo un libro muy leído hoy en día.

Gloria Anzaldúa (1942–2004) se crió en Hargill, Texas, un pueblo que ella describe como teniendo "un solo semáforo y trece bares y trece iglesias y tal vez dos mercados". Una crítica y poetisa con una agenda marcadamente feminista, lesbiana y mestiza, Anzaldúa completaba su doctorado en la Universidad de California, Santa Cruz, cuando padeció de una muerte inoportuna. Su obra más reconocida, *Borderlands / La Frontera: The New Mestiza* (1987), es una poderosa hazaña bilingüe que pretende desmantelar el patriarcado cultural y lingüístico.

Jimmy Santiago Baca (n. 1952) es el autor de múltiples poemarios, entre ellos *Immigrants in Our Own Land, Martin and Meditations on the South*

Valley y *Black Mesa Poems*, y un libro de memorias. Escribe con una intensidad lírica sobre el aislamiento magnético de los desiertos del suroeste de los Estados Unidos y de la gente que vive allí, ya sea por gusto o por necesidad. Denise Levertov ha dicho que la poesía de Baca "percibe la significación mítica y arquetípica de los sucesos en la vida de uno".

Coral Bracho (n. 1951) ha publicado seis poemarios, entre ellos *Peces de piel fugaz, Tierra de entraña ardiente* y *La voluntad del ámbar*. Se le considera una de las mejores poetisas contemporáneas de México y ha sido recipiente del Premio Nacional de Poesía Aguascalientes y de una beca Guggenheim, entre otros premios. Bracho es profesora de Lengua y Literatura en la Universidad Autónoma de México.

Rosario Castellanos (1925–1974) se crió en una hacienda en el estado de Chiapas, en el sur de México. A los dieciséis años, su familia se mudó para la Ciudad de México luego que reformas agrarias disminuyeran sus posesiones. Poetisa, crítica, dramaturga y novelista, Castellanos exploró el feminismo y su conexión con la identidad dentro de la cultura mexicana. El poeta José Emilio Pacheco escribió: "Nadie en su tiempo tuvo tan agudo conocimiento de la condición doble de ser mujer y ser mexicana". Castellanos murió en un accidente imprevisto mientras se desempeñaba como embajadora de México en Israel.

Ana Castillo (n. 1953) ha escrito novelas, cuentos, poesía y crítica, incluyendo *So Far from God, The Mixquiahuala Letters, Loverboys, My Father Was a Toltec* y *Massacre of the Dreamers*, una serie de ensayos sobre el feminismo chicano, el cual ella denomina "Xicanisma". Castillo ha recibido el American Book Award y dos becas del National Endowment for the Arts. Reside en Chicago.

Sandra Cisneros (n. 1954) nació en Chicago de un padre mexicano y una madre méxicoamericana y recibió su maestría en el Iowa Writers' Workshop de la Universidad de Iowa. Su primera novela, *The House on Mango Street*, un relato de la llegada a la adultez de una niña mexicoamericana escrito en fragmentos encantadores, se ha convertido en un clásico multicultural. Cisneros también ha escrito cuentos, poesía y una segunda novela, *Caramelo.*

Carlos Fuentes (n. 1928) es hijo de un diplomático mexicano y se crió en varias ciudades, incluyendo Washington, D.C. Es un novelista prolífico aparte de dramaturgo, crítico, ensayista político y cuentista. Entre sus obras más reconocidas se encuentran *La región más transparente, La muerte de Artemio Cruz, Terra Nostra, Gringo viejo* y *Cristóbal Nonato.* Fuentes se desempeñó como embajador de México en Francia desde 1974 hasta 1977, y también como maestro en la Universidad Harvard, y en otras universidades.

Dagoberto Gilb (n. 1950) es novelista, cuentista y ensayista cuyas obras incluyen *The Magic of Blood, The Last Known Residence of Mickey Acuña, Woodcuts of Women* y *Gritos.* Ha recibido el Premio PEN/Hemingway al igual que una beca Guggenheim. Gilb es profesor en Southwest Texas State University.

Ramón López Velarde (1888–1921) nació en Zacatecas y se mudó a la Ciudad de México luego de la Revolución mexicana. Según el poeta Octavio Paz, fue en la capital que López Velarde "descubrió a las mujeres, la soledad, la duda y el diablo". López Velarde también descubrió su propio lenguaje, íntimamente personal, con el cual describió al México cotidiano. Sus poemarios incluyen *La sangre devota, Zozobra* y *El minutero.*

Rubén Martínez (n. 1962) ha escrito crónicas de las diversas vidas de mexicanos y chicanos en libros tales como *The Other Side: Notes from the New L.A., Mexico City, and Beyond* y *Crossing Over, A Mexican Family on the Migrant Trail.* Martínez es editor de Pacific News Service y profesor en la Universidad de Houston.

Ángeles Mastretta (n. 1949) nació en Puebla y ha trabajado como periodista por muchos años. Es autora de dos novelas, *Arráncame la vida* y *Mal de amores,* con la cual ganó el prestigioso Premio Rómulo Gallegos. También es autora de una colección de cuentos titulada *Mujeres de ojos grandes*, entre otras obras.

•

Carlos Monsiváis (n. 1938) es el comentarista social más prolífico y respetado en México hoy en día. Desde Juan Rulfo y Dolores del Río hasta el "hip hop" latino, Monsiváis ha abarcado toda una multitud de temas diversos con un ingenio desbordante y un estilo humorístico. Sus obras incluyen *Amor perdido, Entrada libre* y *Rituales de caos*.

Ignacio Padilla (n. 1968) nació en la Ciudad de México y estudió literatura y comunicaciones en México, Suráfrica y Escocia. Comenzó a publicar sus obras, incluyendo novelas, cuentos y ensayos, a muy temprana edad y éstas incluyen *Subterráneos, La catedral de los ahogados* y *Amphityron*. El multilingüe Padilla actuó como agregado cultural de la embajada de México en Londres.

Octavio Paz (1914–1998) fue un lector voraz desde niño bajo la influencia de su abuelo, un novelista, en la mansión deteriorada de éste en la Ciudad de México. Paz estuvo en España durante la Guerra Civil, una experiencia que lo marcó de por vida y provocó su interés por las causas sociales. Como poeta, ensayista, diplomático (fue el embajador de México en la India) e historiador cultural, Paz intentó reconciliar opuestos en un mundo complejo. Fue galardonado con el Premio Nobel en 1990.

Elena Poniatowska (n. 1932) nació en París pero se mudó a México a los ocho años. Ella es autora de más de cuarenta obras de ficción y no ficción, incluyendo tales clásicos contemporáneos como *La noche de Tlatelolco* y *Hasta no verte, Jesús mío*. Como periodista, feminista y artista, Poniatowska ha estado a la vanguardia cultural de la literatura mexicana por más de cuarenta años.

Samuel Ramos (1897–1959) estudió medicina antes de mudarse a la Ciudad de México y sumergirse en la vida intelectual de la capital. Se interesó por el existencialismo europeo y escribió varias obras influyentes, notablemente *El perfil del hombre y la cultura en México,* un estudio psicoanalítico de la identidad mexicana.

Alfonso Reyes (1889–1959) fue un poeta, prosista y ensayista prolífico —uno de los hombres de letras más respetados de México— al igual que diplomático. Sus obras en prosa alcanzan más de cien volúmenes e incluyen estudios de las obras clásicas. Sus obras poéticas más importantes incluyen *Huellas, Pausa, Yerbas de Tarahumara, Golfo de México* y *Romances.*

Richard Rodríguez (n. 1946) se crió en Sacramento y se le considera uno de los ensayistas principales de los Estados Unidos. Su primer libro, *Hunger of Memory: The Education of Richard Rodriguez,* provocó un debate polémico sobre la educación bilingüe, la acción afirmativa y el etnocentrismo cuando se publicó en 1982. Sus obras subsiguientes incluyen *Days of Obligation: Conversations with My Mexican Father.*

Juan Rulfo (1917–1986) nació en un pueblo en el estado de Jalisco y perdió a ambos padres a temprana edad. A los quince años, abandonó el orfanato para dirigirse a la Ciudad de México, donde se ganó la vida con labores no literarias, incluyendo un trabajo como vendedor de llantas de autos. Rulfo es el autor de dos libros altamente elogiados e influyentes: *El llano en llamas,* una colección de cuentos, y la novela clásica *Pedro Páramo.*

Xavier Villaurrutia (1903–1950) fundó el primer grupo de teatro experimental en la Ciudad de México y es mejor conocido en su país natal por la obra teatral *Invitación a la muerte.* Pero aquellos familiarizados con su poemario, *Nostalgia de la muerte,* aprecian sus poemas oscuros y complejos. Octavio Paz ha escrito que la poesía de Villaurrutia ocupa "un lugar que va más allá de la geografía y la historia, más allá del mito y la leyenda".

AGREDECIMIENTOS POR LOS PERMISOS

Ignacio Padilla: "Hagiografía del apóstata" de *Las Antipodas y el Siglo* de Ignacio Padilla (Espasa Calpa, Madrid, 2001). Reimpreso con permiso de Thomas Colchie Associates.

Octavio Paz: "Hablo de la ciudad/I Speak of the City" de *Collected Poems 1957-1987*, Bilingual Edition, de Octavio Paz, traducido al inglés por Eliot Weinberger, copyright © 1986 de Octavio Paz y Eliot Weinberger. Reimpreso con permiso de New Directions Publishing Corp.

Elena Poniatowska: Introducción de *Hasta no verte, Jesús mío* de Elena Poniatowska DR © 1969 Ediciones Era, S. A. de C. V. Reimpreso con permiso de Ediciones Era S. A. de C. V., Mexico.

Richard Rodríguez: "India" de Richard Rodríguez, traducido por Liliana Valenzuela, copyright de la traducción © 2007 por Liliana Valenzuela. Originalmente "India" de *Days of Obligation* de Richard Rodriguez, copyright © 1992 por Richard Rodriguez. Traducido con permiso de Georges Borchardt, Inc., en nombre de Richard Rodriguez.

Juan Rulfo: Fragmento de *Pedro Páramo* de Juan Rolfo, copyright © 1955 por Herederos de Juan Rolfo. Reimpreso con permiso de la Agencia Literaria Carmen Balcells, S. A., Barcelona.

Xavier Villaurrutia: "Nocturno de los ángeles" de Xavier Villaurrutia. Reimpreso con permiso de Fondo de Cultura Económica, Col. Bosques del Pedregal, Mexico.